De mujeres con hombres

Richard Ford

De mujeres con hombres

Traducción de Jesús Zulaika

EDITORIAL ANAGRAMA
BARCELONA

Título de la edición original:
Women with Men
Alfred A. Knopf
Nueva York, 1997

Ilustración: Ángel Jové

Primera edición en «Panorama de narrativas»: noviembre 1999
Primera edición en «Compactos»: noviembre 2015

Diseño de la colección: Julio Vivas y Estudio A

Pedró de la Creu, 58
08034 Barcelona

ISBN: 978-84-339-7785-4
Depósito Legal: B. 23555-2015

Printed in Spain

Liberdúplex, S. L. U., ctra. BV 2249, km 7,4 - Polígono Torrentfondo
08791 Sant Llorenç d'Hortons

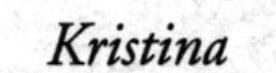

Kristina

AGRADECIMIENTOS

Quiero dar las gracias a mis amigos Bill Buford, Charles McGrath y muy especialmente a Gary Fisketjon, que leyó estas historias y me brindó una ayuda indispensable para su edición. Quiero también agradecer a Michel Fabre y Suzanne Mayoux su extraordinario apoyo. Y, finalmente, debo dejar constancia de mi deuda de gratitud con las historias y novelas de Richard Yates, un escritor menos apreciado de lo que merece.

El mujeriego

1

Martin Austin encontró la pequeña calle –rue Sarrazin– al fondo de la cual esperaba encontrar una calle conocida, la rue Vaugirard, tal vez, o cualquier otra que pudiera llevarle hasta el apartamento de Joséphine Belliard, situado junto al Jardín de Luxemburgo. Iba a cuidar de Léo, el hijo de Joséphine, mientras ella se reunía con sus abogados para firmar los papeles del divorcio de su marido. Luego la invitaría a una cena romántica. El marido de Joséphine, Bernard, era un novelista de tres al cuarto que había publicado un libro escandaloso en el que Joséphine ocupaba un lugar sobresaliente: se mencionaba su nombre, se exponían indelicadamente sus intimidades y se describía su infidelidad con lascivo detalle. El libro había aparecido recientemente y todos sus conocidos lo estaban leyendo.

–De acuerdo. Puede que no sea tan malo *escribir* un libro como ése –le había dicho Joséphine la noche en que la había conocido, la semana anterior, cuando Austin la había invitado a cenar por primera vez–. El escribirlo o no es cosa suya. Lo que hice le dolió mucho. Pero ¿publicarlo? ¿En París? No, eso no... –Había sacudido la cabeza con determinación–. Lo siento. Es demasiado. Mi marido es..., es un mierda. ¿Qué puedo hacer? Decirle adiós.

Austin era de Chicago. Estaba casado, no tenía hijos y trabajaba como agente comercial para una acreditada empresa familiar que suministraba un papel especialmente tratado y muy caro a editores extranjeros de libros de textos. Tenía cuarenta y cuatro años y llevaba quince en la misma empresa, la Lilienthal Company, de Winnetka. Había conocido a Joséphine Belliard en un cóctel que un editor al que visitaba regularmente había ofrecido en honor de uno de sus principales autores. Le habían invitado sólo por cortesía, pues el papel de su empresa no había sido utilizado para el libro del autor en cuestión, un texto sociológico que calculaba la soledad de los inmigrantes árabes de los suburbios mediante complicadas ecuaciones diferenciales. El francés de Austin era bastante deficiente –siempre había sido mucho más capaz de hablarlo que de entenderlo–, y en consecuencia estaba solo en un rincón de la sala, bebiendo champán, sonriendo con expresión afable y esperando oír hablar inglés y encontrar a alguien con quien hablar de verdad en lugar de alguien que le escucharía unas cuantas palabras en francés y acto seguido iniciaría una conversación que él jamás alcanzaría a seguir.

Joséphine Belliard era redactora de la editorial. Una mujer menuda y delgada, de pelo oscuro, unos treinta y tantos años y una belleza extraña: la boca ligeramente demasiado ancha y demasiado fina, la barbilla pequeña, casi hundida, pero con una tez suave de color de caramelo y unos ojos y cejas oscuros que a Austin le resultaron muy atractivos. La había visto fugazmente horas antes, cuando había visitado la editorial, en la rue de Lille. Estaba sentada ante su mesa en una oficina pequeña y umbría, y hablaba por teléfono en inglés animada y fluidamente. Él había echado una mirada al interior de la oficina al pasar y la había visto, pero se había olvidado de ella hasta que volvió a verla en la fiesta y ella le sonrió y le preguntó en inglés qué le parecía París. Aquella noche se habían ido juntos a cenar, y al final de la velada él la había acompañado a casa en taxi, había vuelto al hotel y se había acostado.

Al día siguiente, sin embargo, la llamó. No tenía nada especial en mente; era una llamada sin objeto concreto, de tanteo. A lo mejor llegaba a acostarse con ella, pero ni siquiera lo había pensado detenidamente. Era sólo una posibilidad, un pensamiento inevitable. Cuando le preguntó si le apetecía volver a verlo, ella le dijo que si a él le apetecía, que de acuerdo. No dijo que se lo hubiera pasado estupendamente la noche anterior. Ni siquiera la mencionó; era casi, pensó Austin, como si no hubiera existido. Pero tal actitud le resultó atractiva. Era una mujer inteligente.

Consideraba las cosas. La suya no era una actitud norteamericana. En Estados Unidos una mujer tendría que hacer como que le importaba –probablemente más de lo que le importaba realmente, o de lo que podría verosímilmente importarle tras un único e inocente encuentro.

La velada en cuestión habían ido a un pequeño y ruidoso restaurante italiano cercano a la Gare de l'Est, un lugar de luces brillantes y espejos en las paredes y de no demasiado buena cocina. Pidieron un ligero vino ligur, se pusieron un poco achispados y mantuvieron una conversación larga y en ciertos aspectos íntima. Joséphine le contó que había nacido en el suburbio de Aubervilliers, al norte de París, y que desde muy joven había querido irse de casa. Había estudiado Sociología en la universidad, y aunque mientras hacía la carrera había seguido viviendo con sus padres, ahora no tenía ninguna relación con su madre ni con su padre, que había emigrado a los Estados Unidos a finales de los setenta y no había vuelto a dar señales de vida. Le contó que había estado casada ocho años con un hombre que le gustó en un tiempo y con el que había tenido un hijo, pero al que no había amado especialmente, y que dos años atrás había tenido una aventura con un hombre más joven que ella que, como ya había previsto, no había durado mucho. Pensó que cuando la aventura acabara podría reanudar su vida matrimonial tranquilamente, más o menos como la había dejado, una vida burguesa de seguir con la rutina, de ir tirando. Pero a su marido le había afectado mucho su infidelidad, y había montado en cólera y se había marchado del apartamento. Luego había dejado su trabajo en una empresa de publicidad, se había ido a vivir con otra mujer y se había puesto a escribir una novela en que el único argumento eran los «deslices» de su mujer, algunos de los cuales –según le contó a Austin– se los había inventado, mientras que otros –tenía gracia– se ajustaban sorprendentemente a la realidad.

–Y no es que se lo reproche demasiado, ¿sabes? –le había dicho Joséphine, y se había echado a reír–. Estas cosas pasan. Suceden, simplemente. Los demás siempre hacen lo que les place. –Se puso a mirar por la ventana del restaurante a la hilera de pequeños coches aparcados junto a la acera–. ¿Y qué?

–¿Pero cómo va ahora la cosa? –dijo Austin, tratando de encontrar alguna parte de la historia que pudiera permitirle implicarse en ella. Una frase, un hueco que pudiera interpretarse como una invitación a un interés más estrecho por su parte. Pero no parecía haber ninguna frase de ese tipo.

–¿Ahora? Ahora vivo con mi hijo. Sola. Ésa es toda mi vida. –De pronto levantó la mirada hacia Austin, con los ojos muy abiertos, como para decir: «¿Qué más puede haber?» Pero lo que al cabo dijo fue–: ¿Qué más?

–No sé –dijo Austin–. ¿Crees que volverás con tu marido?

Le encantó hacer esa pregunta.

–Sí. No sé. No. Quizá –dijo Joséphine sacando un poco el labio inferior y alzando un hombro en un gesto de despreocupación que en opinión de Austin era típico de las mujeres francesas. No le importó verlo en Joséphine, pero normalmente le disgustaban las mujeres que lo hacían. Era patentemente falso, y la gente lo utilizaba siempre en relación con cosas importantes que deseaba hacer pasar por no importantes.

Joséphine, sin embargo, no parecía del tipo de mujer que tiene una aventura y luego la cuenta con toda naturalidad a alguien que apenas conoce; parecía más bien una mujer soltera en busca de alguien por quien interesarse. Obviamente era más complicada, y quizá hasta más inteligente de lo que Austin suponía, y bastante realista acerca de la vida, aunque quizá un tanto desilusionada. Probablemente, si seguía ahondando en el tema de la intimidad, podría acabar llevándosela a su habitación del hotel, algo que ya había hecho antes en sus viajes de trabajo, y aunque no multitud de veces sí las suficientes para que el hacerlo en aquella ocasión no constituyera nada extraordinario o significativo, al menos para él. Compartir una intimidad inesperada podría reafirmar sus respectivos asideros vitales.

Sin embargo había cierta dosis de incertidumbre en torno a aquella especulación, una especulación a la que se hallaba tan habituado que le resultaba imposible soslayar. Quizá fuera verdad que aunque aquella mujer le gustara, aunque le agradara su franqueza y lo directo de su manera de comportarse con él, no fuera intimidad lo que estuviera buscando en ella. Ella le atraía de un modo sorprendente, pero no físicamente. Y quizá, pensó Austin mirándola a través de la mesa, la intimidad con él era lo último en lo que *ella* estaba interesada. Era francesa. Él no sabía nada de los franceses. Probablemente las mujeres francesas transmiten todas una impresión de intimidad potencial, y todas lo saben. Probablemente ella no sentía el más mínimo interés por él, y estaba simplemente pasando el rato. Le complació detenerse en tal visión polivalente de las cosas.

Acabaron de cenar en un silencio reflexivo, grave. Austin se sentía dispuesto a empezar el discurso de su propia vida: su matrimonio, su duración e intensidad, sus sentimientos con respecto a él y con respecto a sí mismo. Deseaba hablar sobre la sensación incómoda, inquietante que últimamente experimentaba de no saber exactamente cómo hacer los veinticinco años venideros de su vida tan memorables e importantes como los veinticinco ya pasados, una sensación por otra parte apuntalada por la esperanza de que no le habría de faltar valor –si era eso lo que se requería–, y por la certeza de que todo el mundo tenía su vida enteramente en sus manos y que era preciso vivir con los propios terrores y yerros, etcétera. No es que fuera infeliz con Barbara o que le faltara algo. No era el hombre convencionalmente desesperado que se encuentra en vías de zafarse de un matrimonio que ha llegado a ser insoportablemente tedioso. Barbara, de hecho, era la mujer más interesante y bella que había conocido en toda su vida, y la persona a quien más admiraba. Austin no buscaba, pues, una vida mejor. No buscaba nada. Amaba a su mujer, y esperaba presentar a Joséphine Belliard una perspectiva humana diferente de aquellas a las que seguramente ella estaría acostumbrada.

«Nadie piensa tus pensamientos por ti cuando por la noche recuestas la cabeza sobre la almohada.» Era la máxima que a menudo se dirigía a sí mismo Austin, y que asimismo había repetido al puñado de mujeres que había conocido desde que estaba casado, incluida Barbara. Estaba deseando entablar una franca charla de este tipo cuando Joséphine le preguntara por su persona.

Pero el tema no salió a colación. Joséphine no le preguntó acerca de sus pensamientos, ni acerca de sí mismo. Y no es que ella hablara de *sí misma*. Hablaba de su trabajo, de su hijo Léo, de su marido y de los amigos de ambos. Austin le había dicho ya que estaba casado. Le había dicho su edad, y le había contado que había estudiado en la Universidad de Illinois y que había crecido en la pequeña ciudad de Peoria. Y a ella parecía bastarle con esto. Era una mujer extremadamente amable y Austin parecía gustarle, pero no se mostraba demasiado receptiva, lo cual a Austin le pareció poco común. Joséphine parecía tener cosas más serias en que pensar, y tomarse la vida seriamente, cualidad que agradaba a Austin. De hecho, le confería un atractivo que Austin no había percibido al principio, cuando pensaba sólo en su físico y en si le gustaría o no acostarse con ella.

Pero cuando caminaban hacia el coche por la acera, divisando al fondo las brillantes luces de la Gare de l'Est y del Boulevard Strasbourg, atestado de taxis a aquella hora –las once de la noche–, Joséphine enlazó un brazo con el de Austin y se pegó a su costado, recostó la mejilla sobre su hombro y dijo:

–Todo es muy confuso.

Y Austin se preguntó: ¿*Qué* es muy confuso? No él, por supuesto. Él *no era* confusión. Había decidido ser para ella un acompañante bienintencionado –un buen papel que desempeñar dadas las circunstancias–. En la vida de Joséphine ya había suficiente confusión. Un marido ausente. Un hijo. Sobrevivir sola. Era suficiente. Pero Austin se zafó de su brazo y la rodeó por el hombro y la atrajo hacia sí y siguió estrechándola hasta llegar al pequeño Opel negro, donde, una vez en su interior, cesó el contacto.

Cuando llegaron a su hotel, un antiguo monasterio con un jardín interior, a dos manzanas de la gran confluencia iluminada de Saint-Germain con la rue de Rennes, Joséphine detuvo el coche y se quedó mirando al frente como a la espera de que Austin se apeara. Ninguno de los dos había mencionado la posibilidad de otra cita, y él debía partir dentro de dos días.

Austin siguió sentado en la oscuridad, en silencio. Una comisaría de policía ocupaba la siguiente esquina en la calle umbría. Se había detenido ante ella un furgón policial con sus luces parpadeantes, y varios agentes uniformados y con brillantes correajes blancos conducían hacia el interior a una fila de hombres esposados que caminaban cabizbajos como penitentes. Era abril, y el asfalto de la calle relucía en el aire húmedo de la primavera.

Ésa era la cuestión: pedirle –si es que era algo que había de suceder alguna vez– que entrara con él en el hotel. Pero estaba claro que era lo menos viable en aquel momento, y ambos lo sabían. Y aparte de reconocerlo así en su interior, Austin en realidad no se había hecho ninguna idea al respecto. Pero quería hacer algo *acertado*, algo distinto de lo habitual que pudiera complacer a Joséphine y que les hiciera sentir a ambos que algo un tanto fuera de lo normal había tenido lugar aquella noche, una incidencia respecto de la cual los dos pudieran sentirse bien cuando estuvieran cada uno en su cama, solos, y aunque en realidad no hubiera sucedido nada.

Su mente le estaba dando vueltas a qué podría ser ese algo fuera de lo normal, ese algo que se hace cuando no haces el amor con una mujer. ¿Un gesto? ¿Una palabra? ¿Qué?

Los detenidos acabaron de entrar en la comisaría, y los agentes volvieron a montar en el furgón y se alejaron por la rue de Mézières, donde Austin y Joséphine Belliard seguían sentados en la callada oscuridad. Era obvio que ella esperaba que Austin se bajara del coche, mientras él se hallaba en un mar de dudas sobre qué hacer. Aunque se trataba de un instante que a él le encantaba, el exquisito instante anterior a cualquier acto, cuando todo es aún posible, antes de que la vida tome ese u otro derrotero, hacia el pesar o la dicha, hacia un tipo u otro de permanencia. Era un instante maravilloso, seductor, *importante*..., un instante que valía la pena preservar, y él sabía que ella lo sabía tan bien como él y que quería que durara tanto como él quería que durara.

Austin estaba sentado con las manos en el regazo, sintiéndose voluminoso y torpe dentro del pequeño coche, y se oía respirar, consciente de que se hallaba a punto de lo que confiaba sería el gesto adecuado, el más adecuado de los posibles. Ella no se había movido. El motor seguía al ralentí, y los faros iluminaban débilmente la calle vacía mientras los diales del salpicadero bañaban el habitáculo con un tenue fulgor verde.

Austin, repentinamente –o al menos así se lo pareció a él– echó el cuerpo hacia el asiento del conductor, cogió las manos pequeñas y calientes de Joséphine, las retiró del volante, las puso entre las suyas, grandes e igualmente calientes, y las mantuvo así, como en un sándwich, aunque también de un modo un tanto protector. Se mostraría protector con ella; la protegería de cualquier mal aún sin nombre, o de sus propias y ocultas urgencias, si bien –en lo más inmediato– la protegería de él mismo, de Austin, puesto que se daba perfecta cuenta de que era más la renuencia de ella que la suya propia lo que los mantenía ahora apartados, lo que les impedía aparcar el coche y entrar en el hotel y pasar la noche el uno en brazos del otro.

Austin le apretó la mano con fuerza; luego aflojó la presión.

–Me gustaría hacerte feliz de alguna manera –dijo con voz sincera, y esperó en vano a que Joséphine le respondiera. Era como si lo que acababa de decir no significara nada para ella, o como si ni le estuviera escuchando siquiera–. Es humano –dijo Austin, como si ella le hubiera contestado algo, algo como «¿Por qué?», o «No lo intentes», o «No puedes hacer nada», o «Es demasiado tarde».

–¿Qué? –Joséphine le miró por primera vez desde que se habían parado ante el hotel–. ¿Es... qué? –Estaba claro que no le había entendido.

–Es humano querer hacer feliz a alguien –dijo Austin, asiéndole la mano caliente, casi sin peso–. Me gustas mucho, y tú lo sabes. –Por normales y corrientes que pudieran sonar, eran las palabras apropiadas en aquel momento.

–Sí. Bueno. ¿Para qué? –dijo Joséphine con voz fría–. Estás casado. Tienes mujer. Vives muy lejos. Dentro de dos, tres días, no sé, te habrás marchado. Así que... ¿para qué te gusto? –Su cara tenía un aire impenetrable; era como si se estuviera dirigiendo a un taxista que acabara de decirle algo con una familiaridad excesiva. Dejó la mano en la de él, pero siguió mirando hacia el frente.

Austin quería volver a hablar. Deseaba decir algo –algo absolutamente correcto, también ahora– capaz de llenar aquel nuevo vacío que ella acababa de abrir entre ellos, unas palabras que no hubiera podido planear, o incluso saber de antemano, pero que admitieran lo que ella había dicho, que mostraran su conformidad con ello, y que sin embargo permitieran otro momento ulterior en el curso del cual los dos pudieran acceder a un terreno nuevo, inexplorado.

Aunque lo único que a Austin se le ocurría decir –y no tenía idea de por qué, ya que sonaba a necio y calamitoso– era: *Las mujeres han pagado un alto precio por tener una relación conmigo.* Palabras que no eran sin duda las adecuadas, ya que, que él supiera, no eran particularmente ciertas, e incluso aunque lo fueran resultaban tan jactanciosas y melodramáticas que harían que Joséphine o cualquier otra mujer se echaran a reír en cuanto las oyeran.

Sin embargo, podía decirlas e inmediatamente después dejar que todo acabara entre ellos y olvidarse del asunto, lo cual quizá fuera un alivio. Aunque no era precisamente alivio lo que él buscaba. Él deseaba que llegara a haber algo entre ellos, algo definitivo y realista y acorde con los hechos de sus vidas; deseaba avanzar a través de aquel terreno en el que nada parecía posible en aquel momento.

Austin fue soltando poco a poco la mano de Joséphine. Luego le puso las manos en la cara y la volvió hacia él, y se inclinó a través del espacio vacío que había entre ellos y dijo, justo antes de besarla:

–Al menos voy a besarte. Siento que estoy autorizado a hacerlo, y voy a hacerlo.

Joséphine Belliard no opuso resistencia, aunque tampoco puso nada de su parte. Su cara era suave y dócil. Tenía una boca lisa, en absoluto llena, y cuando Austin puso sus labios en los de ella, Joséphine no hizo ningún movimiento hacia él. Se dejó besar; Austin fue inmediata y cruelmente consciente de ello. Lo que estaba sucediendo era lo siguiente: estaba *forzándose* a aquel contacto con aquella mujer, y al presionar sus labios más totalmente contra los de ella le asaltó la sensación de ser un iluso, de que se estaba comportando de una manera necia y patética –la propia de ese tipo de hombre del que él mismo se reiría si se lo describieran con tales rasgos–. Era una sensación horrible, como la de sentirse viejo, y sintió un inmenso vacío en las entrañas, y los brazos se le volvieron pesados como garrotes. Deseaba desaparecer del asiento de aquel coche y no recordar ninguna de las estupideces que tan sólo unos instantes antes había estado pensando. Ahora, decantadas las posibilidades, aquél había sido su primer movimiento permanente, y había consistido precisamente en el paso que no debía haber dado, el peor posible. Era ridículo.

Pero antes de que pudiera retirar sus labios de los de ella, cayó en la cuenta de que Joséphine Belliard estaba diciendo algo, con los labios pegados a los suyos, débilmente, y de que de hecho, al no resistirse, también ella le estaba besando, con la cara cediendo casi inconscientemente a su propósito. Y lo que estaba diciendo –susurrante, casi como en un sueño–, durante todo el tiempo en que Austin estuvo besando su boca delgada, era lo siguiente: «*No, no, no, no, no*. Por favor. No puedo. No puedo. *No, no...*»

Pero no se detuvo. *No* no era exactamente lo que quería decir, porque dejó que sus labios se abrieran levemente en señal de reconocimiento. Y al cabo de un momento, un largo y detenido momento, Austin se apartó con lentitud, volvió a acomodarse en su asiento y aspiró profundamente. Volvió a poner las manos sobre el regazo, y dejó que el beso fuera llenando el espacio que había entre ellos, un espacio que él, en cierto modo, había esperado poder llenar con palabras. Había sido la cosa más inesperada y tentadora de todas cuantas pudieran haber nacido de su deseo de hacer las cosas bien.

Ella no aspiró con ruido. Se limitó a quedarse sentada como antes de que Austin la besara, y no habló ni pareció tener en mente nada que decir. Las cosas volvieron a ser más o menos como antes de que Austin la besara, sólo que *la había* besado –*se habían* besado– y ello suponía, cómo no, un cambio de enorme trascendencia.

–Me gustaría verte mañana –dijo Austin en tono resuelto.

–Sí –dijo Joséphine casi con tristeza, como si no pudiera evitar avenirse a lo que le pedía–. De acuerdo.

Y Austin, entonces, al ver que no había más que decir, se sintió satisfecho. Las cosas estaban donde debían estar. Nada iba a ir mal.

–Buenas noches –dijo Austin con la misma resolución que antes. Abrió la portezuela, puso un pie en el asfalto y se bajó del coche.

–De acuerdo –dijo Joséphine. No miró al exterior a través de la puerta, pero él se había agachado hasta el hueco para poder mirarla. Ella tenía las manos sobre el volante y miraba hacia el frente, y su apariencia no era en realidad diferente de la de cinco minutos antes, cuando había parado el coche para dejar que él se apeara, aunque tal vez parecía un poco más cansada.

Él quería dar con alguna palabra afortunada que pudiera ayudar a equilibrar el estado de ánimo de ella ahora (y no es que él tuviera la menor idea de cómo se sentía). Joséphine se mostraba *opaca*, absolutamente opaca, y eso no resultaba demasiado interesante. Pero a él lo único que se le ocurría ahora era algo tan estúpido como desastroso había sido lo último. *Dos personas, al mirar, no ven el mismo paisaje.* Tales fueron las terribles palabras que le vinieron a la cabeza, pero no las dijo. Lo que hizo fue dirigirle una sonrisa a Joséphine, erguirse, cerrar la puerta con firmeza y dar unos pasos hacia atrás, despacio, para que ella pudiera reanudar la marcha. Austin se quedó observándola mientras se alejaba rue de Mézières abajo, y pudo advertir que ella no miró en ningún momento por el retrovisor. Como si, para ella, él hubiera dejado de pronto de existir.

2

La calle que Austin esperaba encontrar –la rue de Vaugirard, que le conduciría hasta el apartamento de Joséphine– resultó ser la rue Saint-Jacques. Se había alejado demasiado y ahora se encontraba cerca de la Facultad de Medicina, en una serie de manzanas donde tan sólo podían verse escaparates apagados llenos de grises textos médicos y de polvorientas y desangeladas antigüedades.

No conocía bien París, sólo unos cuantos hoteles en los que se había hospedado y unos cuantos restaurantes a los que no quería volver. No sabía distinguir los *arrondissements*, ni por dónde se iba a determinado lugar desde cualquier otro, ni cómo coger el metro ni cómo salir de la ciudad salvo por vía aérea. Todas las grandes arterias le parecían la misma, y desde unas quería alcanzar otras confundiendo las correspondencias espaciales, y todos los monumentos famosos se le antojaban en emplazamientos insólitos e inesperados cuando los veía alzarse de pronto por encima de los edificios. En los dos días que llevaba en París –tras marcharse de casa hecho una furia para tomar un avión con destino a Orly– se había esforzado por recordar en qué dirección del Boulevard Saint-Germain los números iban en sentido ascendente, pero no lograba recordarlo, y de hecho ni siquiera podía encontrar el Boulevard Saint-Germain siempre que quería.

En la rue Saint-Jacques miró hacia donde esperaba ver el río y el Petit Pont. Y, en efecto, allí estaban. Era un día cálido de primavera, y las aceras que bordeaban el río estaban atestadas de turistas que curioseaban por los pequeños tenderetes de pintura y se quedaban boquiabiertos ante la enorme catedral de la orilla opuesta.

Durante un instante, la vista que le ofrecía la rue Saint-Jacques se le antojó familiar (un escaparate de farmacia que le resultaba conocido, un café con un nombre peculiar: Horloge.)[1] Se dio la vuelta y miró la calle por la que había venido y vio que se hallaba a sólo media manzana del pequeño hotel donde una vez se había alojado con su mujer, Barbara. El Hotel de la Tour de Notre Dame, que en su publicidad ofrecía una vista de la catedral y que luego no ofrecía tal vista. El hotel lo dirigían unos paquistaníes, y sus habitaciones eran tan pequeñas que uno no podía tener las maletas abiertas y desplazarse hasta la ventana al mismo tiempo. Barbara había venido con él en un viaje de trabajo (cuatro años atrás), y había ido de compras y visitado museos y almorzado en el Quai de la Tournelle mientras él hacía sus visitas de trabajo. Pasaban fuera de la habitación el mayor tiempo posible, hasta que la fatiga les hacía caer exhaustos sobre la cama frente a la indescifrable televisión francesa, que finalmente conseguía encaminarlos hacia el sueño.

Austin recordaba claramente ahora, en la atestada acera, camino del apartamento de Joséphine Belliard, que en aquella ocasión Barbara y él se disponían a dejar París el primero de abril en un

1. *Horloge:* «reloj de pared o de torre». *(N. del T.)*

vuelo directo a Chicago. Sin embargo, una vez lograron sacar el pesado equipaje del cuarto, se apretaron en el diminuto y asfixiante ascensor y se plantaron en el vestíbulo con aire de atribulados refugiados pero resueltos a pagar la cuenta y largarse, el recepcionista paquistaní, que hablaba un conciso inglés británico, los miró a través del mostrador con aire de agitación y dijo:

–Oh, señor Austin, ¿no ha oído la mala noticia? Lo siento.

–¿Qué? –había dicho Austin, casi sin resuello–. ¿Qué noticia?

Miró a Barbara, que sostenía una bolsa de ropa y una sombrerera sin el más mínimo deseo de oír ninguna mala noticia.

–Que hay una terrible huelga –dijo el recepcionista con expresión sobremanera grave–. Y el aeropuerto está cerrado por completo. Nadie puede salir de París hoy. Además, siento decirles, le hemos dado su habitación a otro huésped. Un japonés. Lo siento, lo siento muchísimo.

Austin se había quedado de pie, en medio de sus maletas, tragándose un sentimiento de derrota, frustración e ira que –estaba seguro– de nada le valdría expresar. Se quedó mirando la calle por la ventana del vestíbulo. El cielo estaba encapotado y el viento era ligeramente frío. Oyó que Barbara, a su espalda, decía tanto para él como para sí misma: «Oh, bueno. Haremos algo. Encontraremos otro sitio. Qué pena. Puede que hasta resulte una aventura.»

Austin miró al recepcionista, un hombrecillo de color beige, pulcro pelo negro y chaquetilla blanca de algodón, de pie tras el mostrador de mármol. Sonreía. A él le tenía sin cuidado, pensó Austin, que tuvieran o no un sitio adonde ir; que estuvieran hartos de París; que hubieran traído demasiado equipaje y comprado demasiadas cosas; que hubieran dormido mal todas las noches; que el tiempo se hubiera vuelto inexplicablemente más y más frío; que se les hubiera acabado el dinero y que estuvieran hartos de la arrogancia de los franceses... Nada de ello le importaba a aquel hombrecillo; en cierto modo, creyó percibir Austin, parecía complacerle, complacerle lo bastante como para hacerle sonreír.

–¿Qué diablos le parece tan gracioso? –le había dicho Austin a aquel pequeño paquistaní pagado de sí mismo–. ¿Cómo es que nuestra maldita suerte le hace tanta gracia? –Aquel hombrecillo iba a ser blanco de su cólera. No podía evitarlo. Su furia no podría empeorar las cosas–. ¿Es que no le importa nada que unos huéspedes de su hotel se encuentren en tal aprieto? –se oyó decir en tono lastimero.

–¡Inocente![1] –exclamó el recepcionista, y se echó a reír con pequeñas y chillonas carcajadas–: Ja, ja, ja, ja, ja, ja, ja. Es sólo una broma, *monsieur* –dijo el hombrecito, muy complacido consigo mismo, incluso más que antes, cuando le había contado a Austin la mentira de la huelga–. El aeropuerto está perfectamente. Está abierto. Pueden marcharse. No hay ningún problema. Todo está bien. Sólo era una broma. *Bon voyage*, señor Austin. *Bon voyage*.

3

Durante los dos días siguientes a que Joséphine le hubiera dejado en medio de la calle a medianoche, después de haberla besado por primera vez y de haber tenido la sensación de haber actuado como correspondía, Austin se estuvo viendo constantemente con ella. Tenía planeado coger el TGV[2] a Bruselas y luego seguir hasta Amsterdam, y de allí volar a Chicago, a casa. Pero a la mañana siguiente envió avisos a sus clientes y a su oficina alegando la aparición de ciertos «problemas médicos inexplicablemente recurrentes», si bien probablemente «nada serios». Ultimaría los asuntos por fax cuando estuviera de vuelta la semana próxima. Le dijo a Barbara que había decidido quedarse en París unos días más; para relajarse, para hacer cosas que nunca había tenido tiempo de hacer. Visitar la casa de Balzac, tal vez. Pasear por las calles como un turista más. Alquilar un coche. Ir a Fontainebleau.

En cuanto a Joséphine Belliard, decidió pasar con ella todo el tiempo posible. Ni por un instante pensó que la amaba, ni que el estar juntos pudiera hacerles llegar –a él o a ella– a algo importan-

1. En los países anglosajones, el primero de abril se celebra el *April Fools's Day,* el equivalente a nuestro Día de los Inocentes. *(N. del T.)*

2. Tren de alta velocidad francés. *(N. del T.)*

te. Él estaba casado; no tenía nada que ofrecerle. Engañarse a este respecto no era sino buscarse problemas, ese tipo de problemas de los que apartas la vista cuando eres joven, pero cuyos riesgos no pareces temer cuando tienes más edad. La indecisión, de cara a los problemas, era probablemente una virtud.

Él, sin embargo, lo puso todo de su parte. Fueron al cine. Fueron a un museo. Visitaron Notre Dame y el Palais Royal. Pasearon juntos por las estrechas callejuelas del Faubourg Saint-Germain. Miraron escaparates. Se comportaron como amantes. Se rozaron. Ella dejó que le cogiera la mano. Intercambiaron miradas de complicidad. Él descubrió lo que la hacía reír, y tuvo sumo cuidado con sus pequeños puntos de orgullo. Ella siguió como siempre –aparentemente indiferente, pero dispuesta–, como si todo fuese una idea de él y un deber de ella, aunque un deber que sorprendentemente le gustaba. A Austin esa misma renuencia de ella le resultaba cautivadora, fascinante. Y ello le hacía cortejarla de un modo que a él mismo le causó sorpresa por su intensidad. La invitó a cenar en dos lujosos restaurantes, fue con clla a su apartamento, conoció a su hijo, conoció a la mujer del campo que había contratado para que le cuidara durante la semana, vio dónde vivía, dormía, comía, y al cabo se quedó mirando por la ventana de su apartamento el Jardín de Luxemburgo y las apacibles calles de su barrio. Vio su vida, y descubrió que le intrigaba, y una vez hubo satisfecho esa curiosidad le pareció que había logrado algo, algo nada fácil ni ordinario.

Ella no le contó mucho más acerca de sí misma, y siguió sin preguntarle nada sobre él, como si su vida no le importara en absoluto. Le contó que una vez había estado en Norteamérica, y que había conocido a un músico en California y se había ido a vivir con él en su pequeña casa de madera de Santa Cruz, junto a la playa. A principios de los años setenta. Cuando aún no había cumplido veinte años. Pero una mañana –a los cuatro meses– se despertó sobre un colchón en el suelo, bajo una piel de vaca curtida, y se levantó, recogió sus cosas y se marchó.

–Fue demasiado –dijo Joséphine, sentada sobre el alféizar de la ventana de su apartamento, mirando el crepúsculo y la calle donde los niños daban patadas a un balón.

El músico se había enfadado mucho, le contó, pero ella había vuelto a Francia, a casa de sus padres.

–No se puede vivir mucho tiempo en un sitio al que no perteneces. ¿No crees?

Le miró y se encogió de hombros. Él estaba sentado en una silla, bebiendo un vaso de vino tinto, contemplando los tejados, deleitándose de cómo la luz de una tonalidad parda rojiza bruñía las delicadas cornisas de volutas de los edificios de apartamentos que se divisaban desde el de Joséphine. En el equipo de música sonaba un disco de jazz, un sinuoso solo de saxofón.

–¿No crees? –repitió Joséphine–. No se puede.

–Tienes muchísima razón –dijo Austin.

Austin había crecido en Peoria. Y vivía en la zona noroeste de Chicago. Había ido a una universidad estatal. Estaba completamente de acuerdo con ella, aunque no veía nada malo en estar allí en aquel momento, disfrutando de un sol que iba languideciendo gradualmente hasta desaparecer de los tejados que alcanzaba a ver desde el apartamento de aquella mujer. Su presencia allí parecía permisible.

Ella le habló de su marido. Había una foto de él en la pared del cuarto de Léo: un judío de cara bulbosa y tez oscura, con un tupido y negro bigote que le daba cierto aire de armenio. Un tanto decepcionante, pensó Austin. Había imaginado a Bernard guapo, una especie de Louis Jourdan de piel suave con un defecto fatal: ser aburrido. El hombre real tenía el aspecto de lo que era: un hombre gordo que en un tiempo escribió pequeños spots publicitarios para la radio.

Joséphine le contó que su aventura amorosa le había confirmado que no amaba a su marido, aunque quizá lo hubiera amado alguna vez, y que por mucho que algunas personas pudieran vivir con alguien a quien no amaban a ella no le era posible hacerlo. Miró a Austin como para subrayar lo que acababa de decir. No era, desde luego, lo que al principio le había contado acerca de lo que sentía por su marido, cuando le explicó que creía que podría reanudar su vida tras su aventura, pero que su marido la había dejado tirada. Era, pensó Austin, como *ahora* se sentía, y la verdad se hallaría sin duda a medio camino entre ambas cosas. En cualquier caso, eso a él le daba lo mismo. Ella le contó que ahora su marido le pasaba muy poco dinero, que veía a su hijo muy de cuando en cuando, que se le había visto con una nueva novia alemana, y que, por supuesto, había escrito aquel horrible libro que todos sus conocidos estaban leyendo, y que con ello le había causado un inmenso dolor y sonrojo.

–Pero –dijo Joséphine, moviendo la cabeza como si se sacudiera los pensamientos para expulsarlos de la cabeza– ¿qué puedo hacer? Ahora vivo mi vida aquí, con mi hijo. Me quedan veinticinco años de trabajo, y se acabó.

–Puede que en el camino te salga algo mejor –dijo Austin. No tenía la menor idea de a qué se estaba refiriendo, pero no le gustaba verla tan pesimista. Era como si de algún modo le estuviera culpando a él, lo cual, pensó, era muy francés. Un punto de vista más esperanzado, más norteamericano, pensó, tal vez podría hacerle bien.

–¿A qué te refieres? ¿Qué será «mejor»? –dijo Joséphine, mirándole no ya con amargura, sino con impotencia–. ¿Qué es lo que va a suceder? Dímelo. Quiero saberlo.

Austin dejó con cuidado su copa de vino sobre el suelo barnizado, se levantó de la silla y fue hasta la ventana abierta, donde ella estaba sentada y bajo la cual la calle se iba sumiendo lentamente en una veteada oscuridad. Los niños seguían dando patadas al balón, que golpeaba indolentemente la pared una y otra vez, y por encima del ruido del balón se oía el motor de un coche que aceleraba calle abajo. Austin le rodeó los brazos con los suyos y le pegó la boca a la mejilla fría y la atrajo hacia sí con fuerza.

–Tal vez aparezca alguien que te ame –dijo. Trataba de darle aliento, y sabía que ella lo sabía y que lo aceptaría de buen grado–. No sería difícil amarte. Nada difícil. –La abrazó con más fuerza–. De hecho –dijo–, sería facilísimo.

Joséphine se dejó llevar, se dejó «hacer». Dejó que su cabeza se apoyara sobre su hombro. Era arriesgado estar donde ella estaba, pensó Austin. En la ventana, con un hombre que la estaba abrazando. Él podía sentir el fresco aire exterior en el dorso de las manos y contra la cara, mitad hacia el exterior, mitad hacia dentro. Era emocionante, aunque Joséphine no lo abrazara, aunque no respondiera a su roce en forma alguna, aunque tan sólo le estuviera permitiendo abrazarla como si el hecho de complacerle fuera fácil pero a ella no le importara gran cosa.

Aquella noche la invitó cenar a la Closerie des Lilas, un famoso *bistro* frecuentado en los años veinte por escritores y artistas. Era un local luminoso, rutilante, ruidoso donde bebieron champán, se cogieron de las manos y no charlaron mucho. Parecían estar quedándose sin cosas que decir. Lo más natural que podría venir a continuación sería hablar de temas que los relacionaran, temas que llevaran aparejado algún futuro. Pero Austin se iba a la mañana siguiente, y tales temas no parecían interesarles a ninguno de los dos, aunque Austin podía percibir su intensa presencia, y vislumbrar bajo la superficie de los hechos implacables que existía la posibilidad de un futuro para ambos. En diferentes y mejores circunstancias serían ciertamente amantes, empezarían inmediatamente a pasar más tiempo juntos, descubrirían lo que había en ellos por descubrir. Austin sentía el urgente impulso de decirle estas cosas mientras seguían sentados en silencio delante de las copas de champán; de lanzarse a la arena y poner sobre la mesa sus cartas y ver lo que tal gesto suscitaba en ella. Pero el restaurante era demasiado bullicioso. En cuanto intentaba empezar a hablar, sus palabras sonaban demasiado estentóreas. Y no eran unas palabras cualesquiera. Eran palabras importantes; requerían ser dichas con respeto, incluso con solemnidad, y con el inevitable sentido de pérdida que entrañaban.

Tales palabras, sin embargo, seguían en su mente mientras Joséphine conducía el breve trecho hasta la rue de Mézières y la esquina donde le había dejado la primera noche. Pero parecían haber perdido su momento. Necesitaban otro contexto, un marco más apropiado, con más entidad. Pronunciarlas en la oscuridad, en un horrible Opel con el motor en marcha, en el momento mismo de separarse, les conferiría un peso sentimental que no pretendían tener, ya que, pese a la tristeza que entrañaban, eran una expresión de optimismo.

Cuando Joséphine paró el coche, a unos pocos pasos de la

puerta del hotel, mantuvo las manos en el volante y la mirada hacia el frente, como había hecho dos noches atrás. Y siguió sin darle nada de sí misma: ni una palabra, ni un gesto, ni siquiera una mirada. Para ella, aquella noche, su última noche juntos, la noche anterior a que Austin partiera para Chicago y volviera a casa y a su mujer para posiblemente no volver jamás, no tratar jamás de reanudar aquella relación donde la estaban dejando en aquel momento, era exactamente igual que la primera, una noche que olvidaría en cuanto la portezuela se cerrara y los faros del coche enfilaran la calle vacía en dirección a su casa.

Austin miró a través de la ventanilla la rústica puerta de madera del hotel, y más allá el jardín con helechos iluminado a ras de suelo, y luego la puerta doble de cristal, el vestíbulo y los dos tramos de escaleras hasta su pequeño cuarto. Lo que él quería era llevarla allí, cerrar la puerta con llave, correr las cortinas y hacer el amor lleno de pesadumbre hasta la mañana siguiente, en que llamaría a un taxi para salir rumbo al aeropuerto. Pero eso era exactamente lo que no debía hacer después de haber llegado hasta aquel punto sin complicaciones, sin que ninguno de los dos hubiera padecido gran confusión o daño. El daño tendría lugar si ella se implicaba emocionalmente con él, pensó Austin. Ambos lo sabían, no hacía falta decirlo. Ella no se acostaría con él en ningún caso. Para ella *no* quería decir «no». Y así es como se debía afrontar aquel asunto.

Austin seguía sentado con las manos sobre el regazo, sin decir nada. Así iba a ser –lo sabía de antemano– el momento de la despedida. Con talante sombrío por su parte, con frialdad por la de ella. No creyó conveniente tender las manos hacia las suyas para cogérselas, como había hecho la otra vez. La segunda vez habría sido hacer teatro, y él la había tocado ya de ese modo muchas veces –tiernamente, inocentemente, sin intentar nada más salvo quizá un breve, dulce beso–. Dejarían que esta vez –la última– discurriera exactamente como ella deseaba, no según él deseaba.

Esperó. Pensó que quizá Joséphine diría algo, algo irónico o inteligente o frío o simplemente trillado, algo que quebrara su pequeña norma de silencio y a la cual él podría responder, y quizá acertar con la última palabra, una palabra que tal vez les dejaría a ambos perplejos y atormentados, y con la certeza de no haber desperdiciado por completo aquel momento fugaz aunque importante. Pero Joséphine no habló. Parecía decidida a que nada la obligara a hacer algo distinto de lo que habría hecho espontáneamente. Y Austin sabía que si él se hubiera limitado a bajar del coche en aquel momento, sin un adiós, ella habría reanudado la marcha inmediatamente. Acaso ésa era la razón por la que su marido había escrito un libro sobre ella, pensó Austin. Al menos así podía estar seguro de haber merecido su atención.

Joséphine parecía esperar a que el asiento del acompañante quedara vacío. Austin la miró a través de la oscuridad del habitáculo, y ella, por espacio de un instante, le miró. Sin decir nada. Era irritante, pensó Austin; irritante y estúpido, y muy francés, el cerrarse tanto al mundo, el ser tan reacio a permitir que un libre y tierno momento le proporcionara a uno un poco de felicidad, cuando la felicidad se dispensa tan cicateramente en la vida. Cayó en la cuenta de que estaba a punto de enfadarse, de no decir ni una palabra más, de bajarse del coche y desaparecer.

–¿Sabes? –dijo, con más irritación de la que deseaba que pudiera traslucirse–. Podríamos ser amantes. Sentimos interés el uno por el otro. Esto, para mí, no es una parada en una vía secundaria. Es la vida real. Me gustas. Yo te gusto. Lo único que quería era aprovechar esa atracción mutua para conseguir que te pusieras contenta, para que en tu cara se dibujara una sonrisa. Nada más. No necesito acostarme contigo. Me causaría tantos problemas como a ti. Pero ésa no es razón para que no podamos gustarnos. –La miró escrutadoramente; su silueta se difuminaba contra las luces que coronaban la puerta del hotel, en la otra acera. Joséphine no dijo nada. A Austin, sin embargo, le pareció oír una débil risa (apenas poco más que el sonido del aire exhalado), encaminada, supuso, a expresar su reacción ante lo que él acababa de decirle–. Lo siento –dijo Austin, ya furioso, haciendo girar las rodillas hacia el hueco de la puerta para apearse–. Lo siento de veras.

Pero Joséphine le puso la mano sobre la muñeca y le retuvo, sin mirarle, y habló hacia el frente, hacia el frío parabrisas:

–No soy lo bastante fuerte –susurró, y le apretó la muñeca.

–¿Para qué? –dijo Austin, también en un susurro, con un pie ya en el pavimento pero mirándola en la oscuridad.

–No soy lo bastante fuerte para tener algo contigo –dijo Joséphine–. No en este momento. –Le miró con ojos grandes y suaves, con una mano rodeándole la muñeca y con la otra en el regazo, medio cerrada.

–¿Quieres decir que no *sientes* con la suficiente fuerza o que no *eres* lo bastante fuerte? –preguntó Austin; su tono era en exceso perentorio, pero se sintió bien al emplearlo.

–No lo sé –dijo Joséphine–. Todo sigue siendo muy confuso para mí. Lo siento.

–Bueno, es mejor que nada –dijo Austin–. Al menos me concedes eso. Me alegra oírlo. –Se inclinó hacia ella y le apretó la muñeca de la mano que le apretaba la suya con fuerza. Luego se bajó del coche y se quedó de pie sobre el asfalto. Joséphine puso la mano en la palanca de cambios y la desplazó hacia adelante bruscamente, con ruido.

–Si vuelves –dijo, con voz ronca, a través del hueco de la puerta–, llámame.

–Por supuesto –dijo Austin–. Te llamaré. No sé qué otra cosa iba a hacer yo en París.

Joséphine cerró la puerta con fuerza y arrancó, y los neumáticos chirriaron sobre el asfalto. Austin cruzó la calle hacia el hotel, y no se volvió para mirar los pilotos traseros del coche que se perdía en la oscuridad.

A la una de la madrugada –las seis de la tarde en Chicago– llamó a Barbara, y a punto estuvieron de tener una disputa seria. Lo cual puso furioso a Austin, porque cuando marcó el número –un número tan familiar: el de su propia casa–, y oyó su timbre tranquilizador, se sintió feliz, feliz de que le faltaran apenas unas horas para dejar París, feliz de volver a casa y de tener no sólo una mujer a quien volver sino *aquella* mujer, Barbara, a quien a un tiempo amaba y veneraba. Y feliz, también, por haber logrado el «contacto» con Joséphine Belliard (era la palabra que utilizaba; al principio había utilizado «acercamiento», término que luego había descartado). Feliz de que no hubiera consecuencias desafortunadas que lamentar: ni falsas promesas que pudieran dar lugar a falsas esperanzas, ni despedidas lacrimógenas, ni sensación de obligaciones ni ataduras, ni de hallarse metido en algo que no deseaba. Ni daño alguno que reparar.

Pero eso no quería decir que no hubiera sucedido nada, porque había sucedido *mucho*; habían sucedido cosas que él y Joséphine Belliard sabían, cosas que habían sido expresadas cuando ella le había cogido la muñeca en el coche y había admitido que no era lo bastante fuerte, o que algo era *demasiado fuerte* para ella.

¿Qué es lo que uno anhela en el mundo?, pensó Austin aquella noche, recostado contra la cabecera de la cama, tomando champán templado del minibar. Estaba en pijama –sólo con el pantalón azul–, echado sobre las mantas, descalzo, mirando la imagen reflejada en el desvaído espejo que ocupaba toda la pared del fondo: un hombre en la cama, con la lámpara de la mesilla de noche al lado y una copa sobre la panza. ¿Qué es lo que uno anhela más que nada en el mundo, cuando ya ha experimentado mucho, ha sufrido algo, ha perseverado, ha intentado hacer el bien cuando el bien se hallaba a su alcance? ¿Qué es lo que esta experiencia nos enseña, qué provecho sacamos de ella? Que la memoria del dolor, pensó Austin, se va acumulando y va cargando un gran peso –un peso aleccionador– sobre el presente, y que lo que uno ha de descubrir es lo siguiente: la consecución, entre seres humanos y en circunstancias normales, de aquello que es posible aunque también valioso y deseable.

No era fácil, pensó. Ciertamente no todo el mundo podía hacerlo. Pero él y Joséphine Belliard, si bien sólo en cierta medida, habían encontrado un punto de contacto cuyas consecuencias eran positivas para ambos. Nada de histerias. Nada de confusiones. Pero se trataba de algo que tampoco carecía de importancia. Se daba cuenta, claro está, de que si hubiera actuado como solía hacerlo normalmente, Joséphine estaría a su lado en la cama en aquel momento. Aunque sólo Dios sabe en qué agitado estado anímico verían pasar las horas de la madrugada, con el sexo como única esperanza de consuelo. Era un pensamiento desapacible. Habría habido problemas, y nada se habría ganado. Más bien se habría perdido algo. Pero ellos habían ideado un camino mejor, un camino que había desembocado en que él ahora estuviera solo en aquel cuarto y se sintiera bien respecto a todo. Incluso virtuoso. Casi levantó la copa a la salud de la imagen reflejada en el espejo, pero le pareció un gesto ridículo y se abstuvo de hacerlo.

Esperó un poco para llamar a Barbara, porque pensó que quizá le llamara Joséphine: su voz de madrugada, adormilada, desde la cama, tendría la oportunidad de decirle algo más, algo interesante, acaso serio, algo que ella no había querido decirle cuando estaban juntos en el coche y podían haberse tocado.

Pero Joséphine no llamó, y Austin se vio a sí mismo con la mirada fija en aquel teléfono de aire extranjero, deseando con todas sus fuerzas que sonara. Llevaba ya varios minutos manteniendo una larga conversación mental con Joséphine: deseaba tenerla allí con él en aquel momento; era eso lo que quería decirle, aunque ya había decidido que era una idea desapacible. Pero pensó en ella en la cama, dormida, y al hacerlo sintió una sensación de vacío, casi de náusea. Luego, quién sabe por qué, pensó en ella viéndose con el hombre con quien había tenido aquella aventura infausta, el hombre más joven que ella que había acabado con su matrimonio. Levantó el auricular para comprobar si el teléfono funcionaba. Y volvió a colgarlo. Y volvió a levantarlo y llamó a Barbara.

–¿Qué has hecho esta noche, cariño? ¿Lo has pasado bien?

El humor de Barbara era excelente. Estaba en la cocina preparándose la cena. Austin oyó ruido de cazuelas y sartenes. La visualizó, alta y hermosa, llena de seguridad y confianza ante la vida.

–He invitado a cenar a una mujer –dijo Austin sin rodeos.

No había desfase sonoro en la línea; era como si estuviera telefoneando desde la oficina. Algo, sin embargo, empezaba a irritarle. El sonido de cacharros, pensó; el hecho de que Barbara considerase que prepararse la cena era lo bastante importante como para seguir haciéndolo mientras hablaba con él. Su sensación de virtud se estaba esfumando.

–Vaya, qué maravilla –dijo Barbara–. ¿Alguien especial, o sólo alguien con aire de hambriento que te has encontrado en una esquina? –dijo, bromeando.

–Una mujer que trabaja en Éditions Périgord –dijo Austin en tono grave–. Una redactora.

–Qué bien –dijo Barbara, y Austin creyó apreciar en su voz un leve tono molesto. Se preguntó si en *su* voz se apreciaría también cierto timbre, algo capaz de alertarla por mucho que él tratara de parecer natural, algo imposible de ocultar, algo que ella ya hubiera detectado en el curso de los años.

–No ha estado mal –dijo Austin–. Nos lo hemos pasado bien. Pero vuelvo a casa mañana.

–Muy bien, te estamos esperando –dijo Barbara jovialmente.

–¿«Te estamos»? –dijo Austin.

–Yo. Y la casa. Y las plantas y las ventanas. Y los coches. Tu vida. Todos te estamos esperando con grandes sonrisas en la cara.

–Fantástico –dijo Austin.

–¡Pues claro que *es* fantástico! –dijo Barbara. Y se hizo un silencio en la línea; un silencio caro, transoceánico. Austin sintió la necesidad de recuperar el buen talante. No había ninguna razón para enfadarse. Ni para sentirse incómodo. Todo estaba bien. Barbara no había hecho nada malo, pero tampoco él–. ¿Qué hora es allí? –dijo Barbara luego, como sin darle importancia. Austin volvió a oír un ruido de cazuelas, y a continuación el agua corriendo por la pila. Su copa de champán se había calentado aún más, y su contenido tenía un sabor dulzón y había perdido toda fuerza.

–Más de la una –dijo Austin–. Tengo mucho sueño. Mañana me espera un día muy largo.

–Pues duérmete –dijo Barbara.

–Gracias –dijo Austin.

Se hizo otro silencio.

–¿Quién es esa mujer? –dijo Barbara en un tono un tanto crispado.

–Una mujer que acabo de conocer –dijo Austin–. Está casada. Tiene un niño pequeño. Ya ves, *la vie moderne.*

–*La vie moderne* –dijo Barbara. Estaba probando algo; fuera lo que fuere lo que estuviera cocinando, ahora lo estaba probando.

–Exacto –dijo Austin–. La vida moderna.

–Entiendo –dijo Barbara–. *La vie moderne*. La vida moderna. –Dio unos golpecitos en el borde de una cazuela con la cuchara.

–¿Te alegra que vuelva a casa?

–Pues claro que me alegra –dijo Barbara. Volvió a hacer una pausa y Austin trató de visualizar la expresión de su cara en aquel momento. Los bellos rasgos de Barbara parecían hacerse más finos cuando se enfadaba, y Austin se preguntó si ahora se estaría operando tal transformación en su cara–. ¿No piensas –dijo Barbara, tratando de aparentar mera curiosidad– que esta noche te has creído que me tienes muy segura?

De nuevo se hizo un silencio. Ella seguía cocinando. Estaba sola en casa, preparándose algo de cenar, y él estaba en un bonito hotel de París –un antiguo monasterio– bebiendo champán en pijama. Había cierta diferencia entre ambas cosas. Tenía que admitirlo. Aunque en última instancia no tenía demasiada importancia, porque a ninguno de los dos les faltaba de nada en aquel momento. Pero Austin sintió lástima por ella; sentía que pensara que él creía que «la tenía muy segura», cuando en su opinión no era cierto, cuando de hecho la amaba y estaba deseando verla. Lamentaba que ella no supiera cómo se sentía él ahora, hasta qué punto le importaba ella, su esposa. Si lo supiera, pensó Austin, se sentiría feliz.

–No –dijo Austin, contestando al cabo a su pregunta–. No creo que lo piense. No lo creo, de veras. ¿Crees que alguna vez se me ocurre pensar que te tengo muy segura?

–¿No lo piensas? Estupendo, entonces –dijo Barbara. Austin oyó cómo se cerraba un armario–. No quería que pensaras que me tenías tan segura, eso es todo.

–¿Por qué tenemos que hablar de esto ahora? –dijo Austin en tono lastimero–. Vuelvo a casa mañana. Estoy deseando verte. No estoy enfadado por nada. ¿Por qué lo estás tú?

–No lo estoy –dijo Barbara–. No te preocupes. No importa. Se me ocurren cosas y las digo sin pensar.

Se oyeron otros golpes de cuchara.

–Te quiero –dijo Austin. El borde de la oreja empezaba a dolerle por la presión del auricular; para hablar sin manos, lo mantenía apretado contra ella con el hombro.

–Muy bien –dijo Barbara–. Vete a dormir queriéndome.

–No quiero discutir.

–Entonces no discutas –dijo Barbara–. Quizá es que estoy de mal humor. Lo siento.

–¿Por qué estás enfadada? –dijo Austin.

–A veces... –dijo Barbara, y se quedó callada–. No sé. A veces me sacas de quicio.

–Vaya... Mierda –dijo Austin.

–Eso es. Mierda –dijo Barbara–. En fin, no es nada. Vete a dormir.

–Muy bien. Ya voy –dijo Austin.

–Te veré mañana, cariño.

–Sí –dijo Austin, queriendo sonar despreocupado. Empezó a decir algo. Quería decirle que la amaba, también en un tono de desenfado. Pero Barbara había colgado el teléfono.

Austin siguió sentado en la cama, en pijama, mirándose en el espejo nebuloso. Ahora veía una imagen diferente. Su figura aparecía veteada, y con aire contrariado; la luz de la mesilla tenía un matiz áspero, indiscreto, la copa de champán estaba vacía. Y la velada pasada se le antojaba infructuosa, fallida, vagamente humillante. Tenía el aspecto de alguien que ha tomado alguna droga. Y ésa era su verdadera imagen, pensó. Luego –sabía– no pensaría lo mismo: vería las cosas con una luz más amable, más halagadora. Se le levantaría el ánimo –siempre le sucedía– y se sentiría enormemente estimulado por algo, por cualquier cosa. Pero en aquel momento veía las cosas descarnadamente, pensó, era el momento en que la marea estaba baja y todo –incluido él mismo– se mostraba tal cual era. He ahí la vida real, se dijo. No se engañaba a este respecto. Aquélla era su verdadera imagen, y debía actuar con arreglo a ella.

Siguió sentado en la cama, con el ánimo sombrío. Se bebió lo que quedaba del champán y pensó en Barbara, sola en casa. Seguramente estaría haciendo algo para preparar su llegada la tarde próxima; disponiendo algunas flores recién cortadas o preparando algún plato que a él le gustaba especialmente. A lo mejor era eso lo que estaba haciendo mientras hablaban por teléfono, y en tal caso él no tenía por qué haberse molestado. Después de pensar en ello un rato, cogió el teléfono y empezó a marcar el número de Joséphine. Eran las dos de la madrugada. La iba a despertar, pero no importaba. Se pondría contenta. Él le diría la verdad: que no había podido evitar llamarla, que ocupaba su mente, que deseaba que estuviera allí con él, que la echaba ya de menos, que aquello era para él más importante de lo que podría parecer. Pero cuando acabó de marcar el número, comprobó que estaba comunicando. Y siguió comunicando los cinco minutos siguientes. Y el cuarto de hora siguiente. Así que después de un largo rato, desanimado, apagó la luz de la mesilla de noche, apoyó la cabeza sobre la almohada fresca y se durmió enseguida.

4

En la pequeña comunidad residencial de Oak Grove, Illinois, Austin se dispuso a continuar con su vida de siempre: ir y volver en coche a su oficina de Lilienthal, en la cercana localidad de Winnetka; ayudar a entrenar a un equipo de béisbol de la Pequeña Liga patrocinado por la empresa de linóleo de Oak Grove de un amigo; pasar las tardes en casa con Barbara, que trabajaba como agente inmobiliaria de una gran empresa que vendía locales comerciales y que estaba teniendo una excelente temporada de ventas.

Austin, sin embargo, percibía que algo no iba bien, y ello le producía un gran desconcierto. Barbara había decidido seguir con su vida cotidiana como si no se diera cuenta de nada, o como si lo que estuviera preocupando a su marido –fuera lo que fuese– se hallara sencillamente fuera de su alcance. Pensaba que, dado que lo amaba, las cosas acabarían por arreglarse: bien él resolvería su problema por él mismo o bien el problema sería arrastrado por la marea de una feliz vida en común. Barbara veía las cosas desde una perspectiva sistemáticamente optimista: si uno adopta la actitud adecuada, todo acaba saliendo bien. Pensaba así, decía, porque en su familia habían sido siempre presbiterianos de Escocia. Y Austin admiraba esta forma de ver las cosas, aunque no coincidiera siempre con su modo de pensar. Pensaba que la vida cotidiana poseía el potencial de «hacerte polvo» –la vida de sus padres en Peoria, por ejemplo, él jamás habría podido soportarla–, y a veces se imponía la necesidad de adoptar medidas extraordinarias. Barbara decía que tal punto de vista era típico de los irlandeses pobres.

El día que Austin volvió a casa –el sol, en el aeropuerto, era vivo y ardiente, y él, pese a acusar el desfase horario, se veía forzado a mostrarse de un humor excelente–, Barbara había preparado una pierna de venado con una sabrosa y secreta salsa de higos, cuyos ingredientes había conseguido después de rastrear el barrio húngaro de West Diversey, y patatas Brabante al ajo asado (guarnición preferida de Austin), todo regado con un magnífico Merlot del que Austin abusó mientras mentía minuciosa y concienzudamente sobre lo que había estado haciendo en París. Barbara se había comprado un vestido de primavera, se había dado nuevas mechas en el pelo y había puesto todo su empeño en organizar debidamente la feliz bienvenida y olvidar la desagradable conversación telefónica que habían mantenido la noche anterior a altas horas de la madrugada. Aunque Austin sentía que era a él a quien correspondía borrar de la memoria aquel momento incómodo y asegurarse de que su larga vida de pareja fuera de nuevo la fuente de una felicidad amable y sin fisuras.

Aquella noche –era martes– él y Barbara hicieron el amor breve y un tanto «beodamente» en la oscuridad del dormitorio de gruesas cortinas, con el incesante ruido de fondo de los ladridos del springer spaniel de un vecino de la calle colindante. Solían hacer el amor sin pasión, con una pericia fruto de la práctica, siguiendo una secuencia de supuestos y protocolos amorosamente cumplidos como una liturgia dirigida –aunque en realidad con poco que ver– al misterio y al caos que en un tiempo hicieron del sexo una necesidad imperiosa. Austin supo por el reloj digital de la cómoda que la totalidad del acto les había llevado –de principio a fin– nueve minutos. Se preguntó sombríamente si tal duración sería la normal en los norteamericanos de la edad de él y de Barbara. Inferior a la normal –se temía–, aunque sin duda la culpa era de él.

Tendidos en la callada oscuridad, uno al lado del otro, de cara al enlucido blanco del techo (el perro del vecino se había callado como siguiendo la indicación de algún oculto observador de su acto amoroso), intentaban encontrar algo que decirse. Ambos sabían que buscaban mentalmente eso: algún tema optimista, con contenido de futuro, que pudiera conjurar los dos o quizá tres años pasados, en los que su relación no había sido ninguna maravilla: un tiempo de escarceos para Austin y de paciencia para Barbara. Buscaban un tema que no levantara ampollas, que les permitiera dormirse pensando que realmente eran como ellos suponían que eran.

–¿Estás cansado? Debes de estar agotado –dijo Barbara con voz tranquila en la oscuridad–. Pobrecito. –Alargó una mano y le dio unos golpecitos en el pecho–. Venga, duérmete. Mañana te sentirás mejor.

–Me siento bien. No estoy cansado –dijo Austin en actitud alerta–. ¿Te parezco cansado?

–No. Supongo que no.

Callaron de nuevo, y Austin sintió que el sonido de las palabras de Barbara le ayudaba a relajarse. De hecho estaba terriblemente cansado. Pero quería poner un buen broche a la velada, que a su juicio había estado bien, y a su vuelta a casa, y al tiempo en que había estado fuera y se había encaprichado ridículamente de Joséphine Belliard. Aquel *encuentro* –no había habido «encuentro físico», por supuesto–, aquellas declaraciones y preocupaciones en relación con Joséphine Belliard, en cualquier caso, podían quedar a un lado de momento. Podía controlarlas. No pertenecían a la vida real –al menos no a los cimientos, a la vida *más real*, aquella de la que todo dependía–, por mucho que él hubiera *sentido* y manifestado fugazmente. No era un imbécil. No era tan estúpido como para perder el sentido de la proporción. Era un superviviente, pensó, y los supervivientes siempre sabían el terreno que pisaban.

–Me gustaría saber cómo van a ir las cosas ahora –dijo Austin de improviso. Estaba medio dormido, y había estado manteniendo dos conversaciones al mismo tiempo: una con Barbara, su mujer, y otra consigo mismo sobre Joséphine Belliard, y ahora las dos se estaban mezclando. Barbara no le había preguntado nada que pudiera justificar ni remotamente lo que él acababa de musitar como respuesta. De hecho, que él recordara, no le había preguntado nada en absoluto. Estaba balbuceando, hablando solo, medio dormido. Pero se apoderó de él un miedo frío, paralizador: miedo a haber dicho algo, casi dormido y medio borracho, que luego habría de lamentar; algo que pudiera incriminarlo y sacar a la luz la verdad sobre Joséphine. Aunque en su estado mental de aquel momento no estaba muy seguro de a qué verdad podía estarse refiriendo.

–No tendría que ser difícil, ¿no crees? –dijo Barbara en la oscuridad.

–No –dijo Austin, preguntándose si estaba realmente despierto–. Supongo que no.

–Estamos juntos. Y nos queremos. Tendríamos que ser capaces de hacer posible todo lo que deseáramos. –Le tocó una pierna a través de la tela del pijama.

–Sí –dijo Austin–. Tienes razón.

Ojalá Barbara se durmiera enseguida. No quería decir nada más. Seguir hablando era adentrarse en un campo de minas, ya que no estaba seguro de lo que decía.

Barbara guardaba silencio. Austin sintió que se le encogían las entrañas, pero fue sólo un instante, porque enseguida empezó a relajarse de nuevo, lentamente. Austin decidió no hablar más. Transcurridos unos minutos, Barbara se dio la vuelta en la cama y se quedó de cara a las cortinas. A través de la abertura entre ellas podía entreverse difusamente la farola de la calle, y Austin se preguntó si habría hecho algo sin darse cuenta que pudiera haberla hecho llorar.

–Bueno... –dijo Barbara–. Mañana te sentirás mejor, supongo. Buenas noches.

–Buenas noches –dijo Austin.

Y se deslizó hacia el sueño con una sensación de impotencia, de no haber gustado demasiado a Barbara, y de que no sólo era un hombre que ahora probablemente no gustaba mucho a nadie, sino que en su propia vida muy pocas cosas de las que siempre le habían hecho –y deberían hacerle– feliz le gustaban lo más mínimo.

En los días que siguieron Austin fue a trabajar como de costumbre. Hizo llamadas telefónicas «cosméticas» a sus clientes de Bruselas y Amsterdam. Le contó a un hombre que conocía desde hacía diez años y respetaba profundamente que los médicos le habían descubierto una muy «misteriosa inflamación» en el cuadrante superior del estómago, y que afortunadamente existía la esperanza razonable de que podría evitarse la cirugía con la ayuda de los fármacos. Trató de inventarse el nombre del fármaco que estaba tomando, pero no se le ocurrió ninguno. Luego se sintió mal por haber dicho una mentira tan sin sentido, y empezó a temer que el hombre en cuestión le contara algo de su supuesta enfermedad a su jefe.

Mientras contemplaba el delicadamente enmarcado mapa acimutal que le había regalado Barbara cuando le asignaron las prestigiosas cuentas de los clientes europeos, y que había colgado detrás de la mesa del despacho, con aquellos minúsculos banderines rojos que marcaban los lugares en los que había aumentado la cuota de mercado de la empresa –Bruselas, Amsterdam, Düsseldorf, París–, se preguntaba si su vida, su existencia cotidiana, se le estaba yendo de las manos, aunque de una forma tan gradual que ni siquiera alcanzaba a darse cuenta. Pero decidió que no, que no le estaba sucediendo eso, y como prueba adujo el hecho de que lo estaba pensando allí, en su despacho, en un día laborable cualquiera, con todo en orden y su vida en marcha, en lugar de estar pensándolo en un café de París en los sombríos días posteriores al desastre: un hombre con las solapas sucias, sin afeitar y corto de dinero, garabateando sus míseros pensamientos en un pequeño cuaderno de espiral como todos esos tarados que había visto a lo largo de los años que habían arruinado sus vidas. Aquella sensación de pesantez, de pérdida de amarras, no era en realidad –pensó– sino una señal de hallarse alerta, el peso de la responsabilidad aceptada, la prueba de que llevar la propia vida a feliz término no era en absoluto una tarea sencilla.

El jueves, nada más llegar a la oficina, puso una conferencia a Joséphine al trabajo. Había ocupado su mente casi minuto a minuto: sus pequeños rasgos, no perfectamente armónicos pero enormemente incitantes, su forma de caminar con las puntas de los pies hacia fuera, como un arrapiezo del campo. Pero también su suave y morena tez y sus delicados brazos, el susurro de su voz en el recuerdo: «*No, no, no, no, no...*»

–Hola, soy yo –dijo Austin. Esta vez el desfase sonoro era considerable, y podía oír el eco de su voz en la línea. No le gustó cómo «sonaba»: tenía un timbre demasiado alto, como el de un chiquillo.

–Ah, hola –fue todo lo que dijo Joséphine.

Austin oyó un crujir de papeles y el ruido le produjo irritación.

–Estaba pensando en ti –dijo.

Se hizo una larga pausa, que Austin sobrellevó con incomodidad.

–Sí –dijo Joséphine. Siguió una nueva pausa–. Yo también. ¿Cómo estás?

–Estoy bien –dijo Austin, en tono de no querer hacer demasiado hincapié en ello. Lo que quería subrayar era que la echaba de menos–: Te echo de menos –dijo, y se sintió poco rotundo al escuchar su voz dentro del eco.

–Sí –dijo ella al cabo, en tono romo–. Yo también a ti.

Austin no estaba seguro de que ella hubiera oído lo que había dicho. Seguramente estaba hablando con otra persona, con alguien de la oficina. Se sintió desconcertado y consideró la posibilidad de colgar. Pero sabía cómo se sentiría luego si lo hacía. Horriblemente mal. Ahora debía perseverar, o acabaría sintiéndose terriblemente mal.

–Me gustaría tanto verte –dijo Austin, con el oído pegado al auricular.

–Sí –dijo Joséphine–. Ven e invítame a cenar esta noche. –Soltó una risa áspera, irónica.

Austin se preguntó si lo habría dicho para que lo oyera alguien, alguien de la oficina que estaba al tanto de lo relativo a él y que lo consideraba un imbécil. Volvió a oír un ruido de papeles. Sintió que las cosas le daban vueltas.

–Lo digo en serio –dijo–. Lo haría si pudiera.

–¿Cuándo vuelves a París?

–No lo sé. Pero muy pronto, espero.

No sabía por qué había dicho eso, porque no era verdad, o al menos no estaba programado en ninguno de sus planes de trabajo. Sólo que en aquel momento le había parecido posible. Todo era posible. Y aquello, ciertamente, parecía *inminentemente* posible. Aunque no tenía la menor idea del *cómo*. Uno no decidía de pronto irse de fin de semana a París. Francia no era Wisconsin.

–Bueno, pues llámame, ¿no? –dijo Joséphine–. Saldremos.

–Lo haré –dijo Austin, y el corazón le empezó a latir con fuerza–. Cuando vaya, te llamaré.

Quería preguntarle algo. Pero no sabía qué. No se le ocurría nada que preguntar.

–¿Cómo está Leo? –dijo, utilizando la pronunciación inglesa del nombre.

Joséphine se echó a reír, pero no irónicamente.

–¿Cómo está *Leo*? –dijo con la misma pronunciación–. Léo está estupendamente. Está en casa. Y yo voy a irme a casa enseguida. Ya ves.

–Muy bien –dijo Austin–. Estupendo. –Giró sobre sí mismo con rapidez y se quedó mirando París en el mapa. Como de costumbre, le sorprendió lo cerca que estaba de la parte superior de Francia en lugar de en el mismo centro, como siempre había pensado. Quería preguntarle por qué no le había llamado la última noche que se habían visto; quería hacerle saber que había estado esperando su llamada. Pero entonces recordó que su teléfono había estado comunicando, y quiso saber con quién había estado hablando. Claro que no podía preguntárselo. Era un asunto que a nadie concernía salvo a ella.

–Muy bien –repitió Austin. Y supo que cinco segundos después la llamada habría acabado y París volvería instantáneamente a estar tan lejos de Chicago como siempre había estado. Casi susurró «Te quiero» en el teléfono. Pero habría sido un error, y no lo dijo, aunque parte de él deseaba desesperadamente hacerlo. Entonces estuvo a punto de decirlo en francés, en la creencia de que tal vez significara menos que en inglés. Pero volvió a contenerse–. Tengo muchísimas ganas de verte –dijo al cabo, a modo de blanda componenda final.

–Bueno. Llámame. Un beso –dijo Joséphine Belliard, pero

con una voz extraña, una voz que Austin no le había oído antes, casi una voz «emocional». Luego, sin más, colgó.

Austin siguió sentado en su despacho, mirando fijamente el mapa, preguntándose por aquella voz: qué podría significar, cómo debía interpretarla. ¿Era la voz del amor, o una mera treta de la línea telefónica? ¿O bien una artimaña de su oído, que le hacía oír algo que él quería oír para no sentirse tan mal como imaginaba que debía sentirse pero de hecho no se sentía? Porque se sentía maravillosamente bien. Exaltado. Mejor que nunca desde la última vez que la había visto. Vivo. Y no había nada malo en ello. Si algo le hace a uno sentirse bien durante un instante y nadie sale perjudicado con ello, ¿por qué iba uno a reprimirse? Había gente que se reprimía. ¿Con qué objeto? Los tipos con los que había ido a la universidad, que nunca se apartaban de la senda correcta una vez que la habían tomado, jamás llegaban a sentir un instante tal de exaltación, y muy posiblemente jamás llegarían a conocer la diferencia. Pero él *sí* conocía la diferencia, y merecía la pena, por duro que fuera lo que hubiera de afrontar para vivir con las consecuencias. Sólo tienes una vida, pensó Austin. Vívela a fondo. Sí, había oído lo que había oído.

Aquella tarde recogió a Barbara en las oficinas de la inmobiliaria y fueron a cenar a un restaurante. Era algo que hacían a menudo. Barbara solía trabajar hasta tarde, y a los dos les gustaba el Hai-Nun, un restaurante polinesio medianamente chic situado en Skokie. Era un local oscuro de teca y bambú donde las copas eran dobles y donde al final, cuando estabas demasiado borracho para abrirte camino hasta una mesa, podías pedir una fuente de las especialidades de la casa y «despejarte» comiéndotelas tranquilamente en la barra.

Un conocido de Austin llamado Ned Coles, *broker* de materias primas, había estado un rato con ellos en la barra, dándoles palique y comentando cómo los buenos tiempos en el Ministerio de Comercio eran cosa del pasado, y hablando de las grandes oportunidades surgidas en Europa a partir de 1992, y de cómo los Estados Unidos iban a perder probablemente el tren, y de cómo los Fighting Illini habían mejorado considerablemente en los entrenamientos de primavera, y finalmente de Suzie, su ex mujer, que se iba a vivir a Phoenix la semana próxima para poder participar con más intensidad en el mundo del atletismo. Estaba interesada, explicó Ned Coles, en participar en competiciones de resistencia física de la modalidad «mujer de hierro».

–¿Y no puede ser una «mujer de hierro» en Chicago? –preguntó Barbara. Ella apenas conocía a Ned Coles, y se estaba aburriendo como una ostra. La ex mujer de Ned, además, «secuestraba» a sus dos hijos y se los llevaba a Arizona, lo cual dejaba a Ned con los ánimos por los suelos, aunque sin ganas de montar un escándalo al respecto.

–Claro que puede –dijo Ned. Era un hombre corpulento y de cara rubicunda, que aparentaba tener más años de los que tenía: cuarenta y seis. Había estudiado en Harvard, y había vuelto a casa a trabajar en la empresa de su padre, y pronto se había convertido en un borracho y en un auténtico incordio para todos. Austin lo había conocido hacía quince años en las clases nocturnas de la M. B. A.[1] No solían verse ni frecuentaban los mismos medios–. Pero ése no es el problema que me preocupa –siguió diciendo Ned.

–¿Cuál es el problema que te preocupa? –dijo Austin, removiendo un cubito de hielo en su ginebra.

–*Moi-même* –dijo Ned con expresión adusta–. Ella sostiene que soy un campo de fuerza negativa que irradia todos los barrios residenciales de la zona norte. Así que para que ella se quedara yo tendría que mudarme a Indiana. Y para mí ése es un sacrificio excesivo. –Ned se echó reír con tristeza. Sabía un montón de chistes sobre Indiana que Austin ya conocía. Indiana, para Ned Coles, era un lugar en el que avistabas el buque insignia de la marina polaca y visitabas el monumento a la memoria de los héroes de guerra argentinos. Ned era de Chicago de toda la vida, y también, en opinión de Austin, un completo idiota. Le deseó a su ex mujer buen viaje a Arizona.

Cuando Ned se despidió y salió del restaurante, dejándolos solos en el bar de teca laqueada, Barbara guardó silencio. Los dos

1. Master of Business Administration. *(N. del T.)*

estaban bebiendo ginebra, y se mantuvieron sin hablar mientras el camarero les servía otro par de copas con hielo. Austin sabía que estaba ya un poco borracho, y que probablemente Barbara estaba aún peor que él. Presintió la inminencia de un conflicto, sobre cuya naturaleza no estaba muy seguro. Pero anheló volver a sentir lo que había sentido aquella mañana después de hablar por teléfono con Joséphine Belliard. Exaltación. Sentirse furiosamente vivo. Había sido un sentimiento pasajero, lo comprendía perfectamente. Pero ahora lo anhelaba aún más dolientemente, dada su calidad de ilusorio y su inocente insignificancia.

–¿Te acuerdas de la otra noche? –empezó a decir Barbara como eligiendo las palabras con concienzuda precisión–. Tú estabas en París, y yo aquí, en casa. Te pregunté si pensabas que me tenías muy segura. –Fijó la atención en el borde del vaso, pero de pronto alzó los ojos y su mirada buscó la de Austin. Había otra pareja en la barra, y el camarero se había sentado en un taburete, al otro extremo, y se había puesto a leer el periódico. Era la hora de la cena, y en la parte destinada a restaurante había mucha gente. Alguien había pedido un plato flambeado, y cuando lo llevaban hacia el comedor Austin vio cómo la llama amarilla se alzaba hacia el techo y oyó el fuerte *sssss* y el alborozado «Ohhh» de los clientes.

–No creo que lo pensara –dijo Austin en tono resuelto.

–Ya sé que no lo crees –dijo Barbara, y asintió con la cabeza despacio–. Y puede que estés en lo cierto. Puede que yo estuviera equivocada. –Volvió a quedarse mirando el vaso de ginebra–. Pero lo que sí es verdad, Martin, y lo que es peor, o sea, en relación contigo, es que también crees tener muy segura a *tu persona*. –Barbara siguió asintiendo con la cabeza, sin mirarle, como si acabara de descubrir una enjundiosa aunque inquietante paradoja filosófica. Cuando Barbara se enfadaba con él, sobre todo si estaba un poco borracha, asentía con la cabeza y hablaba de aquel modo meticuloso en extremo, como si tras haber dedicado una honda reflexión al asunto en cuestión deseara exponer sus conclusiones y aportar algo al sentido común. Austin llamaba a tal costumbre «leer los ingredientes de un cóctel molotov», y le resultaba odiosa, y deseaba con todas sus fuerzas que Barbara no la pusiera nunca en práctica, pero hasta entonces nunca había encontrado un buen momento para sacar el asunto a colación.

–Lo siento, pero creo que no entiendo a qué te estás refiriendo –dijo en el tono más natural que le fue posible modular.

Barbara le miró con curiosidad, y sus perfectos rasgos de reina de la belleza de una hermandad femenina de estudiantes se hicieron tan precisos y angulosos como sus palabras.

–Me refiero a que piensas, en relación contigo mismo, que nada te puede cambiar. Que es como si fueras algo *fijo*. En tu interior, quiero decir. Te ves a ti mismo como algo dado, piensas que el viajar a algún país extranjero y las cosas que haces allí no tienen ningún efecto en ti, no van a cambiarte de alguna forma. Pero no es cierto, Martin. Porque *estás* diferente. De hecho estás inaccesible, y llevas así bastante tiempo. Dos o tres años por lo menos. He intentado llevarme bien contigo y hacerte feliz, porque el hacerte feliz siempre me ha hecho feliz a mí. Pero ahora ya no me hace feliz, porque has cambiado y me da la sensación de que no «llego a ti», y de que ni siquiera te das cuenta de en qué te has convertido, aunque, la verdad, ya no me importa gran cosa. Me ha venido a la cabeza todo esto esta tarde, mientras pedía que me buscaran un título de propiedad en la oficina. Y siento mucho que ahora te caiga como una bomba.

Barbara sorbió el aire y miró a Austin, y esbozó una levísima sonrisa. No estaba a punto de llorar. Tenía la mirada fría, y hablaba en tono desapasionado, como si estuviera comunicándole la muerte de algún pariente lejano que ninguno de los dos recordaba muy bien.

–Siento oírte decir eso –dijo Austin, deseoso de permanecer tan tranquilo como ella, aunque no tan frío. No sabía exactamente lo que podría significar lo que Barbara acababa de decirle, o qué era lo que podía haberlo suscitado, porque no tenía conciencia de haber hecho nada malo en el pasado reciente. Que él pudiera recordar, nada había sucedido dos o tres años atrás. Joséphine Belliard le había causado cierto efecto, sí, pero era algo que acabaría pasando como todo pasa en la vida. Y la vida parecía continuar. Pensó, de hecho, que había estado actuando con Barbara del más normal de los modos que podía imaginar.

Pero ¿significaba eso que ella ya había soportado todo lo que estaba dispuesta a soportar y ahora le decía adiós? Sería un verdadero mazazo –pensó–, lo último que él podía desear. ¿O tan sólo quería decirle que tenía que dar un drástico giro y volverse más accesible, que debía volver a ser de un modo que ella consideraba aceptable, pese a que él hubiera jurado que nunca había cambiado de modo de ser? O acaso intentaba decirle que ahora se proponía hacer sus propios cambios, ser menos indulgente, menos amorosa, interesarse menos por él, prestarse más interés a sí misma; que su matrimonio iba a empezar a emprender una nueva y más equitativa senda... Que iba a ser algo distinto, en fin, algo que a Austin no le «sonaba» nada bien.

Barbara seguía sentada, pensativa, en medio del silencio que le estaba concediendo a Austin para que reaccionara. Austin, ciertamente, necesitaba articular una respuesta. Necesitaba responder franca e inteligentemente a sus acusaciones, y mostrar comprensión respecto a su beligerante posición. Pero también necesitaba defender su propia posición, y al mismo tiempo ofrecer una salida realista al aparente callejón sin salida en que se encontraban. Era mucho, en definitiva, lo que en aquel momento se esperaba de él. Al parecer Barbara esperaba que lo resolviera todo: que asumiera ambas posiciones, la de ella y la de él, y que se las arreglara para aunarlas de forma que o bien todo volvía a ser como antes o bien mejoraba y hacía posible que ambos fueran más felices, hasta el punto de sentir que si bien la vida era una sucesión de peligrosas escarpaduras que uno había de escalar con dificultad, al menos al final salía victorioso, con lo que todas las pesadillas pasadas habrían valido la pena ante las pingües recompensas de la felicidad.

Una admirable visión del mundo, pensó Austin. Un punto de vista sano, tradicional, muy en la línea de las creencias norteamericanas, que lo hacen a uno subir al altar con la mirada arrobada y una absoluta certidumbre. Era una visión que Barbara siempre había mantenido y él siempre había envidiado. Barbara estaba muy incardinada en la tradición norteamericana. Era una de las grandes razones por las que ella le había cautivado años atrás, y por las que sabía que era la mujer ideal que tanto él como cualquier otro hombre podría amar. Sólo que en aquel momento no veía lo que él podía hacer para que los deseos de Barbara se hicieran realidad (si es que tenía la más remota idea de cuáles podían ser tales deseos). Así que lo que dijo, tras admitir que sentía mucho lo que acababa de oírle, fue:

–Pero no creo que haya nada que yo pueda hacer a ese respecto. Ojalá lo hubiera. Lo siento de veras.

–Entonces no eres más que un gilipollas –dijo Barbara, y volvió a asentir con la cabeza, llena de seguridad en sí misma y en ademán concluyente–. Y también eres un mujeriego y un cabrón. Y ya no quiero seguir casada con ninguna de esas cosas ni un solo minuto más. Así que... –Se tomó el último trago de ginebra y plantó el grueso vaso con fuerza sobre el pequeño posavasos húmedo–. Así que... –volvió a decir, como deleitándose en la seguridad de su propia voz–. Que te follen. Y adiós.

Dicho esto, se levantó y avanzó muy recta y con paso firme hacia la salida del restaurante (tan recta que Austin ni se preguntó si sería capaz de conducir), y desapareció tras la esquina de bambú en el momento en que otra gruesa y amarilla lengua de fuego invadía el aire del oscuro comedor y el sonido cálido y sibilante de la llama llegaba a los comensales, que volvieron a lanzar un asombrado *«Ohhh...»*, e incluso unos cuantos prorrumpieron en aplausos.

La reacción de Barbara había sido sin duda excesiva, pensó Austin. En primer lugar, no sabía nada de Joséphine Belliard, puesto que no había nada que saber. No había hechos comprometedores. Barbara barruntaba algo; e injustamente, además. Con toda probabilidad se sentía mal consigo misma, y esperaba poder hacerle a él responsable de su malestar. En segundo lugar, no era nada fácil decir la verdad sobre cómo se siente uno cuando tal verdad no es la que la persona que amas quiere oír. Él había hecho todo lo que estaba en su mano al decir que no estaba seguro de lo que podía hacer para hacerla feliz. Ello habría podido ser un punto de partida. Él tenía la sensación de que aquella rotunda postura inicial de Barbara no había sido sino una toma de posición estratégica, y que mientras pudiera estarse «cociendo» una gran pelea siempre habría sido posible dirimirla en el curso de la velada, para acabar con mutuas peticiones de disculpas, tras las cuales los dos se sentirían mejor, e incluso liberados. Había sido así en el pasado, cuando él se había «distraído» temporalmente con alguna mujer que había conocido en sus viajes. Escarceos normales y corrientes, solía decirse Austin.

Aunque a veces las mujeres constituían todo un problema. Él disfrutaba de su compañía, le encantaba oír sus voces, conocer detalles de sus vidas semiíntimas y dramas cotidianos. Pero sus tácticas para enterarse de ellas a veces le creaban una sensación muy peculiar, como si por una parte hubiera entrado en posesión de secretos que no deseaba guardar, mientras por otra sentía que otra parcela crucial de su vida –la que vivía con Barbara, por ejemplo– no recibía el aprecio que merecía, y que de algún modo se malbarataba.

Pero Barbara, al marcharse, había ido más allá de todo límite. Ahora ambos estaban solos, aislados en pequeños «capullos» de resentimientos y justificaciones, y era en ese tipo de momentos cuando las cosas jamás mejoraban sino empeoraban. Todo el mundo lo sabía. Ella había originado aquella situación, no él, y era ella quien debía vivir con las consecuencias, por leves o graves que fueran. La bebida también tenía algo que ver en todo ello, pensó Austin. Tanto en él como en ella. En aquella ocasión había habido una gran tensión entre ellos, y la bebida siempre era una respuesta natural a la tensión. No pensaba que ninguno de los dos tuviera ningún problema especial con la bebida, y menos aun él, Austin. Pero decidió, allí sentado en la barra de teca, frente a un vaso de Beefeater's, que dejaría de beber tan pronto como pudiera.

Cuando salió al oscuro aparcamiento, no vio a Barbara por ninguna parte. Había transcurrido una media hora desde su marcha. Pensó que quizá la encontraría en el coche, furiosa o dormida. Eran las ocho y media. El aire era frío, y Old Orchard Road estaba atestada de automóviles.

Cuando llegó a casa, las luces estaban apagadas y el coche de Barbara, que había dejado en la oficina cuando él había ido a recogerla, no estaba en el garaje. Austin fue recorriendo la casa, encendiendo las luces, y al cabo llegó al dormitorio. Abrió la puerta con sumo cuidado, porque no quería despertarla en caso de que estuviera en la cama, echada sobre la colcha, dormida. Pero Barbara no estaba. El cuarto estaba a oscuras; sólo se veía el fulgor del despertador digital. Estaba, pues, solo en la casa, y no tenía la menor idea de dónde podría estar su mujer, aunque al parecer le estaba abandonando. Se había puesto realmente furiosa. Lo último que le había dicho era: «Que te follen.» Y acto seguido se había largado, algo que jamás había hecho antes. Cualquiera podría concluir, pues –se dijo Austin–, que había decidido dejarle.

Austin se sirvió un vaso de leche en la cocina, que estaba vivamente iluminada, y pensó en la eventualidad de tener que testificar ante un tribunal sobre aquellos momentos y hechos que estaba viviendo, al igual que sobre el desagradable incidente del Hai-Nun y sobre las palabras finales de Barbara. En el pleito de divorcio, se imaginó sentado ante una mesa con sus abogados, y Barbara ante otra con los suyos, y ambos mirando hacia el frente, de cara al estrado del juez. En su actual estado de ánimo Barbara no iba a dejarse persuadir por su versión, por la forma en que él veía las cosas. No cambiaría de parecer ni decidiría olvidarlo todo en medio de la sala del juicio porque él la hubiera mirado fijamente a los ojos y le hubiera dicho sólo la verdad. Sin embargo, pensó Austin, el divorcio no era en absoluto una buena solución.

Austin fue hasta la puerta corredera que daba al jardín trasero y a los oscuros jardines sin valla de los vecinos, y en el cristal vio las tenues luces de sus casas y el reflejo de los armarios de su propia cocina y de sí mismo con el vaso de leche en la mano, y de la mesa y las sillas del desayuno, todo combinado como en un perfecto y medio iluminado diorama.

En el segundo de los desenlaces posibles (es decir, si el conflicto no quedaba en una reñida y desagradable tentativa de divorcio seguida de una hosca reconciliación tras comprobar que les faltaba valor para seguir adelante), *él se habría liberado.*

Él no la había dejado. Ella le había dejado a él. Él no había proferido amenazas ni quejas, ni declaraciones resentidas, insultantes, medio beodas, ni mutis de telenovela para perderse en la oscuridad. Ella había hecho tales cosas. Él no quería quedarse solo. Ella quería quedarse sola. Y, por lo tanto, *él era libre.* Libre para hacer lo que le viniera en gana, sin hacer preguntas ni verse obligado a dar respuestas, sin recelos ni recriminaciones. Ni medias verdades aclaratorias. Toda una revelación.

En el pasado, cuando él y Barbara se peleaban y él sentía vivos deseos de montar en el coche e irse a Montana o Alaska, a trabajar para el servicio forestal –sin intención de escribir ni de llamar, aunque sin molestarse tampoco en ocultar su identidad o paradero–, había caído en la cuenta de que jamás tendría el valor suficiente para enfrentarse al instante mismo de la partida. Sus pies se negarían a moverse. Solía decir de sí mismo, con callado orgullo, que no era bueno en las despedidas. En el hecho de marcharse de casa había –según él– una traición, una traición a Barbara. Y a sí mismo. Uno no se casa con alguien para un buen día poder marcharse, le había llegado a decir a Barbara en una ocasión. De hecho ni siquiera era capaz de pensar seriamente en marcharse de casa. Y en cuanto a lo del servicio forestal sólo llegaba a imaginarse hasta el final del primer día (cuando, cansado y mortificado por el duro trabajo, su mente se vaciara de preocupaciones). Pero luego todo era muy confuso respecto a lo que podía venir después: otro día de trabajo agotador similar al anterior. Y ello significaba –comprendía– que no deseaba marcharse de casa; que su vida, su amor por Barbara, eran sencillamente demasiado fuertes. Marcharse de casa era lo que hacía la gente débil. De nuevo sus compañeros de universidad eran los ejemplos a *no* seguir, los cobardes desertores. La mayoría de ellos se habían divorciado, habían sembrado el país de hijos de todas las edades, enviado rutinaria y ceñudamente sustanciosos cheques a Dallas y a Seattle y a Atlanta, sin jamás dejar de rumiar su arrepentimiento. Se habían largado de casa y ahora lo lamentaban de veras. Pero en su caso era distinto: su amor por Barbara merecía mucho más. Había en él alguna fuerza vital demasiado fuerte, demasiado plena, como para marcharse de casa, lo cual quería decir algo, lo cual significaba algo importante y perdurable. Era de esta fuerza –intuía– de la que hablaban las grandes novelas que en el mundo han sido.

Se le había ocurrido pensar, por supuesto, que a lo peor lo que era en realidad era un cobarde rastrero y mentiroso sin el coraje suficiente para enfrentarse a una vida en soledad; un hombre que no valía para quedarse solo en un mundo complejo y lleno de las consecuencias de sus propios actos. Aunque éste no dejaba de ser también un modo convencional de entender la vida, otra concepción de telenovela, y sabía que no debía caer en ella. Él era un hombre que «se quedaba». Era un hombre que no tenía por qué tomar el camino más obvio. Se quedaría allí para presidir las desagradables consecuencias de las turbulencias de la vida. Y en ello residía, se decía, la fuerza innata de su carácter.

Sólo que ahora, extrañamente, se hallaba confuso, como en un limbo. El lugar en el que se había jurado permanecer parecía de pronto hacerse trizas y desaparecer. Y le resultaba *estimulante*. Sentía, de hecho, que aunque Barbara fuera a todas luces la causante de la situación en que se encontraban, tal vez la hubiera causado él mismo. De todos modos, probablemente era inevitable, probablemente estaba destinado a sucederles fueran cuales fueren causas y secuelas.

Fue hasta el carrito del bar del estudio y se sirvió un poco de whisky escocés en el vaso de leche, y volvió y se sentó en una silla de la cocina, frente a la puerta corredera de cristal. En el rectángulo de luz proyectado por la ventana vio dos perros que correteaban por el césped. Al poco llegaron otros dos, uno de ellos el springer spaniel al que solía oír ladrar en la madrugada. Y finalmente se les unió un pequeño y solitario chucho de aire astroso que no paraba de olisquear el suelo en pos de los otros cuatro, y que al pasar junto a la ventana alzó la mirada hacia Austin, parpadeó y salió al trote del rectángulo de luz.

Austin había imaginado a Barbara alojándose en un caro hotel del centro, bebiendo champán, pidiendo una ensalada Cobb al servicio de habitaciones y pensando las mismas cosas que él había estado pensando. Pero lo que Austin ahora empezaba a sentir en realidad, y de un modo harto sombrío, era que llegado el momento de la verdad, las secuelas de casi todo lo que había hecho en un largo periodo de tiempo *no* le habían producido placer alguno. Pese a sus buenas intenciones, y pese a amar a Barbara –pensaba– como muy pocos habían amado jamás a nadie, y a sentir que debía asumir toda la culpa de cuanto había sucedido aquella noche, juzgó incuestionable el hecho de que ahora no podía hacerle a Barbara ningún bien. Ahora no podía causarle sino mal. Y si su lastimosa ineptitud para dar satisfacción a los sinceramente expresados, y al menos parcialmente legítimos, motivos de agravio de

Barbara no era prueba suficiente de su fracaso, lo sería ciertamente el juicio de la propia Barbara:

–Eres un gilipollas –había sentenciado.

Y él había concluido que tenía razón. *Era* un gilipollas, y era también las demás cosas, y odiaba tener que admitirlo. La vida no cambiaba de dirección: *descubrías* más tarde que había cambiado de dirección. Es decir, ahora. Y lo lamentaba tanto como cualquiera de las cosas que recordaba haber lamentado más. Pero no podía evitarlo, sencillamente. Lo que no le gustaba no le gustaba, y lo que no podía hacer no podía hacerlo.

Lo que *sí podía* hacer, sin embargo, era marcharse. Volver a París. Inmediatamente. Esa misma noche si fuera posible, antes de que Barbara volviera a casa, antes de que los dos se enzarzaran de nuevo y él volviera a verse encarado con el hecho de ser un gilipollas y con el asunto de su vida en común. Sentía como si un fino cable de alta tensión que tuviera tendido entre los dedos de los pies y la parte posterior del cuello estuviera siendo tironeado con violencia por un dedo invisible, causándole una helada vibración, un acerado cosquilleo que se le proyectó primero hasta el estómago y luego hasta la punta de los dedos.

Se sentó en la silla, muy erguido. Iba a dejar su casa. Luego se sentiría horriblemente mal, y despojado, y se vería en la ruina, tal vez sin techo, viviendo de la asistencia social, y gravemente enfermo de algún mal originado por el abatimiento. Pero ahora se sentía enardecido, preparado, lleno de excitación. Aunque tal sensación no iba a durarle siempre; ni siquiera una buena temporada, probablemente. El mero sonido de la puerta de un taxi cerrándose en la calle haría saltar por los aires todo su frágil entramado, y daría al traste con su oportunidad de actuar.

Se puso en pie y fue deprisa a la cocina y llamó por teléfono a un taxi. Dejó el auricular descolgado, bamboleándose al extremo del cable, y recorrió la casa comprobando que puertas y ventanas estuvieran cerradas. Entró en el dormitorio, encendió la luz, sacó su maleta de debajo de la cama, la abrió y empezó a meter, en un lado, los dos trajes que cabían, y en el otro ropa interior, camisas, un par de zapatos, un cinturón, tres corbatas a rayas, amén de un neceser aún lleno de su último viaje. Como en respuesta a una hipotética pregunta de alguien que le estuviera observando, dijo en voz alta: «No he traído muchas cosas. Metí unas cuantas en la maleta y me vine.»

Cerró la maleta y la llevó a la sala. Su pasaporte estaba en el secreter. Se lo metió en el bolsillo del pantalón, cogió un impermeable del armario contiguo a la puerta principal –una especie de largo chaquetón de material gomoso que había comprado por catálogo– y se lo puso. Cogió el billetero y las llaves, y antes de salir se volvió y miró la casa.

Estaba yéndose. Dentro de unos segundos se habría ido. Lo más probable era que jamás volviera a estar allí de pie, en aquella entrada, contemplando aquellos espacios, sintiéndose como se sentía. Tal vez volviera a suceder algo de «lo que estaba sucediendo en aquel instante», cierto, pero jamás todo. Y era tan fácil: en un instante dado estabas de lleno en una vida, y al instante siguiente estabas fuera totalmente. Y apenas te llevabas contigo unas cuantas cosas.

Una nota. Pensó que debía dejar una nota y volvió corriendo a la cocina, sacó del cajón el bloc verde fluorescente donde solían apuntar las compras pendientes y escribió en el dorso: «Querida B.» Y se detuvo, porque no sabía cómo seguir. Conseguir algo con sentido le llevaría hojas y hojas, para de todas formas acabar resultando absurdo y fuera de lugar. Unas breves palabras resultarían irónicas o sentimentales, y pondrían de manifiesto de un modo enteramente nuevo lo gilipollas que era, algo opuesto por completo a lo que perseguía al escribirla. Dio la vuelta a la hoja. En ella, impresa, había una lista de comestibles, con espacios en blanco para los apuntes pertinentes.

Pan ....
Leche ....
Cereales ....
Huevos ....
Verduras ....
Hamburguesas ....
Manteca ....
Queso ....
Otros ....

Podría utilizar el espacio en blanco de «Otros» para escribir «París», pensó. París entraría ciertamente en «Otros». Sólo que únicamente un completo gilipollas haría algo semejante. Volvió a darle la vuelta a la hoja y encaró el lado donde había escrito «Querida B». Nada de lo que se le ocurría le parecía apropiado. Todo pretendía suplantar con palabras *su* vida en común, pero en vano. Su vida en común era su vida en común, y nada podía asumir su representación sino ella misma, y nunca un puñado de palabras garabateadas en el dorso de una lista de la compra.

El taxi tocaba el claxon fuera. Por alguna razón que no se detuvo a indagar fue hasta la pared y volvió a colocar el auricular en su horquilla, y casi al instante empezó a sonar el teléfono: unos fuertes, agudos, estridentes y turbadores timbrazos que retumbaron en la cocina amarilla como si todas sus paredes fueran de metal. Oyó cómo sonaban los teléfonos de las demás habitaciones. La casa, de pronto, se había llenado de un caos insufrible. Debajo de «Querida B», escribió deprisa, furiosamente: «Te llamaré. Con amor, M», y pegó la nota bajo el teléfono vociferante. Luego se dirigió apresuradamente hasta la entrada, cogió la maleta y salió de la casa vacía a la suave noche primaveral y suburbana.

5

Durante los primeros y descorazonadores días que siguieron a su vuelta a París, Austin no llamó a Joséphine Belliard. Debía ocuparse de otros asuntos más apremiantes: conseguir, a través de torturadoras conexiones telefónicas, que le concediesen una baja temporal en el trabajo. «Problemas personales», alegó remilgadamente ante su jefe, en la certeza de que éste inferiría que estaba atravesando una crisis nerviosa.

–¿Cómo está Barbara? –preguntó Fred Carruthers en tono alegre, lo cual molestó a Austin.

–Barbara está muy bien –dijo–. Estupendamente. Llámala. Le encantará hablar contigo.

Y colgó, pensando que a lo mejor no volvía a ver jamás a Fred

Carruthers, y que le importaba un comino si lo volvía a ver o no, pero convencido de que su tono le habría parecido de extremo abatimiento, exactamente lo último que había deseado transmitir.

Hizo que su banco de Chicago le enviara algún dinero: el suficiente para unos seis meses. Llamó a una de las dos personas que conocía en París: un antiguo compañero de *fraternity* universitaria, homosexual y novelista en ciernes, que vivía en Neuilly. Dave, su viejo camarada, le preguntó si también él se había vuelto homosexual, y se echó a reír como un poseso. Al final, sin embargo, Dave recordó que tenía un amigo que tenía un amigo..., y Austin, después de dos inquietas noches en su acostumbrado Hotel de la Monastère, en el curso de las cuales el dinero se le antojó un buen motivo de agobio, recibió las llaves de la guarida de cierto sodomita, un lujoso apartamento decorado de metal y terciopelo, con enormes espejos en el techo del dormitorio, en la rue Bonaparte, cerca de Deux Magots, donde se decía que Sartre solía sentarse al sol a pensar.

La mayor parte de esos primeros días –suaves, luminosos días de mitad de abril– Austin los pasó acusando el desfase horario, sumido en un enorme cansancio, y cada vez que se miraba en el espejo del cuarto de baño no veía sino una imagen obsesionada y enfermiza. No quería ver a Joséphine en tal estado. Sólo había estado en Norteamérica tres días, y en una sola velada frenética había tenido una gran pelea con Barbara, había salido a la carrera hacia el aeropuerto en un taxi, había esperado toda la noche un vuelo con destino a Orly para el que no tenía reserva y finalmente le habían asignado un asiento central, en medio de dos niños franceses. De locos. Casi todo en aquel asunto era decididamente de locos. Probablemente *sí* estaba atravesando una crisis nerviosa, después de todo. Una crisis de la que él ni siquiera alcanzaba a tener la menor sospecha. Al final Barbara y algún psiquiatra tendrían que llevarle de vuelta a su país con una camisa de fuerza y fuertemente sedado. Pero eso vendría más tarde.

–¿Dónde estás? –le preguntó Barbara en tono frío, cuando por fin consiguió dar con ella en casa.

–En Europa –dijo él–. Voy a quedarme una temporada.

–Qué bien –dijo ella–. Para ti, me refiero.

Austin pudo percibir por su tono que Barbara no sabía qué pensar de todo aquello. Le complacía tal desconcierto, aunque se daba cuenta de lo pueril de su sentimiento.

–Puede que te llame Carruthers –dijo luego.

–Ya he hablado con él –dijo Barbara.

–Seguro que piensa que estoy como una cabra.

–No. No piensa eso –dijo Barbara, sin decir a continuación lo que en realidad pensaba.

En la rue Bonaparte el tráfico era intenso y ruidoso, y Austin se apartó de la ventana. Las paredes del apartamento eran de una gamuza roja y verde, con brillantes tapices abstractos de una acerada y tubular textura; el suelo era de gruesa moqueta negra, y el mobiliario de terciopelo también negro. Austin no tenía la menor idea de quién era el propietario, aunque en aquel preciso instante le vino a la cabeza la idea de que con toda probabilidad estaba muerto.

–¿Tienes intención de pedir el divorcio? –dijo Austin.

Era la primera vez que entre ellos surgía ese vocablo, pero en las actuales circunstancias era algo ineludible, y se sintió vagamente complacido al haber sido él el primero en ponerlo sobre el tapete.

–En realidad no sé lo que voy a hacer –dijo Barbara–. Ahora no tengo marido, según parece.

Austin estuvo a punto de espetarle que había sido ella quien se había largado, y no él; que había sido ella quien había empezado todo aquello. Pero no era enteramente verdad, y en cualquier caso decir algo al respecto en aquel momento habría desencadenado una conversación que él no deseaba en absoluto y que nadie podría ser capaz de mantener a tan oceánica distancia. No daría lugar sino a una discusión plagada de quejas y de cólera. Se dio cuenta al instante de que no tenía nada más que decir, y sintió un leve tembleque. Lo único que deseaba era comunicarle que estaba vivo y no muerto, y creyó llegado el momento de colgar.

–Estás en Francia, ¿no es eso? –dijo Barbara.

–Sí –dijo Austin–. Eso es. ¿Por qué?

–Lo suponía. –Y lo dijo como si el pensamiento de que estuviera en Francia le resultara repulsivo–. ¿Por qué no? ¿Eh?

–Sí –dijo Austin.

–Bien, pues vuelve a casa cuando te canses de hacer lo que estés haciendo. Sea lo que sea. Sea el que sea el nombre de ella. –Esto lo dijo en tono sumamente suave.

–Sí, puede que lo haga –dijo Austin.

–Y puede que yo te esté esperando –dijo Barbara–. Aún suceden milagros. Pero ahora ya sé a qué atenerme.

–Muy bien –dijo Austin, y empezó a decir algo más, pero creyó oír que ella ya había colgado . ¿Oye? –dijo–. ¿Sí? ¿Barbara? ¿Sigues ahí?

–Oh, vete al infierno –dijo Barbara, y colgó.

Austin se pasó dos días dando largos, extenuantes paseos en direcciones por completo arbitrarias, y en cada uno de ellos acababa sorprendiéndose de adónde había ido a parar y cogiendo un taxi para volver al apartamento. Su instinto parecía seguir embotado, y ello le producía una gran frustración. Pensó que la Place de la Concorde estaba más lejos de su apartamento de lo que en realidad estaba, y en una dirección equivocada. No siempre lograba recordar en qué sentido fluía el río. Con tal mala fortuna que pasaba una y otra vez por las mismas calles, por el mismo cine donde ponían *Cinema Paradiso* y el mismo quiosco de periódicos, como si caminase describiendo un incesante círculo.

Llamó a su otro amigo, un hombre llamado Hank Bullard, que en un tiempo había trabajado para la Lilienthal y más tarde había decidido montar su propio negocio de aire acondicionado en Vitry. Estaba casado con una francesa y vivía en un barrio de las afueras. Quedaron para almorzar, pero Hank canceló luego la cita por motivo de negocios: un viaje imprevisto y urgente. Hank dijo que tenían que verse otro día, pero no aventuró ninguna otra fecha. Austin acabó almorzando solo en una cara *brasserie* del Boulevard Montparnasse, sentado tras una ventana acristalada, tratando de leer *Le Monde* y sintiéndose cada vez más desanimado a medida que las palabras que desconocía se iban acumulando ante sus ojos. Leería el *Herald Tribune*, se dijo, para mantenerse al corriente de lo que pasaba en el mundo, e iría enriqueciendo su francés poco a poco.

Había aún más turistas que la semana anterior. Empezaba la temporada turística, y pronto toda la zona –pensó– cambiaría por completo y se volvería insoportable. Los franceses –decidió– tenían básicamente el mismo aspecto que los norteamericanos; sólo el idioma y cierta calidad suave, casi afeminada y para él indefinible, los diferenciaba. Sentado en su pequeña mesa redonda, aislado de los numerosos peatones que poblaban la acera, Austin pensó que aquella calle estaría llena de gente cuyo más querido sueño sería precisamente poder hacer lo que él estaba haciendo en aquel momento: dejarlo todo atrás, plantarse en París, sentarse en los cafés, pasear por las calles, tal vez ponerse a escribir una novela o a pintar acuarelas..., o tal vez poner un negocio de aire acondicionado, como Hank Bullard. Pero había un precio que pagar por hacerlo. Y el precio era que una vez hecho uno constataba que no tenía nada de romántico. Era más bien algo sin sentido; era como si uno mismo careciera de sentido, con el agravante de que, en su caso, tampoco parecía haber futuro, al menos como él siempre había percibido el futuro: algo tangible que uno esperaba con ilusión y confianza aunque lo que a la postre trajera consigo pudiera resultar indeseado o triste, o incluso trágico. El futuro seguía estando *allí*, por supuesto; sólo que él ya no acertaba a imaginarlo. No sabía exactamente, por ejemplo, por qué estaba ahora en París, aunque podía enumerar perfectamente las razones que lo habían llevado allí, a aquella mesa, a aquel plato de *moules meunières*, a aquella sensación de fatiga extrema, mientras contemplaba a los turistas, gentes todas ellas que acaso soñaban lo que él podía estar soñando, sí, pero que sabían con precisión adónde iban y por qué estaban donde estaban. Probablemente eran ellos los sensatos, pensó Austin, con sus vidas cálidamente iluminadas y férreamente construidas en tierras lejanas. Quizá él había llegado a ese punto, o incluso lo había ya franqueado y dejado atrás, en que a uno ya no le importa lo que le pueda suceder –siendo los eslabonamientos cruciales de la buena vida, como él sabía, pequeños y sutiles y en multitud de sentidos «factores afortunados» de los que uno apenas ha sido consciente–. Sólo que uno podía desbaratarlo todo un buen día sin llegar a saber jamás exactamente cómo diablos lo ha hecho. Las cosas, sin más, empiezan a ir mal, a desmoronarse...

La vida toma una vía hacia la ruina, hacia el acabar en la calle y desaparecer de escena totalmente, y uno, pese a todos sus esfuerzos, a sus mejores esperanzas de que todo pueda enderezarse, no puede sino mantenerse a un lado, impotente, y mirar lo que le está sucediendo.

Durante los dos días siguientes no llamó a Joséphine Belliard. Pensaba en llamarla constantemente, pero no lo hizo. Pensó que a lo mejor se encontraba con ella en la calle, por azar, camino del trabajo. Su apartamento chillón de pequeño libertino estaba a sólo cuatro manzanas de la editorial de la rue de Lille, que en una vida enteramente diferente había visitado por motivos de trabajo hacía poco más de una semana.

Paseaba por las calles de los alrededores tan a menudo como podía: mientras se dirigía a comprar un periódico o a comprar comida en los pequeños puestos de la rue de Seine, o mientras dejaba atrás los escaparates para empezar a abrirse camino entre las estrechas callejuelas de ladrillo. Le disgustaba pensar que estaba en París sólo por Joséphine Belliard, por una mujer, y una mujer a la que en rigor apenas conocía y en la que pensaba constantemente y por la que hacía porfiados esfuerzos para encontrarse con ella «casualmente». Sentía que se encontraba allí por otra razón además de ésta, una razón sutil, pertinaz, aunque menos específica, una razón que no alcanzaba a manifestarse con exactitud, pero que –intuía– se expresaba a sí misma por el hecho de estar él allí y sentirse como se sentía.

Pero no vio a Joséphine Belliard ni una sola vez en la rue de Lille, ni caminando por el Boulevard Saint-Germain, ni pasando por el Café de Flore o por la Brasserie Lipp, donde había almorzado con ella la semana anterior y donde el lenguado que le habían servido estaba lleno de arenilla y él no había dicho nada.

Muchas veces, durante sus paseos por calles extrañas, pensaba en Barbara; y no con sensación de culpa ni incluso de pérdida, sino normalmente, «cotidianamente», involuntariamente. Se sorprendía comprándole cosas, fijándose en una blusa o un pañuelo o un colgante antiguo o unos pendientes de esmeraldas que quizá podría regalarle cuando volviera a casa. Se sorprendía haciendo acopio de cosas que contarle; por ejemplo, que a la Sorbona le venía el nombre de un tipo que se llamaba Sorbon, o que Francia era «en un setenta por ciento nuclear», titular que había logrado descifrar de la primera plana de *L'Express* y que no paraba de darle vueltas a la cabeza como un electrón y sin otra polaridad que Barbara, que era partidaria de la energía nuclear. Ella ocupaba –reconocía Austin– el lugar de todo lo que al final tenía alguna trascendencia; era la destinataria de prácticamente todo aquello en que reparaba o que imaginaba o que le importaba. Pero ahora, al menos de momento, tal estado de cosas estaba experimentando un cambio, pues el estar en París y esperar la ocasión de ver a Joséphine carecía de cualquier destinatario sancionado por el hábito: empezaba y se agotaba en su propia persona. Aunque lo cierto es que él quería que así fuera. Y aquélla era la explicación que no había logrado articular en los dos días que siguieron a su vuelta: quería que las cosas, fueran cuales fueren, fuesen para él y sólo para él.

El tercer día, a las cuatro de la tarde, llamó a Joséphine Belliard. La llamó a casa en lugar de al trabajo, pensando que no estaría y que así podría dejarle un breve, quizá inescrutable mensaje en el contestador, y luego no llamarla en unos días, como si estuviera tan ocupado que no hubiera encontrado un hueco para hacerlo antes. Pero en cuanto el teléfono sonó dos veces, contestaron, y era ella.

–Hola –dijo Austin, anonadado ante la sorpresa de oír la voz de Joséphine, una voz que no esperaba, a apenas un tiro de piedra de donde él estaba, y al reconocerla de forma incuestionable. Sintió un vago desmayo y se oyó decir débilmente–: Soy Martin Austin.

Oyó el grito de un niño al fondo, antes de oírle a ella articular un breve «Hola».

–¡*Nooooon!* –gritó el niño de nuevo (Léo, sin duda).

–¿Dónde estás? –dijo Joséphine con voz agitada.

Austin oyó, en segundo plano, cómo algo golpeaba con estrépito contra una superficie dura.

–¿En Chicago? –dijo ella luego.

–No, en París –dijo Austin, recuperando la compostura y hablando en voz muy baja.

–¿En París? ¿Qué estás haciendo aquí? –dijo Joséphine, obviamente sorprendida–. ¿Otro viaje de trabajo?

Aquélla, en cierto modo, era una pregunta inquietante.

–No –dijo, aún muy débilmente–. No es un viaje de trabajo. Estoy aquí, eso es todo. Tengo un apartamento.

–*Tu as un appartement!* –dijo Joséphine, en tono aún más asombrado–. ¿Para qué? –dijo–. ¿Por qué? ¿Estás con tu mujer?

–No –dijo Austin–. Estoy solo. Pienso quedarme un tiempo.

–*Oooohhh-la-laaa...* –dijo Joséphine–. ¿Has tenido una pelea gorda en casa? ¿Es eso lo que pasa?

–No –mintió Austin–. No nos hemos peleado. He decidido pasar un tiempo lejos de casa. No es tan raro, ¿no?

Léo volvió a gritar como un energúmeno:

–*Maaa... maaan!*

Joséphine le habló en tono paciente:

–*Doucement, doucement...* –dijo–. *J'arrive. Une minute, une minute.*

Un minuto no parecía un tiempo excesivo, pero Austin tampoco quería estar al teléfono largo rato. Joséphine «sonaba» mucho más francesa de lo que él creía recordar. La recordaba casi como una norteamericana, sólo que con acento francés.

–Bueno, bien... –dijo ella, un poco sin resuello–. ¿Estás aquí, entonces? ¿En París?

–Quiero verte –dijo Austin.

Era el momento que había estado esperando. Más incluso que el momento mismo en que finalmente la vería. Era el momento en que él le anunciaba su presencia. Sin obligaciones. Disponible. Dispuesto. Algo sin duda de enorme trascendencia. Y de hecho se miró el dedo, se quitó la alianza y la dejó sobre la mesita, al lado del teléfono.

–¿Sí? –dijo Joséphine–. ¿Qué... –hizo una pausa, y prosiguió–: ... qué quieres de mí? ¿Cuándo...? ¿Qué...? –concluyó, impaciente.

–Cualquier cosa. En cualquier momento –dijo Austin, y de pronto se sintió mejor de lo que se había sentido en los días pasados–. Esta noche –dijo–. O ahora mismo. Dentro de veinte minutos.

–¡Veinte minutos! Qué dices... ¡Nada de eso! –dijo ella, y se echó a reír, pero Austin percibió que estaba interesada, y complacida–. No, no, no... –volvió a decir–. Tengo que ir a ver a mi abogado dentro de una hora. Y a buscar a mi vecina para que se quede con Léo. Es imposible. Me estoy divorciando. Ya lo sabías. Es algo muy desagradable. En fin...

–Me quedaré yo con Léo –dijo Austin de inmediato, sin pensarlo.

Joséphine volvió a reír.

–¿Vas a cuidarle *tú*? Tú no tienes hijos, ¿verdad? Eso me dijiste –dijo, y rió de nuevo.

–No estoy diciendo que vaya a adoptarlo –dijo Austin–. Pero me quedaré con él mientras estás con el abogado. Luego buscas a tu vecina y te invito a cenar. ¿Qué te parece?

–A Léo no le gustas –dijo Joséphine–. Sólo le gusta su padre. Ni siquiera le gusto yo.

–Le enseñaré algo de inglés –dijo Austin–. Le enseñaré a decir «Chicago Cubs». –Empezaba a entusiasmarse–. Seremos grandes amigos.

–¿Qué es «Chicago Cubs»? –dijo Joséphine.

–Un equipo de baloncesto.

Y en cuanto lo dijo, por espacio de un instante, se sintió alicaído. No porque deseara estar en casa en aquel momento, o porque deseara que Barbara estuviera allí con él, o porque deseara que algo fuera diferente. Todo era como había esperado que fuera. Pero deseaba no haber mencionado a los Cubs. Era un exceso de confianza. Algo que no había debido decir. Una equivocación.

–Bueno, ¿qué? –dijo Joséphine, ahora en tono más formal–. ¿Vienes, entonces? Iré al despacho de abogados a firmar los papeles. Y luego podemos ir a cenar, si quieres...

–Claro que quiero –dijo Austin, ya en absoluto alicaído–. Voy enseguida. Salgo en cinco minutos.

En la oscura pared de gamuza, bajo una pequeña lámpara de raíl que lo iluminaba directamente, había un gran óleo con dos hombres desnudos que, enlazados en un enérgico abrazo, se besaban. No se les veía la cara, sus cuerpos eran cuerpos de levantadores de pesas, y sus genitales se hallaban ocultos tras su enrevesada pose. Estaban sentados en una roca de pinceladas vivas y toscas. Era como un Laoconte, pensó Austin, sólo que viciado. Se había preguntado varias veces si uno de los hombres sería el propietario del apartamento, o si el propietario sería el propio pintor, o su amante. Y ahora se preguntó si en aquel instante, aquella tarde, seguiría vivo alguno de ellos. De hecho detestaba aquel cuadro, y había decidido quitarlo de la pared antes de llevar a Joséphine al apartamento. Era lo que tenía pensado hacer: llevarla allí, aquella misma noche si era posible, y conseguir que se quedara con él hasta la mañana, en que irían andando hasta Deux Magots y se sentarían al fresco sol mientras tomaban café. Como Sartre.

–¿Martin? –dijo Joséphine.

Austin estaba a punto de colgar; quería ir a quitar aquel meloso óleo laocontiano; casi se había olvidado de que estaba hablando con ella.

–¿Sí? Te escucho –dijo por fin.

Aunque a lo mejor resultaba divertido no quitarlo, dejarlo allí colgado. Podría ser una buena excusa para romper el hielo, algo de lo que poder reírse de buena gana, como los espejos del techo, antes de que las cosas se pusieran serias.

–Martin, ¿qué estás haciendo aquí? –dijo Joséphine de un modo extraño–. ¿Estás bien?

–Estoy aquí para verte, querida –dijo Austin–. ¿Por qué, si no? Dije que vendría a verte pronto, y lo decía en serio. Supongo que soy un hombre de palabra.

–Pero eres un hombre muy tonto –dijo Joséphine, y se echó a reír, aunque no con tanto regocijo como antes–. Pero –siguió– ¿qué puedo hacer yo?

–No puedes hacer nada –dijo Austin–. Verte conmigo esta noche, eso es todo. Después de eso ya no tendrás que volver a verme nunca más.

–Sí. De acuerdo –dijo Joséphine–. Es un buen trato. Vale. Ven, pues. *Ciao*.

–*Ciao* –se oyó decir Austin, sin estar muy seguro de lo que podía querer decir *ciao*.

6

Cerca del Odéon, mientras avanzaba a grandes zancadas por la calle estrecha que iba a dar al Palais de Luxembourg, Austin cayó en la cuenta de que estaba llegando al apartamento de Joséphine Belliard y no llevaba nada en las manos, lo cual era un craso error. Unas flores de colores vivos, quizá, o un juguete, un regalo menor que animara a Léo a cogerle afecto. Leó tenía cuatro años y muy malas pulgas. Estaba muy mimado. Era un niño pálido, de pelo negro, lacio y mustio y penetrantes ojos negros, y cuando gritaba –algo bastante frecuente–, lo hacía a voz en cuello, y tenía el hábito de abrir la boca y dejarla abierta hasta lograr emitir el mayor caudal sonoro posible, hábito que acentuaba la calidad simiesca de su cara, calidad que en ocasiones parecía compartir con su madre. Austin había visto documentales de televisión en los que se veían monos haciendo prácticamente lo mismo que Léo mientras permanecían sentados en los árboles, al parecer siempre cuando se aproximaba el final del día, cuando caía ya sobre las copas otra larga, imprevisible noche. Probablemente Léo vivía de un modo semejante. «Es por mi divorcio de su padre», le había dicho Joséphine con naturalidad la vez que Austin había estado en su apartamento escuchando jazz y se había sentado a admirar el sol dorado sobre las cornisas de los edificios cercanos. «Es muy duro para él. Es un niño. En fin...», había añadido Joséphine. Luego se había encogido de hombros y se había puesto a pensar en otra cosa.

Austin no vio ninguna floristería, así que cruzó la rue Regnard en dirección a una pequeña tienda en la que había juguetes de madera en el escaparate: brillantes camiones de ingeniosos y meticulosos diseños, brillantes animales, patos y conejos y cerdos de ridículo realismo y detalle, e incluso un granjero francés con pañuelo rojo al cuello y boina negra. Toda una granja de madera aparecía minuciosamente reconstruida con sus tejados de teja, sus pequeñas buhardillas y sus puertas de dos hojas horizontales; una miniatura que costaba una fortuna, mucho más de lo que él estaba dispuesto a gastar. Los niños estaban bien, pero él nunca quiso tener uno, ni tampoco Barbara. Había sido su primer punto importante de acuerdo cuando se conocieron en la facultad en los años sesenta, lo primero que les llevó a pensar que quizá estaban hechos el uno para el otro. Habían pasado muchos años desde entonces, pensó Austin. Veintidós. Un tiempo ya muy lejano, fuera ya del alcance de ambos.

La tienda, sin embargo, parecía llena de cosas bonitas que Austin *sí* podía permitirse: un reloj de madera cuyas manecillas las movía el propio dueño; minúsculas réplicas de madera de la Torre Eiffel y del Arco del Triunfo. Había un niño negro con una diminuta sandía roja y verde, con dentadura muy blanca, sonriendo. El niño negro –si se exceptuaba la sonrisa– le recordaba a Léo, y Austin pensó comprarlo como una pieza típicamente norteamericana que a su vuelta podría regalarle a Barbara.

Dentro, la mujer que atendía la tienda pareció pensar que era eso lo que él quería, y empezó a sacarlo de la caja. Pero sobre el mostrador había también una pequeña cesta de mimbre llena de huevos pintados, a un precio de veinte francos por unidad, y Austin eligió uno laqueado de un verde brillante y con vistosos arabescos en oro, perfectamente torneado, de madera de balsa, que, al sopesarlo, parecía hueco. Eran huevos sobrantes de Pascua, pensó Austin, y probablemente habían sido mucho más caros. No había razón por la que a Léo tuviera que gustarle un huevo verde de madera, por supuesto. Pero a él le gustaba, y a Joséphine también le gustaría. Y en cuanto el niño lo apartara a un lado para ocuparse de cualquier otra cosa que le interesase realmente, Joséphine podría tomar posesión de él y ponerlo en su mesilla de noche o en su mesa de trabajo, en la editorial, y pensar en la persona que se lo había regalado.

Austin pagó a la mujer el pequeño huevo de tacto granuloso y se dirigió hacia la puerta. Llegaba tarde: primero se había perdido y luego se había detenido en la tienda. Pero en el momento en que llegaba a la puerta de cristal vio entrar al marido de Joséphine en compañía de una mujer alta y rubia, vivaz y hermosa, muy bronceada y con delgadas y relucientes piernas. La mujer llevaba un vestido corto de color plata cuya tela elástica le ceñía las caderas, y a Austin, allí de pie casi perplejo, le pareció una mujer rica. El marido de Joséphine –bajo y bulboso, con aquel bigote tupido y oscuro que le daba un aire armenio y aquella piel suave y morena...– era como mínimo una cabeza más bajo y vestía un informe y caro traje negro. Hablaban en una lengua que parecía alemán, y Bernard –el hombre que había escrito aquella novela sucia sobre Joséphine, su esposa, a la que apenas pasaba dinero, el hombre a cuyo hijo apenas dedicaba la atención necesaria, y cuyo divorcio Joséphine iba aquella misma tarde a ultimar con sus abogados– al parecer tenía intención de comprar un regalo en aquella tienda.

Echó una mirada desaprobadora a Austin. Sus pequeños, casi negros ojos chispearon con algo que parecía un vago reconocimiento. Sólo que no podía haber reconocimiento alguno. Bernard no sabía nada de él; aunque de hecho no había nada que saber. Bernard jamás había llegado a verle. Era el modo que tenía de mirar a una persona: como si supiera perfectamente cómo eres y no le gustaras demasiado. ¿Podría alguien considerar tal rasgo una cualidad atractiva en un hombre?, se preguntó Austin. Recelo. Desdén. Un tipo de índole bravucona. ¿Cómo diablos se había casado Joséphine con un gilipollas semejante?

Austin se había parado en el interior de la tienda, junto a la puerta, y se encontró mirando fijamente el escaparate desde dentro, estudiando la Torre Eiffel en miniatura y el Arco del Triunfo. Eran, comprobó, partes de un completo y diminuto París de madera, un conjunto de piezas aptas para que un niño jugara con ellas y pudiera disponerlas del modo que juzgara más acertado. Una Notre Dame de madera, un Louvre de madera, un Obelisco, un Centro Pompidou, e incluso un pequeño Odéon de madera como el de unos metros más allá, al fondo de la calle. El juego entero de edificios era endiabladamente caro –cerca de tres mil francos–, pero también podían comprarse las piezas por separado. Austin pensó en comprar algo además del huevo: regalarle el huevo a Joséphine y un edificio en miniatura a Léo. Se quedó contemplando la pequeña ciudad de madera, mientras más allá, fuera del escaparate, la ciudad real de piedra y metal seguía su curso, impasible.

Bernard y su amiga rubia se reían del pequeño niño negro que tenía en las manos una sandía roja y verde. La propietaria de la tienda lo había sacado de la caja, y Bernard lo sostenía en el aire y reía burlonamente. Una o dos veces repitió:

–*A leetle neeger*[1] –para añadir luego–: *Voilà, voilà...*

La mujer dijo algo en alemán y ambos se echaron a reír a carcajadas. Hasta la dueña de la tienda rió con ellos.

Austin tanteó con los dedos el huevo verde, un mero bulto junto a su pierna. Consideró la posibilidad de acercarse a ellos y comprar el maldito conjunto de París y decirle a Bernard en inglés: «Lo compro para *su* hijo, so cabrón», y luego quizá amenazarle con el puño. Pero no era una buena idea, y además no se encontraba con estómago para una pelea en toda regla. También entraba remotamente dentro de lo posible, claro está, que el hombre en cuestión no fuera Bernard, que sólo se pareciera a la fotografía del cuarto de Léo... Y en tal caso sería algo completamente idiota meterse con él y amenazarle.

Se metió la mano en el bolsillo, palpó la superficie laqueada del huevo y se preguntó si sería un obsequio adecuado o, por el contrario, ridículo. La mujer alemana se volvió y le miró, con la sonrisa de burla aún a medias en los labios. Miró a la cara a Austin, y luego al bolsillo donde su mano apretaba el pequeño huevo laqueado. Se inclinó hacia Bernard y le dijo algo en francés, y Bernard se volvió y miró a Austin, que estaba al lado de la puerta, y entornó los ojos en ademán de lanzarle una advertencia desdeñosa. Alzó ligeramente la barbilla y volvió a darle la espalda. La pareja volvió a decirse algo, y al cabo rieron entre dientes. La propietaria miró a Austin y le sonrió amigablemente. Luego Austin cambió de idea en cuanto a comprar la ciudad de madera y abrió la puerta de cristal y salió a la acera, donde el aire era fresco y desde donde echó a andar hacia la suave colina que se perdía en el parque.

7

El bloque de apartamentos de Joséphine no resultaba nada excepcional en una calle de similares edificios antiguos, de fachadas

1. *A little nigger* (*nigger* se considera ofensivo): «un negrito». *(N. del T.)*

modernistas blancas que daban al Jardín de Luxemburgo. En el pequeño, umbroso portal había un elegante y antiguo ascensor de enrejado de forja artesana. Pero como Joséphine vivía en el tercer piso, Austin prefirió subir a pie, de tres en tres escalones, con el pequeño huevo verde con arabescos golpeándole la pierna a cada zancada.

Cuando llamó a la puerta, Joséphine la abrió de inmediato y le echó los brazos al cuello. Lo abrazó, y luego le cogió las mejillas entre las manos y lo besó con fuerza en los labios. El pequeño Léo, que en aquel preciso instante corría de cuarto en cuarto enarbolando el palillo de un tambor, se paró en seco en medio del piso y se quedó mirando fijamente la escena, conmocionado ante la visión de su madre besando a un hombre que él ni siquiera recordaba haber visto antes.

–Muy bien. Ahora debo irme –dijo Joséphine, quitándole las manos de la cara y dirigiéndose deprisa hacia la ventana abierta que daba a la calle y el parque. Se estaba dando sombra de ojos, y aprovechaba la luz del exterior para mirarse en un pequeño espejo compacto.

Llevaba puesta una sencilla blusa blanca y un curioso pantalón muy holgado estampado de arriba abajo con figuras de animales circenses, toda una caótica mezcolanza de colores chillones. Era un pantalón extraño, poco favorecedor, pensó Austin, y le quedaba de tal forma que hacía que su escaso vientre le formara un ostensible abultamiento circular por debajo de la cintura. Joséphine daba la impresión de ser ligeramente obesa y de descuidar un tanto su atuendo. Se volvió y le sonrió al fijar la vista en su cara:

–¿Cómo te sientes? –dijo.

–Fantásticamente –dijo Austin.

Sonrió a Léo, que no había dejado de mirarle mientras sostenía la baqueta del tambor como esos indios de madera de las viejas tabaquerías provincianas. Llevaba pantalones cortos y una camiseta blanca con la leyenda BIG-TIME AMERICAN LUXURY[1] impresa sobre un enorme Cadillac rojo descapotable cuyo morro parecía salírsele hacia adelante desde el pecho.

1. «El gran lujo americano.» *(N. del T.)*

Léo masculló algo muy rápido en francés, miró a su madre y luego a Austin, que apenas había dado unos pasos en la sala desde que Joséphine lo había besado y abrazado.

–*Non, non, Léo* –dijo Joséphine, y rió con una delectación extraña–. Me pregunta si eres mi nuevo marido. Piensa que ahora necesito un marido. Se siente muy confuso.

Siguió dándose sombra de ojos. Estaba muy guapa a la luz de la ventana, y Austin sintió deseos de acercarse a ella y darle un beso mucho más intenso. Pero el niño siguió mirándole con fijeza, sosteniendo el palillo del tambor y haciendo que Austin empezara a sentirse violento y algo remiso, y no era así –se dijo a sí mismo– como debía sentirse en aquel momento. Debía sentirse libre y absolutamente cómodo, y complacido y feliz en todo orden de cosas.

Se metió las manos en los bolsillos y, con el huevo de madera en una de ellas, las sacó cerradas, se arrodilló frente a Léo y le mostró los dos puños:

–*J'ai un cadeau pour toi* –dijo. Había practicado aquellas palabras, y se preguntaba qué tal las habría pronunciado–. Tengo un bonito regalo para ti –dijo en inglés, para complacerse a sí mismo–. *Choissez le main.* –Austin trató de sonreír. Movió la mano correcta, la derecha, tratando de captar la atención del niño–. *Choissez le main, Léo* –dijo de nuevo, y sonrió, esta vez un tanto sombríamente. Austin miró a Joséphine en demanda de aliento, pero ella seguía evaluando su aspecto ante el espejo. Le dirigió unas enérgicas palabras a su hijo, que frunció las oscuras cejas ante los dos puños que le ofrecía Austin. Luego, reacio, apuntó con el palillo hacia el puño derecho, el que Austin había estado moviendo momentos antes. Y entonces, muy lentamente, como si estuviera abriendo un arcón repleto de oro, Austin fue abriendo los dedos hasta dejar al descubierto el pequeño y brillante huevo verde, con arabescos dorados y flores rojas... Le sorprendió descubrirse en la palma unas partículas verdes desprendidas del huevo.

–*Voilà* –dijo teatralmente–. *C'est une jolie oeuf!*

Léo clavó la mirada en el pegajoso huevo que descansaba sobre la palma de Austin. Miró a Austin con estudiada expresión inquisitiva y los finos labios fruncidos, como si le preocupara algo. Muy tímidamente, tendió el palillo hacia el huevo y lo tocó, y luego lo empujó un poco con el extremo fino y torneado, el que golpea el tambor. Austin vio que Léo tenía tres grandes y rugosas verrugas en sus menudos dedos, y al punto sintió que afloraba en él como una fría desdicha de su propia infancia, haciendo que por espacio de un instante Léo se le antojara frágil y cercano. Pero al instante siguiente, con inusitada rapidez, Léo alzó el palillo y asestó al huevo –que seguía sobre la mano ofrecida de Austin– un feroz mazazo de arriba abajo, al parecer con la esperanza de aplastarlo y desparramar su contenido y quizá de propinar a los dedos de Austin un doloroso correctivo.

Pero el huevo, aunque el golpe desconchó su reluciente laca verde y Austin acusó el impacto como una verdadera conmoción, no se rompió. En la cara pálida del pequeño Léo se dibujó una expresión de contenida furia. Aún descargó un par de rápidos y vengativos golpes más al maltrecho huevo, el segundo de los cuales alcanzó a Austin en el pulgar. Fue un golpe primero mordiente y luego entumecedor, y Léo, una vez consumada su fechoría, se dio la vuelta, salió corriendo de la sala, cruzó el pasillo, entró en un cuarto y dio un portazo a su espalda.

Austin levantó la vista hacia Joséphine, que en aquel momento terminaba su acicalamiento junto a la ventana.

–Está muy confuso. Ya te lo he dicho –dijo, y sacudió la cabeza.

–No parece que haya funcionado muy bien –dijo Austin, apretándose el dedo doliente para no tener que mencionarlo.

–No importa –dijo Joséphine, acercándose al sofá y metiendo en el bolso el estuche del espejo–. Está así de colérico siempre. A veces hasta me pega a mí. No te sientas mal. Has sido muy delicado al traerle ese detalle.

Pero lo que Austin sentía en aquel momento eran deseos de besarla, no de hablar de Léo. Ahora que estaban solos, quería besarla de un modo que expresara claramente que estaba allí no por ningún azar o coincidencia, que no había dejado de pensar en ella ni un instante, y que quería que también ella pensara en él constantemente, y que aquello que había empezado la semana anterior de forma discreta y llena de bienintencionada contención estaba llegando a otro nivel muy distinto, un nivel que había de ser tomado con mucha más seriedad. Ella, ahora, podía amarle. Cabía la posibilidad de que él llegara a amarla. Ahora eran posibles cosas que ni podían haberse soñado unos días antes.

Fue hacia donde ella estaba, volviéndose a meter el huevo en el bolsillo y sintiendo el dolor punzante en el pulgar herido. Ella estaba inclinada sobre el sofá, con su absurdo pantalón de animales, y él, con bastante rudeza, la asió por las caderas –tapando con las manos las cabezas de una jirafa amarilla y un rinoceronte gris– y tiró de ella hacia un lado tratando de hacerla girar hacia él para poder besarla como deseaba, con un beso intenso que marcaría su crucial entrada en escena. Pero ella dio un respingo, como si se hubiera sobresaltado, y gritó: «¡Quieto! ¿Qué pasa?», en el momento en que él la estaba volteando para mirarla cara a cara. Ella tenía una barra de labios en la mano, y parecía irritada al verse tan cerca de él. Olía a un aroma dulce, sorprendentemente dulce... Como una flor, pensó Austin.

–Hay algo importante entre nosotros, creo –dijo Austin directamente en la irritada cara de Joséphine–. Lo bastante importante como para hacerme volver desde el otro lado del océano y dejar a mi mujer y encarar el reto de estar solo en París.

–¿Qué? –dijo ella.

Torció el gesto y, sin empujarle exactamente, ejerció la suficiente presión como para apartarlo unos centímetros. Él seguía aferrado a sus caderas atestadas de cabezas de animales. Un oscuro pegote de sombra de ojos le había manchado un poco el párpado al maquillarse no muy diestramente las pestañas.

–No tienes por qué sentirte presionada –dijo Austin, y la miró con expresión grave–. Lo único que quiero es verte. Eso es todo. Y quizá también pasar un tiempo a solas contigo. ¿Quién sabe adónde puede llevarnos todo esto?

–Estás muy cansado, me parece –dijo Joséphine. Intentó zafarse hacia atrás–. Puedes dormir un poco mientras estoy fuera.

–No estoy cansado –dijo Austin–. Me siento estupendamente. No me pasa nada. Y estoy libre como un pájaro.

–Estupendo –dijo ella, y sonrió, aunque apartándolo con firmeza hacia atrás cuando él trató de atraerla hacia sí para darle el crucial beso. Joséphine, sin embargo, se le adelantó y le dio un beso apresurado, un beso gemelo al beso enérgico y desapasionado que le había dado al recibirle y que a él le había dejado tan insatisfecho.

–Quiero besarte como es debido, no así –dijo Austin.

La volvió a atraer hacia sí con fuerza, cogiéndola por la delicada cintura y acercando la boca hacia la suya. La besó tan tiernamente como le fue posible mientras ella mantenía la espalda rígida y esquiva, y sin moldear la boca para recibir un beso sino para hablar en cuanto el beso terminara. Austin siguió besándola durante un instante largo, con los ojos cerrados, respirando por la nariz, tratando de sentir que su anhelo de ternura despertaba en ella una respuesta simétricamente tierna. Pero si alguna ternura hubo en ella, era ciertamente de un tipo inesperado..., algo más parecido a la condescendencia. Y cuando Austin llevaba unos seis u ocho segundos apretando sus labios contra los de ella, una vez que hubo logrado respirar su aliento y que ella hubo relajado un tanto su resistencia, se separó y la miró –...una mujer a quien podía amar–, le cogió la barbilla entre los dedos pulgar e índice y dijo:

–Eso era todo lo que quería. No ha sido tan malo, ¿verdad?

Ella sacudió la cabeza de un modo mecánico y, con voz muy suave, casi dócil, dijo:

–No.

Sus ojos, ahora, estaban cerrados, aunque no del modo que a él habría podido complacerle, sino más bien como si esperara algo. Intuyó que debía dejarla, dejar que se fuera: sí, eso era lo que debía hacer. La había forzado a besarle. Y ella había transigido. Ahora, por tanto, tenía las manos libres para hacer lo que quisiera.

Joséphine se volvió con rapidez hacia su bolso, que seguía sobre el sofá, y Austin fue hasta la ventana y se puso a mirar los grandes castaños del Jardín de Luxemburgo. El aire era fresco y suave, y la luz tenía un matiz rico y cremoso en la avanzada tarde. Oyó música, una música de guitarra que llegaba de alguna parte, y el débil son de alguien cantando. Vio a un hombre haciendo *jogging* que en aquel momento salía por las verjas del Jardín de Luxemburgo y tomaba la calle de abajo, y se preguntó qué pensarían de él si le vieran allí junto a la ventana, si alguien alzara la vista en aquel magnífico parque y viera a un hombre en un apartamento.

¿Sabría a simple vista que era norteamericano? ¿O parecería francés? ¿Parecería rico? ¿Sería visible su expresión satisfecha? Sí, seguramente sí, se dijo.

–Tengo que irme –dijo Joséphine a su espalda.

–Muy bien. Vete –dijo Austin–. Y vuelve rápido. Yo cuidaré del pequeño Gene Krupa.[1] Luego nos iremos a cenar a un buen restaurante.

Joséphine trataba de meter en un maletín de plástico un grueso fajo de documentos.

–Quizá –dijo en tono distraído.

Austin –quién sabe por qué– empezó a imaginarse charlando con Hank Bullard sobre el tema del aire acondicionado. Estaban en un café, en una soleada calle que unía dos arterias importantes. Lo que Hank le decía era francamente alentador: prometía asociarse con él en el negocio.

Joséphine salió apresuradamente al pasillo, arañando el suelo de tarima con sus zapatos bajos. Abrió la puerta del cuarto de Léo y le dijo algo rápido y muy suave, algo en lo quc no figuraba el nombre de Austin. Luego cerró la puerta y entró en el cuarto de baño y utilizó la taza sin molestarse en cerrar la puerta. Austin no podía ver el pasillo desde la ventana, pero supo que estaba haciendo pipí porque le llegó un sonido de agua sobre agua. Barbara siempre cerraba la puerta, y él también; era un sonido que no le gustaba, y solía evitar tener que oírlo. Era un sonido tan inerte, tan frío y objetivo, que el oírlo siempre amenazaba la integridad de su sensación de bienestar. Lamentaba oírlo en aquel momento, lamentaba que Joséphine no hubiera cerrado la puerta.

Un instante después, sin embargo, Joséphine había salido al pasillo y cogía su maletín mientras el agua corría por las cañerías. Le dirigió a Austin una mirada extraña, fugaz, desde el otro lado de la sala, como si le sorprendiera que estuviera allí y no tuviera una idea clara de por qué. Era –sintió Austin– esa mirada que se le dirige a un empleado poco importante que acaba de decir algo inexplicable.

–Bien, me voy –dijo.

1. Célebre batería de jazz norteamericano. *(N. del T.)*

–Aquí estaré –dijo Austin, mirándola y sintiéndose repentinamente desvalido–. Vuelve pronto, ¿de acuerdo?

–Sí, claro. Vale –dijo ella–. Me daré prisa. Hasta luego.

–Perfecto –dijo Austin.

Joséphine salió por la puerta e instantes después se oyó el eco de sus pasos descendiendo en dirección a la calle.

Austin pasó un rato echando una ojeada al apartamento, mirando, curioseándolo todo: cosas que a Joséphine Belliard le gustaban o que apreciaba especialmente o que le habían tocado en el reparto al marcharse su marido. Había una pared llena de libros en el pequeño rincón del apartamento que había habilitado como alcoba y lugar privado, un espacio aislado por grandes mamparas de falso papel de arroz chino. Eran de esos libros franceses pulcramente editados en rústica, la mayoría de ellos de temas sociológicos, aunque también había otras obras en un idioma que parecía alemán. La sencilla cama estaba cubierta por un suave y esponjoso edredón blanco y grandes y mullidas almohadas; era sólo un somier sin cabecero, pero de atractivo diseño. Un ejemplar de la lasciva novela de quien pronto sería su ex marido descansaba sobre la mesilla, con varias páginas dobladas sin ningún cuidado. Desdobló una de ellas y leyó una frase en la que un personaje llamado Solange practicaba una poco inspirada felación a un tipo llamado Albert. Reconoció las palabras más cargadas de sentido: *fellation*, *lugubre*... Albert no paraba de hablar de que le estaban reparando el coche mientras Solange le hacía lo que le estaba haciendo. *Un amour secret* era el insípido título del libro. El semblante ceñudo, pagado de sí mismo de Bernard no aparecía por ninguna parte.

Se preguntó lo que sabría Bernard que él no sabía. Mucho, sin duda alguna, si era verdad la mitad de lo que contaba el libro. Pero lo desconocido concitaba su interés; había que enfrentarse a ello de un modo u otro. Y la idea de Joséphine haciéndole una felación –algo que, hasta aquel momento, ni siquiera le había pasado por la cabeza– le enardeció los sentidos, y empezó a darse cuenta de que había algo inequívocamente sexual en el hecho de andar por el apartamento curioseando en sus pertenencias privadas y su modesto dormitorio, en cuyo espacio y lecho podía perfectamente imaginarse a sí mismo en un futuro cercano. Antes de irse de la alcoba dejó el historiado huevo verde encima de la mesilla de noche, junto a la indecente novela de su marido. Crearía un contraste, pensó, que le serviría a Joséphine de recordatorio de que aún le quedaban opciones en el mundo.

Miró el parque desde la ventana del dormitorio. Era la misma vista que había disfrutado desde la sala: el apacible y formal parque-jardín con grandes y frondosos castaños de Indias y verdes praderas de césped primorosamente acicaladas y arbustos recortados en formas artísticas y grandes y hermosos tejos y senderos de grava que se entrecruzaban, y la vieja École Supérieure des Mines alzándose al fondo y el Palais de Luxembourg en el lado izquierdo. Unos jóvenes de aspecto hippy estaban sentados en el césped con las piernas cruzadas, formando un pequeño corro y pasándose un porro. No se veía a nadie más, aunque la luz era clara y suave y tentadora y los pájaros sobrevolaban el parque. Un reloj dio la hora en las cercanías. La música de guitarra había cesado.

Sería muy agradable pasear por ese lugar con Joséphine, pensó Austin; respirar el aire dulce de los castaños y contemplarlo todo con detenimiento. La vida en París era muy diferente. Aquel apartamento era muy distinto de su casa de Oak Grove. *Él* se sentía diferente. La vida parecía haber mejorado considerablemente en un breve espacio de tiempo. Todo lo que necesitaba, se dijo, era valor para tomar las riendas de las cosas y vivir de acuerdo con las consecuencias.

Supuso que Léo estaría dormido en su cuarto, y pensó que sería mejor no preocuparse y sentarse a pasar el rato. Pero cuando llevaba hojeando un *Vogue* francés quizá unos veinte minutos, oyó que se abría una puerta y segundos después apareció Léo en la esquina del pasillo, como confuso e ido, con su camiseta de BIG-TIME AMERICAN LUXURY y el enorme Cadillac saliéndole del pecho. Seguía con sus zapatitos puestos.

Léo se frotó los ojos. Tenía un aspecto lastimoso. Probablemente Joséphine le había dado algo para dormir (cosa que jamás sucedería en los Estados Unidos). Pero en Francia, pensó, los adultos trataban a los niños de modo muy distinto. Más inteligentemente.

–*Bon soir* –dijo Austin en tono levemente irónico, y sonrió mientras dejaba el *Vogue* sobre la mesa.

Léo le miró con gesto hosco, aún receloso de oír hablar francés a una persona que no tenía de francés lo más mínimo. Escrutó la sala en busca de su madre. Austin consideró unos instantes la posibilidad de volver a introducir el un tanto desacreditado huevo verde en su relación incipiente, pero decidió no hacerlo. Miró el reloj que había en un estante de la librería: aún faltaban tres cuartos de hora para la vuelta de Joséphine. ¿Qué hacer con ese espacio de tiempo? ¿Cómo emplearlo para lograr que Léo estuviera contento y que Joséphine, por tanto, quedara favorablemente impresionada? La idea de los Cubs de Chicago no funcionaría: Léo era demasiado pequeño para eso. Austin no sabía ningún juego ni ninguna maña que viniera al caso. No sabía nada de niños, y, de hecho, lamentaba que el chiquillo estuviera despierto, lamentaba incluso el hecho de que estuviera en aquel apartamento.

Pero pensó en el parque –en el Jardín de Luxemburgo–, a sólo un paso de allí. Un buen paseo por sus senderos sin duda encaminaría su relación en la dirección correcta. No era capaz de hablar con un niño, pero podría mirarle mientras se divertía.

–*Voulez-vous aller au parc?* –dijo Austin con una amplia, sincera sonrisa–. *Maintenant? Peut-être? Le parc? Oui?*

Señaló la ventana abierta y el aire fresco y sereno de la tarde, lleno de golondrinas que planeaban y revoloteaban.

Léo le miró y frunció el ceño, y luego miró hacia la ventana, aún aturdido. Se llevó la mano a la parte delantera de los pantalones y se apretó con fuerza el interior –en un gesto que Austin reconoció enseguida–, y no respondió.

–¿Qué dices? Venga, vamos al parque –dijo Austin con entusiasmo, en voz muy alta. Se puso en pie casi de un brinco. Léo entendería perfectamente lo que le estaba diciendo. *Parc.* Parque.

–*Parc?* –dijo Léo, y, ahora más apocadamente, volvió a apretarse con fuerza el pequeño pene–. *Maman?* –dijo, casi alelado.

–*Maman est dans le parc* –dijo Austin, pensando que desde el interior del parque verían llegar a Joséphine hacia el portal del apartamento, con lo que la cosa, a ojos de Léo, quedaría como una mentira a medias; y en caso de que Léo no admitiera en absoluto tal argucia, Joséphine, al llegar, tomaría las riendas de la situación antes de que el asunto se le fuera de las manos. Era posible, también –pensó–, que no volviera a ver a aquel niño después de aquello, y hasta que Joséphine regresara y no quisiera volver a verle *a él* en la vida. Aunque un pensamiento aún más lúgubre se apoderó de su ánimo: que Joséphine no regresara jamás de ver a su abogado, que sencillamente decidiera desaparecer dejándolos a los dos plantados en el apartamento. Tales cosas sucedían. En Chicago abandonaban bebés continuamente, y nadie sabía qué había sido de los padres. Él no conocía a ninguno de los conocidos de Joséphine. No conocía a nadie con quien ponerse en contacto. Era como una pesadilla.

En los cinco minutos siguientes consiguió que Léo entrara y saliera del cuarto de baño. Léo, de buen grado, hizo sus cosas mientras Austin esperaba fuera, junto a la puerta, mirando la rellena, bulbosa cara de Bernard en la fotografía de la pared. Le extrañó que Joséphine permitiera que siguiera allí colgada. Antes había reprimido un impulso de decirle a Joséphine que arremetiera contra Bernard con todos los medios a su alcance, que si podía lo dejara sin un céntimo, pero luego se había sentido mal por conspirar contra un hombre que ni siquiera conocía.

Cuando salían del apartamento, Austin cayó en la cuenta de que no tenía llave ni del portal ni del propio apartamento, y que una vez que cerrara la puerta a su espalda se verían abandonados a su suerte: un hombre, un norteamericano que apenas hablaba francés, solo con un niño francés de cuatro años a quien no conocía en absoluto, en un país, en una ciudad, en un parque donde el hombre era un completo extranjero. Nadie en su sano juicio juzgaría aquello una buena idea. Joséphine no le había pedido sacar a Léo al parque de paseo; lo hacía por su cuenta y riesgo. Pero todo se le antojaba arriesgado en aquel momento, y lo único que debía hacer era tener cuidado.

Salieron a la rue Férou y doblaron la esquina, y tras un breve trecho tomaron una calle ancha y fueron hasta una entrada en chaflán del Jardín de Luxemburgo. Léo no dijo nada en todo el trayecto, pero fue agarrando la mano de Austin y precediéndole todo el tiempo como si fuera él quien llevara a Austin al parque porque no supiera qué otra cosa hacer con él.

Una vez hubieron franqueado las verjas coronadas de oro, sin embargo, y se hubieron adentrado en los claros senderos de grava que discurrían de forma laberíntica a través de macizos de arbustos y árboles y arriates llenos de narcisos en flor, Léo echó a correr hacia un gran estanque de hormigón donde había patos y cisnes y donde un grupo de chiquillos mayores que él jugaban con sus veleros de juguete. Austin miró a su espalda para ver cuál de los edificios era el de Joséphine, y desde qué ventana había estado mirando antes el parque. Pero no lograba identificarla, y ni siquiera estaba seguro de que desde tal ventana fuera posible ver aquella parte del parque. Para empezar, no había visto estanque alguno, y aquí había multitud de gente paseando a la luz clara y persistente de la tarde: matrimonios y amantes –dedujo por su aspecto– dando un agradable paseo antes de volver a casa para la cena. Probablemente formaba parte de la idea del parque –se dijo– el que lo nuevo resultara siempre familiar, y viceversa.

Austin llegó paseando al borde del estanque y se sentó en un banco, a unos cuantos metros de Léo, que miraba arrobado cómo aquellos niños mayores que él dirigían sus veleros con largos y finos palos. No había viento, y sólo se oían las voces suaves, aplicadas de los niños en el aire lleno de veloces golondrinas. Los pequeños veleros flotaban quietamente en las aguas poco profundas, en cuyo lecho se veían cáscaras de cacahuetes y palomitas de maíz hinchadas. Unos cuantos patos y cisnes se deslizaban por el agua a prudente distancia, mirando los veleros, a la espera de que los niños se marcharan.

Austin oyó cómo jugaban al tenis muy cerca de allí, pero no pudo ver dónde. Una pista de tierra batida, sin duda, se dijo. Le habría gustado poder ver un partido de tenis en lugar de contemplar cómo unos niños jugaban con sus barquitos. Voces femeninas reían y hablaban en francés y volvían a reír, y oyó de nuevo cómo golpeaban una pelota con la raqueta. Un denso muro de lo que parecían rododendros se alzaba al fondo de un espacio de césped bien cuidado; sería detrás de aquellos macizos de rododendros –pensó– donde estarían las pistas de tenis.

Al otro lado del estanque, sentado en el borde de hormigón de enfrente, un hombre con traje de tono tostado posaba ante otro hombre que se disponía a sacarle una fotografía. Era una cámara cara, y el hombre que la sostenía se movía de un lado a otro buscando nuevas posiciones desde las que mirar a través del objetivo. «*Superbe*», le oyó decir Austin. «*Très, très, très bon.* Ahora no se mueva. No se mueva.» Una celebridad, pensó Austin. Un actor, o un famoso escritor..., alguien con éxito en el mundo. Pero el personaje no parecía prestar excesiva importancia al asunto: era como si le tuviera sin cuidado que le fotografiaran.

Léo, inopinadamente, se volvió y miró a Austin, como si sintiera la urgencia de decir algo sobremanera importante sobre los pequeños veleros. Su expresión era viva, entusiasmada. Pero cuando vio a Austin sentado en el banco su escaso conocimiento de quién podía ser aquel hombre pareció oscurecer sus pequeños y pálidos rasgos, y adoptó una expresión irritada, escarmentada, hermética, y se volvió de nuevo hacia el estanque, y dio unos pasos hacia el borde como en ademán de ir a meterse en el agua.

Era sólo un chiquillo, pensó Austin serenamente, un chiquillo cuyos padres se habían divorciado; no un pequeño ogro ni un tirano. Uno podía ganárselo con tiempo y paciencia. Cualquiera podía hacerlo. Austin pensó en su padre, un hombre alto y paciente y de buen corazón que trabajaba en una tienda de deportes de Peoria. Él y su mujer –la madre de Austin– habían celebrado sus bodas de oro dos años antes: un gran festejo bajo una carpa, en el parque de la ciudad, con el hermano de Austin venido de Phoenix y todos los primos y amigos de la pareja llegados de estados lejanos y décadas pretéritas. Una semana después su padre había sufrido un derrame cerebral mientras veía las noticias de la televisión, y quedó muerto en su sillón.

Su padre siempre había sido paciente con sus hijos, pensó Austin con gravedad. En la vida de su padre no había habido divorcios ni partidas súbitas a medianoche, aunque su padre siempre había tratado de entender las andanzas de la generación más moderna. Así pues, ¿qué habría pensado de todo esto?, pensó Austin.

Francia. Una mujer desconocida con un hijo. Un hogar abandonado en los Estados Unidos. Mentiras. Caos. Sin duda habría intentado *entender*, habría intentado encontrar lo que podía haber de bueno en ello. Aunque en última instancia su juicio habría sido duro y se habría alineado junto a Barbara, cuyo éxito en el negocio inmobiliario siempre había admirado. Austin intentó imaginar las palabras exactas de su padre, su veredicto, emitido desde su gran sillón situado frente al televisor, desde el lugar mismo donde había exhalado sus últimos y agónicos suspiros. Pero no pudo. Por alguna razón que ignoraba no podía recrear la voz de su padre, sus cadencias, el tenor preciso de sus palabras. Era curioso no poder recordar aquella voz, una voz que había estado oyendo durante toda su vida. Posiblemente no había causado en él la impronta que siempre le había atribuido.

Austin estaba mirando al hombre del traje de tono tostado del otro lado del agua, el hombre al que estaban fotografiando. Ahora estaba subido sobre el pretil del estanque, de espaldas a Austin, con las piernas muy abiertas y las manos en las caderas, y la chaqueta pendiéndole del ángulo del codo. Tenía un aspecto ridículo, poco convincente fuera lo que fuese lo que se suponía debía transmitir. Austin se preguntó si también él resultaría visible de modo similar para alguien, si sería una figura desdibujada y distante que miraba fijamente hacia el otro lado del viciado estanque. Acaso acabaría viéndose a sí mismo en alguna parte, en *Le Monde* o *Le Figaro*, diarios que no sabía leer. Llegaría a ser un recuerdo que sin duda le haría reír algún día, cuando estuviera... ¿dónde?, ¿con quién?

Muy probablemente no con Joséphine Belliard. Algo en ella le había molestado aquella tarde. No que se hubiera resistido a besarle. Una actitud que él habría sabido vencer con el tiempo. Era muy bueno venciendo las resistencias de la gente. Era un hombre persuasivo, con alma de vendedor, y lo sabía. De cuando en cuando este hecho llegaba incluso a irritarle, pues siempre que se daban las circunstancias adecuadas se sentía capaz de persuadir a cualquiera de cualquier cosa, por difícil que ésta fuera. No tenía una idea clara de en qué podía residir tal cualidad, aunque Barbara había reparado en ello ocasionalmente, y casi siempre con la poco halagadora insinuación de que Austin no creía en muchas cosas, o al menos no en las suficientes. Siempre le había inquietado que eso pudiera ser verdad, o que los demás pudieran creerlo.

Antes había creído que él y Joséphine podrían llegar a tener un tipo distinto de relación. Sexual, sí, pero no sexual en su esencia. Es decir, algo de un tipo nuevo, basado en realidades, en los hechos objetivos de su carácter y el de ella. Con Barbara había sentido que estaba representando el final de algo viejo. Menos real, de algún modo. Menos maduro. Nunca llegaría a *amar* a Joséphine; eso tenía que admitirlo, puesto que en el fondo de su corazón, y para todo lo que pudiera merecer la pena, amaba sólo a Barbara. Pero momentáneamente se había sentido *compelido* por Joséphine, se había sentido ganado por su atractivo, y había llegado a considerar la posibilidad de vivir con ella unos meses, o incluso años. Todo era posible.

Pero al verla en su apartamento aquella tarde, con el aspecto que sabía que tendría, siendo exactamente la mujer que había esperado que fuera, se había sentido inopinadamente abatido. Y era lo suficientemente sensato como para saber que si ahora, en el mismísimo principio, ya se sentía abatido, en el futuro no llegaría a sentirse sino más abatido, y que lo más probable era que la vida con ella, tarde o temprano, acabara convirtiéndose en un infierno del que él habría de ser el único culpable.

El pulgar aún le dolía ligeramente. Las mujeres volvieron a reír en las pistas de tenis del otro lado de los rododendros en flor. Austin alcanzó a ver unas pantorrillas de mujer y unas zapatillas de tenis que saltaban de un lado a otro como si su propietaria golpeara la pelota ora del derecho ora del revés mientras los pequeños pies blancos danzaban sobre el suelo rojo. «*Arrête!* ¡Para!», gritó una mujer, y dejó escapar un sonoro suspiro.

Las mujeres francesas, pensó Austin, hablaban como los niños: tono agudo, cadencia rápida, voz desagradablemente insistente, que la mayoría de las veces respondía «*Non, non, non, non, non...*» a algo que alguien le estaba pidiendo, por lo general algún pequeño deseo inocuo. Podía oír a Joséphine diciéndolo, de pie en medio de la sala de su pequeño apartamento, la primera vez que había estado en él –hacía una semana– al hablar por teléfono con alguien, enrollándose el cable blanco en el dedo mientras decía «*Non, non, non, non, non. C'est incroyable. C'est in-cro-ya-ble*». Era algo verdaderamente irritante, aunque ahora, al pensar en ello con cierta distancia, se le antojaba hasta divertido.

Barbara no soportaba a las francesas, y lo decía claramente. «Típicos franchutes», comentaba después de una velada con clientes franceses y sus esposas, y ponía cara de asco. Era eso probablemente lo que le molestaba de Joséphine: que fuera el prototipo de la francesa pequeñoburguesa, un espécimen que a Barbara le habría disgustado al instante: testaruda, ensimismada en sus cosas, apegada por completo a su vida francesa, sin sentido de la existencia de un mundo más amplio, y hasta posiblemente poco generosa cuando se la conocía bien al cabo del tiempo (como su marido había tenido ocasión de averiguar). El problema de Joséphine, pensó Austin, buscando con la mirada al pequeño Léo, era que se tomaba demasiado en serio todo lo que tuviera que ver con su vida. Su maternidad. El impúdico libro de su marido. Su mala suerte. O su amante. Lo miraba todo como a través de un microscopio, como si estuviera siempre a la espera de descubrir alguna equivocación que poder ampliar lo suficiente como para que no le cupiera otra alternativa que seguir tomándose la vida demasiado en serio. Como si el ser adulto se redujera a eso: a la seriedad, a la disciplina. Y nada de diversión. La vida, pensaba Austin, tenía que ser más alegre. Por eso había venido a París, por eso se había liado la manta a la cabeza: para disfrutar más de la vida. Se felicitaba por haberlo hecho. Y precisamente por ello no creía que pudiera convertirse en redentor de la vida de Joséphine. Para hacerlo se necesitaría toda una vida de lucha, y una vida de lucha no era lo que él más deseaba en aquel momento.

Cuando volvió a buscarlo con la mirada, Léo no estaba donde antes, de pie con aire ensoñador junto a los otros chicos, mirando cómo los cúters y galeones se deslizaban por la superficie mansa del estanque. Los demás chiquillos seguían allí, con sus largos palos de dirigir las embarcaciones, susurrándose cosas e intercambiando risitas. Pero no Léo. Había refrescado. La luz se había ocultado ya tras el almenado tejado de la École Supérieure des Mines. Pronto anochecería. El hombre a quien habían estado fotografiando se alejaba en compañía del fotógrafo. Austin se había engolfado en sus pensamientos y había perdido de vista al pequeño Léo, aunque estaba seguro de que no podía estar muy lejos.

Miró el reloj. Eran las seis y veinticinco, y quizá Joséphine ya había vuelto a casa. Paseó la mirada por los bloques de apartamentos, esperando verla en la ventana, pensando que a lo mejor ella también le estaba mirando, haciéndole señas con la mano alegremente, con Léo a su lado. Pero no lograba distinguir un edificio de otro. Veía, sí, una ventana abierta y su interior a oscuras. Pero no podía estar seguro. En cualquier caso, Joséphine no estaba enmarcada en ella.

Austin miró a su alrededor, confiando en ver el fogonazo blanco de la camiseta de Léo, el Cadillac rojo que le salía del pecho. Pero no vio sino a unas cuantas parejas que paseaban por los senderos de grava, y a dos de los chicos del grupo que volvían ya a casa con sus veleros. Seguía oyendo jugar al tenis: el sonido inconfundible de las raquetas golpeando sucesivamente la pelota. Y se sentía frío y en calma, y sabía que era el comienzo del miedo, una sensación que podría rápidamente cambiar a otras sensaciones que podrían durar mucho, mucho tiempo.

Léo se había ido, y Austin no sabía adónde.

–¡Leo! –llamó, primero pronunciándolo a la norteamericana, y luego «Le-ó», como lo hacía su madre–. *Où êtes-vous?* –Los paseantes, al oírle mezclar las dos lenguas, lo miraron con el ceño fruncido. Los chicos que quedaban en el estanque con sus veleros miraron a su alrededor y se sonrieron–. ¡Le-ó! –volvió a llamar, sabiendo que su voz no sonaba normal, que lo más probable era que pareciera asustado.

Todos cuantos le estaban viendo, todos cuantos le oían, eran franceses, y él no podía explicarles con precisión lo que pasaba: que el niño no era su hijo; que la madre del niño no estaba allí en aquel momento pero seguramente estaba cerca; que sólo había dejado de prestarle atención durante apenas unos segundos.

–¡Le-ó! –gritó de nuevo–. *Où êtes-vous?*

Pero no alcanzaba a verle; ni rastro de su camiseta ni de su mata de pelo negro escabulléndose por detrás de un arbusto. Volvió a sentir que el frío le recorría todo el cuerpo, y se estremeció, porque sabía que ahora estaba solo. Léo –una tímida confianza germinaba ahora en su interior–, Léo, estuviera donde estuviere, acabaría bien; era probable que estuviera ya perfectamente en aquel momento. Lo encontrarían y se sentiría feliz. Vería a su madre y al instante se olvidaría de Martin Austin. Nada malo le habría sucedido. Pero él, Martin Austin, estaba solo. No podía encontrar a aquel niño, y en consecuencia no podía esperar más que contrariedades.

Al otro lado de una pradera de césped divisó a un guarda del parque; había surgido con su uniforme azul oscuro de detrás de los rododendros que ocultaban las pistas de tenis, y Austin echó a correr hacia él. Le sorprendió verse corriendo, y a medio trayecto redujo la velocidad y siguió avanzando a un ritmo más pausado hacia el guarda, que se había parado para permitir que Austin lo abordase.

–¿Habla usted inglés? –le preguntó Austin antes incluso de haber llegado. Supo que su cara tenía una expresión desencajada, porque el guarda le miró de un modo extraño y ladeó la cabeza ligeramente, como si prefiriera verle de soslayo, o como si estuviera oyendo una melodía rara y deseara oírla mejor. Austin creyó verle incluso una leve sonrisa en la comisura de los labios.

–Perdone –dijo Austin atrayendo con fuerza el aire a sus pulmones–. Usted habla inglés, ¿no?

–Un poco, sí –dijo el guarda, y sonrió abiertamente. Era un hombre de edad mediana y aspecto agradable, de cara blanda y bronceada por el sol y un pequeño bigote hitleriano. Vestía el uniforme de la policía francesa: kepis azul y oro, galones de hombrera blancos y un cordón blanco unido a la pistola. Un hombre a quien le gustaban los parques.

–He perdido a un niño muy pequeño hace un momento –dijo Austin con voz tranquila, aunque seguía sin resuello. Se llevó la palma de la mano derecha a la mejilla como para enjugársela, y se dio cuenta de que tenía la piel fría. Se volvió y miró de nuevo hacia el borde de hormigón del estanque, hacia las praderas de césped surcadas por senderos de grava y, más allá, hacia la densa maraña de tejos. Esperaba ver a Léo precisamente allí, en medio de aquel paisaje en miniatura. Una vez que había llegado a asustarse y que había transcurrido ya un buen rato, una vez que había buscado ayuda y que los desconocidos le habían mirado con cierta perplejidad y recelo..., una vez acontecido todo aquello Léo podría ya aparecer, con lo que todo volvería a su apacible cauce.

Pero no vio a nadie. La gran extensión de césped estaba vacía, y se acercaba la noche. En los edificios de apartamentos de más allá de la verja del parque podía ver tenues luces de interior, y en la rue Vaugirard los amarillos faros de los automóviles. Recordó una ocasión en que estuvo cazando con su padre en Illinois. Era sólo un chico, y el perro se les había escapado. Había aprendido que la llegada de la noche significaba que jamás volvería a ver a su perro. Estaban lejos de casa. El perro no sabría volver. Y fue exactamente eso lo que sucedió.

El guarda del parque seguía de pie enfrente de Austin, sonriendo, mirándole a la cara con extrañeza, inquisitivamente, como si quisiera aducir algo: que Austin estaba loco o que había ingerido drogas o que le estaba tomando el pelo... El hombre –cayó en la cuenta Austin– no había entendido nada de lo que trataba de decirle, y se limitaba a esperar a captar algo para reaccionar.

Lo había echado todo a perder. Léo había desaparecido. ¿Secuestrado? ¿Agredido sexualmente? ¿Simplemente perdido en una ciudad terriblemente vasta? Toda su recién conquistada libertad, su borrón y cuenta nueva, se habían malbaratado en un instante. Iría a la cárcel. *Merecía* ir a la cárcel. Era un ser aborrecible. Un tipo negligente. Causaba sufrimiento y desolación en las vidas de las gentes desprevenidas e inocentes que confiaban en él. Ningún castigo sería demasiado severo.

Austin volvió a mirar hacia los tejos, un largo y verde macizo de varios metros de espesor cuyo interior se hallaba sumido en enmarañadas sombras. Allí es donde Léo estaba, se dijo con absoluta certidumbre. Y sintió un gran alivio, un alivio que apenas pudo controlar.

–Lamento molestarle –le dijo al guarda–. *Je regrette*. Me he equivocado.

Se volvió y corrió hacia el macizo de tejos a través de las praderas de césped y los paseos de grava y los arriates en flor de un amarillo vivo. Se internó bajo las ramas bajas, donde el suelo desnudo estaba rastrillado y cuidado y húmedo. Avanzó deprisa, con la cabeza gacha. Llamó a Léo, pero no lo vio, aunque percibió un movimiento, un vago revuelo de azules y grises, y oyó unas pisadas sobre el suelo blando, y luego oyó correr: como si una criatura grande huyera delante de él por entre las intrincadas ramas. Le llegó una risa de más allá del borde del macizo, donde comenzaba otro gran espacio de hierba: un hombre reía y hablaba en francés, mientras corría casi sin resuello. Reía, hablaba, y volvía a reír.

Austin avanzó hacia donde había entrevisto una agitación de azules y grises, que supuso la visión fugaz de la ropa de alguien que huía. Entre las gruesas raíces y los achaparrados troncos de los tejos había un fuerte olor a orina y heces humanas. Había papel y desperdicios desparramados a derecha e izquierda. Desde fuera le había parecido un hueco fresco y tentador, un lugar apropiado para descabezar un sueño o hacer el amor.

Y allí estaba Léo. Exactamente donde Austin había entrevisto un revuelo de ropa en la espesura. Estaba desnudo, sentado en medio de la suciedad húmeda, junto a su ropa, que descansaba en desorden y vuelta del revés a su alrededor. Alzó hacia Austin los ojos pequeños y penetrantes y oscuros, con las pequeñas piernas estiradas ante él, sucias y arañadas, lo mismo que pecho y brazos. También había manchas en sus mejillas. Tenía las manos entre las piernas, no cubriéndose ni protegiéndose sino fláccidamente, como sin objeto. Estaba muy pálido y muy quieto. Su pelo seguía pulcramente peinado. Pero instantes antes de ver a Austin, de ver que era Austin y no otro quien se acercaba agachado, doblado por la cintura, furioso, respirando sonora y dificultosamente, tropezando, abriéndose paso con los brazos extendidos por entre las ásperas ramas y troncos y raíces del pequeño espacio cerrado, lanzó un grito agudo, angustiado, como si pudiera ver lo que se acercaba –quién iba a ser– y le causara aún más espanto. Y su grito fue lo único que pudo articular para hacer saber al mundo que le aterrorizaba su sino.

8

En los días que siguieron hubo una gran polémica en torno al suceso. La policía abrió una exhaustiva y ampliamente divulgada investigación encaminada a dar con la persona o personas que habían agredido al pequeño Léo. No había indicios que permitieran concluir que hubieran abusado de él sexualmente; sólo que lo habían atraído con engaño hasta el macizo de tejos, donde lo habían maltratado y atemorizado brutalmente. En las páginas interiores del *France-Dimanche* publicaron un suelto que daba cuenta del suceso en estos términos, aunque Austin percibió desde el principio que todos los testimonios policiales empleaban la palabra «abuso» al referirse al incidente, como si se hubiera ya probado el carácter sexual de la agresión.

La hipótesis más barajada daba por hecho que el agresor pertenecía al grupo de hippies que Austin había visto desde la ventana de Joséphine aquella tarde. Se decía que sus miembros vivían en el parque y dormían en el interior de los macizos de boj y tejo, y que algunos eran norteamericanos que llevaban ya veinte años en Francia. Pero cuando la policía los llevó a comisaría para identificarlos, ninguno de ellos parecía ser el hombre que había aterrorizado a Léo.

Durante las horas posteriores al suceso hubo policías que sospecharon que había sido Austin quien había abusado de Léo; habría solicitado la ayuda del guarda –aventuraban– para alejar las sospechas de él una vez hubo consumado la agresión al pequeño, confiando en que éste no se atrevería a acusarle. Austin había explicado paciente e inteligentemente que él no había abusado de Léo, que era algo que jamás haría, pero que entendía que habían de considerar tal posibilidad hasta poder exonerarle, lo que no habría de suceder hasta medianoche, cuando Joséphine entró en la comisaría de policía y declaró que Léo le había contado que Austin no era el hombre que le había asustado y desnudado, que había sido otra persona, un hombre que hablaba francés, un hombre de ropa azul –y quizá también gris–, de pelo largo y barba.

Una vez que Joséphine hubo terminado su declaración y a Austin se le permitió abandonar el cuarto policial viciado y sin ventanas donde lo estaban reteniendo hasta que las cosas se aclarasen, ambos salieron a la calle estrecha, a la amarilla luz que se filtraba a través de las ventanas de malla metálica de la *gendarmerie*. En la calle había un grupo de jóvenes policías de guardia, con chaleco antibalas y metralletas cortas colgadas al hombro, que se quedaron mirando calmosamente a Joséphine y a Austin cuando éstos se detuvieron en el bordillo para despedirse.

–Soy el único culpable de todo esto –dijo Austin–. No sabes cuánto lo siento. No tengo palabras para expresarlo, supongo.

–Sí, tienes la culpa –dijo Joséphine, y le miró fija, directamente. Y al cabo de unos segundos añadió–: No es ningún juego, ¿sabes? Para ti puede que sea un juego.

–No, no lo es –dijo Austin lastimeramente, de pie en el aire fresco de la noche, a la vista de los policías–. Tenía un montón de planes.

–¿Planes para qué? –dijo Joséphine. Llevaba la falda negra de crepé que se había puesto el día que la conoció, apenas poco más de una semana atrás. A Austin volvía a parecerle especialmente atractiva–. ¡No conmigo! No se te ocurra hacer ningún plan para mí. No quiero ni verte. No quiero tener nada que ver con ningún hombre. –Sacudió la cabeza y cruzó los brazos con fuerza y apartó la mirada, y sus ojos oscuros brillaron en la noche. Estaba muy, muy furiosa. Probablemente, pensó Austin, también contra sí misma–. Eres un imbécil –dijo, y al decirlo sus labios dejaron escapar involuntariamente un poco de saliva–. Te odio. No sabes nada de nada. No sabes ni quién eres. –Le miró con resentimiento–. ¿Quién eres? –dijo–. ¿Quién diablos te crees que eres? No eres nada.

–Lo entiendo –dijo Austin–. Lo siento. Siento muchísimo todo esto. No te preocupes, no tendrás que verme nunca más.

Joséphine le dirigió una sonrisa, una sonrisa cruel, preñada de suficiencia.

–Me tiene sin cuidado –dijo, y alzó el hombro en el ademán que Austin detestaba, el utilizado por las francesas para sancionar como verdadero algo que podía no serlo–. Me tiene sin cuidado lo que pueda ser de ti. Estás muerto. Ni siquiera te veo.

Se dio la vuelta, echó a andar por la acera de un costado de la *gendarmerie* y pasó por delante de los jóvenes policías, que la miraron con indiferencia. Luego miraron a Austin, que se había quedado allí quieto, solo, a la mortecina luz de la calle, en el punto donde consideró que debía quedarse hasta que Joséphine se perdiera de vista. Uno de los policías dijo algo a su compañero de al lado, el cual lanzó al aire de la noche un silbido de una larga y única nota. Luego todos se volvieron y miraron hacia otro lado.

En los días siguientes Austin sintió miedo, un miedo casi insuperable que le privó del sueño en su pequeño y libertino apartamento de la rue Bonaparte. Miedo a que Barbara muriera de forma inminente, seguido de la sensación de que *ya* había muerto, y rematado por la desolación de que había perdido algo importante en su vida, algo que había sido aniquilado por sus propios actos, aunque también por la fatalidad. ¿Qué era ese *algo*?, se preguntaba, insomne en la noche avanzada. Ese algo no era Barbara. Barbara estaba viva, seguía en este mundo, y Austin podría volver a unirse a ella si se decidía a intentarlo y ella lo aceptaba. Y tampoco su inocencia. La inocencia la había perdido hacía ya mucho tiempo. Pero había perdido algo, y fuera lo que fuere, Barbara se hallaba asociada a ello. Austin intuyó que, si pudiera precisar de qué se trataba, tal vez podría empezar a reconducir las cosas, a ver más claramente, incluso a volver a hablarle a Barbara, y, en cierto sentido, *repatriarse* a sí mismo.

No saber qué era ese algo, sin embargo, significaba que las cosas se le habían ido de las manos, y tal vez significara también algo aún peor acerca de sí mismo. De modo que, en el curso de los días que siguieron, empezó a pensar en su vida, casi siempre en relación con qué podía ser lo que fallaba en él, con su problema, con su fracaso –en particular su fracaso como marido–, pero también en relación con su infelicidad, con su difícil situación, con su ruina, que deseaba reparar. Reconoció de nuevo, e incluso con mayor franqueza, que su sola meta, todo lo que siempre había hecho y pensado y dado por sentado había tenido como destinataria a Barbara, que todo lo bueno de su vida estaba en ella. Y era a ella adonde al cabo habría de arribar.

Detrás de Joséphine, por supuesto, no había nada: ni textura consistente ni misterio ni secretos, nada que pudiera suscitar su curiosidad en aquel momento. Le había parecido una mujer de gran atractivo; no un gran objeto de deseo, no una fuente de agudeza, pero sí una fuerza por la que se había sentido fugazmente movido ante la expectativa de lograr acercarla a él. Recordó cómo la había besado en el coche, su suave rostro, el instante lleno de maravillosas sensaciones, la emoción intensa. Y su voz diciéndole: «*Non, non, non, non, non...*», en tono susurrante. Era algo cuya pérdida Bernard jamás lograría superar, y lo que le había impulsado a odiarla, incluso a humillarla.

Él, por su parte, la admiraba, sobre todo por el modo en que se había comportado con él. Proporcionadamente. Inteligentemente. Ella había sentido una responsabilidad mucho mayor que él; una mayor percepción de la importancia de la vida, de su peso y permanencia. Para él todo había sido menos importante, menos permanente, y jamás podría aspirar a su sentido de la vida: un sentido europeo. Como Barbara le había dicho, él creía *tenerse* muy seguro; si bien, contrariamente a lo que había dicho Joséphine, se conocía muy bien a sí mismo. A la postre también Joséphine creía tener muy segura su persona. Ambos eran, por supuesto, muy diferentes, y jamás habrían podido ser felices juntos.

Austin, sin embargo, en los momentos de ensoñación que siguieron a su temor a que Barbara muriera e instantes antes de conciliar el sueño, volvió a preguntarse qué relación eran capaces de entablar entre sí los seres humanos. ¿Cómo podía uno poner en orden su vida, causar poco daño y continuar unido a otras personas? Y, en tal contexto, se preguntó si estar como *fijado* en uno mismo no constituiría sino un malentendido, y si, como Barbara, furiosa, le había dicho la última velada, era verdad que había cambiado sutilmente, si en alguna medida habría alterado los cruciales nexos que garantizaban su felicidad y se habría vuelto distante, ajeno, inaccesible. ¿Podía uno realmente llegar a serlo? ¿Era algo que uno controlaba, o concernía al propio carácter, o se trataba de un cambio respecto al cual uno era tan sólo una víctima? No estaba seguro. No estaba seguro en absoluto. Era un asunto sobre el que tendría que rumiar aún muchas, muchas noches.

Celos

En los últimos días que viví con él en la casa de más abajo del río Teton, mi padre solía leerme. Sentado en la mesa de la cocina después del trabajo, o en las mañanas frías, mientras me vestía delante de él, junto a la estufa, me leía cosas de los periódicos de Havre o Conrad o de alguna revista *–Life* o *National Geographic–*, o de viejos cuadernos escolares atados con cordeles y abandonados en el trastero por alguna familia desconocida que había vivido en la casa y dejado atrás las cosas que no pudo llevarse.

Vivíamos los dos solos. Eran los meses siguientes a la primera vez que mi madre se fue de casa, y vivíamos en las afueras de Dutton desde el comienzo del curso escolar. Mi madre se había ido el verano anterior, al final de un largo periodo de problemas entre ellos, y casi inmediatamente después mi padre dejó su trabajo en Great Falls y nos mudamos a Dutton, donde entró a trabajar en una empresa de maquinaria agrícola. Siempre le había gustado tomarse una copa de vez en cuando, y a mi madre también, y tenían amigos que bebían a conciencia. Pero en Dutton dejó de beber por completo, y a partir de entonces dejó de haber botellas de whisky por la casa. Trabajaba largas jornadas en la ciudad, y por la tarde entrenaba a sus perros de caza, y yo iba al instituto de secundaria. Así es como era nuestra vida entonces.

Puede que se debiera, por supuesto, a que estuviera esperando que sucediera algo extraordinario, que le llegara de repente alguna noticia realmente importante. Seguramente esperaba a que «cayera el rayo», como suele decirse, y cuando llegara el día quería estar en el lugar preciso y con la actitud mental idónea para decidir. Y puede que el leerme fuera un modo de decirme: «No sabemos todo lo que hay que saber. Hay más orden en la vida del que parece a simple vista. Tenemos que prestar atención.» En otras palabras: se sentía terriblemente confuso. Aunque mi padre no era un hombre que se quedara con los brazos cruzados contemplando cómo la vida le vencía. Era un hombre de acción, un hombre que tenía a gala hacer lo que debía hacer. Y sé que el día en que sucedieron los hechos era consciente de que tal vez había llegado ya el momento de actuar. Pero no le culpo de nada.

La víspera del día de Acción de Gracias estuvo lloviendo una hora antes del amanecer, cuando me estaba despertando, y luego llovió por la tarde, cuando la temperatura bajó y empezó a nevar y la cara anterior de las montañas desapareció en una niebla azulada, de forma que no se veían los silos de Dutton situados a apenas quince kilómetros de distancia.

Mi padre y yo estábamos esperando a que llegara la hermana de mi madre para llevarme a Shelby a coger el tren. Iba a Seattle a ver a mi madre, y mi tía me acompañaba. Yo tenía diecisiete años entonces. Era en 1975, y jamás había subido en un tren.

Mi padre había llegado a casa pronto, se había dado un baño y se había puesto una camisa limpia y unos pantalones, y luego se había sentado en la mesa de la cocina con un montón de *Newsweek* de la biblioteca de la ciudad. Yo ya estaba vestido. Tenía la bolsa ya hecha, y estaba mirando por la ventana de la cocina para ver llegar el coche de mi tía.

–¿Te suena de algo Patricio Lumumba? –me preguntó mi padre después de leer un rato en silencio.

Mi padre era un hombre alto, de pecho fuerte y huesudo, tupido pelo negro y gruesas manos y brazos. La mesa parecía pequeña para él.

–¿Quién era? ¿Una cantante? –dije.

–Un hombre –dijo mi padre, apartando la mirada de la zona inferior de las gafas como si tratara de leer un texto en letra pequeña–. Era un negro africano al que Eisenhower quiso envenenar en

1960. Sólo que Ike no tuvo ocasión de hacerlo, porque otros enemigos se lo cargaron antes. Todos pensamos entonces que el asunto era bastante misterioso, pero supongo que no lo era tanto. –Se quitó las gafas y frotó los cristales contra el puño de la camisa. Uno de los setters ladró en el corral. Miré y le vi ir hasta la valla, junto a la esquina del granero, husmear un poco la alambrada y volver a través de la nieve brumosa hacia la casa, donde estaba echada su hermana junto a la puerta–. Los republicanos siempre tienen secretos –dijo mi padre, levantando las gafas al aire y mirando a través de ellas–. Tendrá que pasar aún bastante tiempo antes de que despiertes a la vida.

–Supongo que sí –dije.

–Pero no puedes hacer nada para remediarlo –añadió–, así que no te desesperes.

Miré por la ventana y vi cómo el gran Cadillac rosa de mi tía aparecía de pronto en el horizonte, a un par de kilómetros de distancia, abriéndose paso entre la densa nieve.

–¿Qué vas a decirle a tu madre sobre lo de vivir todo el otoño en este sitio remoto? –dijo mi padre–. ¿Que hay una atmósfera de misterio en la pradera abierta? –Alzó la cabeza para mirarme, y me sonrió–. ¿Que descuido tu educación?

–Todavía no he pensado mucho en ello –dije.

–Bien, pues ya es hora de que lo hagas. Tendrás tiempo de sobra en el tren si tu tía te deja en paz.

Volvió a fijar su atención en el *Newsweek* y dejó las gafas sobre la mesa.

Yo esperaba decirle algo antes de que llegara mi tía, algo sobre mi madre. Que estaba muy contento de ir a verla, o algo por el estilo. Últimamente no habíamos hablado mucho de ella.

–¿Qué piensas de mamá? –dije.

–¿Respecto a qué?

–¿Crees que volverá después de Acción de Gracias?

Tamborileó con los dedos sobre el tablero metálico de la mesa, y luego se volvió y miró el reloj de la pared de la cocina.

–¿Vas a preguntárselo a ella?

–No, señor –dije.

–Bien. Puedes hacerlo si quieres. Y luego me lo cuentas. –Miró por la ventana como para comprobar qué tiempo hacía. Uno de los perros volvió a ladrar, y luego ladró el otro. A veces algún coyote salía de los campos de trigo y se metía en el patio y los perros se ponían a ladrar como locos–. Al final se despejará la incógnita –dijo–. ¿Quién es ahora tu mejor amigo? Sólo por curiosidad.

–Los amigos de Great Falls, los de siempre –dije.

–¿Y tu mejor amigo de Dutton?

–De momento no tengo a nadie –dije.

Mi padre volvió a ponerse las gafas.

–Lástima. Es cosa tuya, claro.

–Ya lo sé –dije, porque ya había pensado en ello y había decidido que no tenía tiempo para hacer amistad con nadie.

Vi que el coche de mi tía tomaba nuestra carretera y cortaba el aire y la nieve con la mortecina luz de los faros. En la misma carretera, un par de kilómetros más allá, había una caravana asentada en medio de los campos, sin protección alguna frente al viento. Su dueño era un granjero de la ciudad que también era el dueño de nuestra casa, y la tenía alquilada a la profesora de educación cívica del instituto, una tal Joyce Jensen. Era una mujer de veintitantos años, rechoncha y con pelo color de fresa, y mi padre, el mes anterior, había dormido algunas noches en su casa. «Yoyce Yensen», la llamaba él, y se echaba a reír. Podía ver otro coche –un coche que no conocía– aparcado delante de su casa, un coche rojo al lado del suyo, que era oscuro.

–¿Qué miras? –dijo mi padre–. ¿Se ve venir ya a tu tía Doris?

–Lleva las luces puestas –dije.

–Bien –dijo mi padre–. Estás a punto de irte, entonces. –Se metió la mano en el bolsillo de la camisa y sacó un pequeño fajo de billetes sujetos por una goma–. Cuando llegues a Shelby, cómprale a tu madre algún detalle bonito –dijo–. No se lo esperará. Y se pondrá contenta. –Me tendió el dinero y se puso de pie para ver llegar a la tía–. Hay un momento del día en que uno echa de menos una copa –dijo. Me puso una mano en el hombro, y me llegó el olor a jabón de su piel–. Pero eso era de otra vida. Ahora estamos en una nueva. El puñado de afortunados.

Mi tía tocó el claxon al enfilar la hilera de arbustos y entrar en el terreno de la casa. Su coche era un Cadillac Eldorado del 69, de color rosa descolorido y con techo de vinilo blanco. Llevaba puestos los limpiaparabrisas, y los cristales de las ventanillas estaban muy empañados. Había aparcado aquel mismo coche frente a nuestra casa de Great Falls, y cuando lo hacía yo aprovechaba para inspeccionarlo de arriba abajo.

–Déjame que salga y le cuente un chiste a tu tía Doris –dijo mi padre–. Tú vete a cerrar las contraventanas de las palomas. Esta noche me olvidaría de ellas, y no quiero que les entre nieve. No tardaré ni un minuto.

La ventanilla de mi tía se bajaba ya cuando mi padre se dirigía hacia la puerta, y pude ver a mí tía mirando nuestra pequeña granja como si mirara una casa abandonada.

Mi tía Doris era una mujer guapa y tenía fama de alocada, fama que mi madre no tenía, o al menos eso me había dicho mi padre. Era la hermana pequeña de mi madre; tenía treinta y seis años y era rubia y delgada, con suaves y pálidos brazos en los que se transparentaban las venas. Llevaba gafas, y la única vez que la había visto sin ellas, una mañana en que al despertarme la vi en casa, me pareció una jovencita incluso más joven que yo. Sabía que a mi padre le gustaba, y que había habido algo entre ellos en Great Falls, después de que mi madre se marchara, aunque Doris estaba casada con un indio gros ventre que había desaparecido ya de su vida. Había venido a casa dos veces y nos había hecho la cena, y mi padre había ido otras dos veces a Great Falls a visitarla, y también les había oído unas cuantas veces hablar por teléfono hasta la madrugada. Pero pensaba que ya no había nada entre ellos, fuera lo que fuera lo que hubiera habido antes. Mi padre hablaba de Doris de un modo que daba a entender que le había sucedido algún tipo de tragedia en la vida –aunque él no sabía cuál–, y yo pensaba que sólo le gustaba porque se parecía mucho a mi madre.

–Hay algo irresistible en Doris, ¿sabes? –me dijo una vez–, algo que le vendría de perlas a tu madre. –El día que lo dijo estábamos adiestrando a los perros en los campos cercanos a la casa, y se había parado para ver cómo se internaban entre los rastrojos del trigo. Los campos se veían dorados hasta el río, que discurría lleno de brillo, y el cielo sobre las montañas era de un azul que yo jamás había visto.

–¿Qué tiene de irresistible? –dije.

–Oh, que es comprensiva con sus semejantes –dijo mi padre–. No tardarás en saber lo importante que es eso –añadió, y dejamos de hablar de ello. Pero para mí ya era importante ser comprensivo, y pensaba que mi madre lo era, y sabía que también él lo pensaba.

Mi padre salió al exterior de gravilla en mangas de camisa. Vi que Doris sacaba el brazo por la ventanilla y movía la mano al compás de los pasos de mi padre. Vi cómo sonreía y empezaba a decir algo, pero no pude oír qué.

Me puse el chaquetón de lana, cogí mi bolsa, salí al patio por la puerta trasera y eché a andar en dirección al palomar. Eran las cuatro de la tarde, y el sol –apenas una luz blanca tras las nubes blancas– se alzaba sobre las cimas de las montañas de más allá de Choteau, y hacía mucho más frío que cuando me había bajado del autobús escolar al mediodía. En el patio que rodeaba la casa había viejos útiles agrícolas, inservibles a excepción del camión cisterna en el que traíamos el agua, y la nieve empezaba a cuajar sobre la hierba y sobre las herrumbrosas superficies metálicas. Podía ver a mi padre inclinado, con los codos apoyados sobre el borde de la ventanilla del Cadillac, y la tía Doris tenía una mano sobre el brazo de mi padre y se reía de algo. Y debí de pararme a medio camino del palomar, porque Doris dejó de reírse y me miró. Encendió y apagó las luces del Cadillac, y yo reanudé la marcha. Y se me ocurrió que estarían mejor dentro de la casa.

El palomar era un viejo gallinero que mi padre había cerrado con tablas para evitar las incursiones de zorros y coyotes. Criaba palomas para entrenar a sus setters, y se le había metido en la cabeza que podía ganar dinero adiestrando perros de caza si corría la voz de que era bueno haciéndolo, lo cual era verdad. Había montones de aves y pájaros en aquella parte de Montana –faisanes y perdices y urogallos–, y mi padre pensaba que tendría ocasión de poner en práctica su idea cuando acabara la cosecha. Iríamos los dos al atardecer a los campos recién segados, con dos perros y cuatro palomas metidas cabeza abajo en los bolsillos de las chaquetas.

Mi padre llevaría a uno de los perros a unos doscientos metros atado con una cuerda, y yo cogería una paloma y le metería la cabeza debajo del ala y la sacudiría y soplaría encima de ella, y luego la escondería en una mata de rastrojos, donde el pobre animal se quedaría quieto, aturdido, hasta que el perro lo encontraría por el olfato y se pararía para mostrarlo. Entonces mi padre o yo iríamos hasta la paloma y le daríamos una patada para que echara a volar, con una cinta roja y un palo atados a la pata para que no pudiera volar lejos.

Mi padre nunca disparaba a ninguna paloma. No le gustaba matar aves. Ya no quedaban muchas, decía. Y lo que hiciera otra gente no era asunto suyo. Pero le gustaba adiestrar perros y verles mostrar la pieza, y ver cómo ésta levantaba el vuelo. Se había criado en la parte oeste de Minnesota –él y mamá, los dos–, y le gustaba vivir al aire libre, en las praderas.

Oí cómo las palomas bullían en el palomar, entre revoloteos y arrullos. Miré a través de la tela metálica y las vi, unas treinta o cuarenta, grises y rollizas y con el pecho henchido, y despidiendo menos olor a causa del frío. Mi padre las cazaba en los graneros, con su red de mano, poniéndose en medio de la planta baja del granero, en la penumbra, con la puerta cerrada, haciendo oscilar la red con una cuerda mientras las palomas, excitadas por el bamboleo, volaban de viga en viga. Atrapaba una o dos o tres a un tiempo, y me las pasaba para que las metiera en un saco de patatas. Yo nunca había visto nada de esto hasta que viví con él a solas. Nunca lo habíamos hecho antes. Pero a él le gustaba, y solía quedarse fuera del granero, a la luz del día, mirando a través de las grietas de las tablas, observando las palomas, cuyas alas lanzaban destellos a la luz que se filtraba por las demás paredes de madera, y emitía un sonoro zumbido con la garganta –*hmmm, hmmm, hmmm...*–, parecido al que les había oído a los boxeadores en el cuadrilátero, y se ponía a mover la red y las palomas caían aturdidas en la tela de malla.

Bajé los postigos sobre la alambrera y eché los pasadores. Y me quedé allí, con la bolsa de viaje, mirando a mi padre. Seguía bajo la nieve, inclinado sobre la ventanilla del Cadillac de Doris. Y ella seguía con la mano sobre su muñeca. En un momento dado bajó la mejilla y la pegó contra la mano de mi padre, y mi padre se enderezó y miró hacia la carretera, frente a la casa, más allá de las hileras de arbustos. Pensé que miraba por encima del coche en dirección a la caravana donde vivía Joyce Jensen. Luego dijo algo en la ventanilla y retiró las manos y se las metió en los bolsillos. Luego me miró y me hizo una seña con el brazo para indicar que me acercara.

–Eso me pone los pelos de punta, te lo juro –le oí decir a Doris cuando me acercaba al coche.

–Tu tía Doris tiene miedo de que la «limusina» se le quede atascada en la nieve –dijo mi padre. Estaba como a medio metro del coche, y sonreía. Tenía nieve en el pelo–. Dile que te cuente el chiste de los coches japoneses. Te vas a partir de risa.

Doris miró a mi padre como sorprendida.

–Tendrá que esperar un par de años para oírlo –dijo–. Quiero que tu padre venga esta noche a Shelby con nosotros, Larry –dijo por la ventanilla–. Dice que tiene otros planes de los que no quiere hablar. Seguro que tú me lo explicas todo, Larry.

–Me costaría mucho llegar a casa luego –dijo mi padre, aún sonriendo–. Tendría problemas.

Había arreciado la nieve. Los brazos de mi padre acusaban el frío; yo también tenía frío, y estaba deseando salir para Shelby con Doris. Rodeé el coche y puse la bolsa en el asiento trasero y me subí delante junto a ella; sentí que me acogía el calor de la calefacción, y me llegó un olor dulce, y la radio sonaba muy baja. Si mi padre tenía planes, no me los había dicho. Lo más probable era que fuera a ver a Joyce Jensen.

–La gente te hace montones de invitaciones de este tipo, y luego deja de pedírtelo –dijo Doris. Ella también sonreía, pero yo sabía que quería que mi padre viniera con nosotros. Me dio unos golpecitos en la rodilla–. ¿Cómo estás, cariño? –dijo–. ¿Te has tomado ya la pastilla diaria de la felicidad? Espero que sí.

–Sólo me he tomado una –dije. Podía oler su perfume. Llevaba unos pendientes de color rojo vivo y un abrigo de lana color castaño, y debajo de él entreví el dobladillo de un vestido de lana rojo. Le gustaba mucho vestir de rojo. Mi padre se apartó un poco más del coche.

–Deberías poner unas siglas en el buzón, Donny –dijo Doris a través de la ventanilla–. A. N. H. S. N. (Aún No Ha Sucedido Nada.) Y sería cierto.

–Nos movemos con cautela –dijo mi padre. Se inclinó hacia adelante sin tocar el coche y miró hacia mí a través de la ventanilla–. Explícale a tu tía lo de la atmósfera de misterio que se respira aquí en las Grandes Llanuras –dijo, sonriendo–. Le encantará. –Doris metió la marcha–. Deséales un feliz día de Acción de Gracias a mis viejos amigos de Seattle –dijo mi padre, mirándome a mí con una expresión extraña, de pie y solo bajo la nieve, como si pensara que lo que acababa de decir era una estupidez y no hubiera querido que sonara como tal.

Doris empezó a subir el cristal de la ventanilla mientras giraba el volante.

–Crees que no puedes hacer que tu vida mejore, pero te equivocas –dijo–. Habéis pasado demasiadas noches solos en este sitio. Y eso os está volviendo un poco locos.

–Tratamos de remediar también eso, Doris –dijo mi padre, casi gritando, y me pregunté por qué. No entendí qué quería decir, pero lo que yo deseaba en ese momento era salir de allí inmediatamente y enfilar la carretera en dirección a Shelby.

Doris decidió tomar un trago antes de entrar en la interestatal. Tenía una pequeña botella de aguardiente debajo de la visera del parabrisas, y me dijo que echara un poco en uno de los vasos de plástico que había en la parte trasera, al pie de los asientos. En el suelo mojado, además de los vasos, había un letrero de cartón con las palabras EN VENTA, un vaso de cristal, un guante acolchado para la nieve, un cepillo de pelo, un montón de postales –en una de ellas se veía a un oso bailando sobre una gran pelota de playa–, y unas fotos de Doris sentada en una mesa de oficina, con falda corta y sonriendo a la cámara. Habían sido tomadas en la dependencia de la policía de Great Falls donde trabajaba. En la esquina de una de ellas se veía parte de una bocamanga con galones de sargento.

–Son mis deslumbrantes fotos de archivo –dijo Doris, con la botella de aguardiente en la mano que manejaba el volante–. Por si olvido quién soy, o era, o por si alguien me encuentra muerta y se pregunta por mi identidad. He escrito mi nombre detrás de todas ellas.

Le di la vuelta a una y vi el nombre de Doris escrito con una tinta desvaída. Había otras cosas en el suelo: un ejemplar de la revista *World Conflict* y dos o tres libros de bolsillo con las tapas arrancadas. Cogí un vaso de plástico del montón y se lo di.

–¿Quién crees que va a encontrarte muerta? –dije.

Estábamos entrando en la autopista interestatal, y le servía una copa a mi tía. La pequeña ciudad de Dutton, donde estudiaba desde septiembre, se hallaba justo al otro lado de la autopista. Diez calles con casas a ambos lados, dos bares, una hermandad de hijos de Noruega, tres iglesias, una tienda de comestibles, una biblioteca, tres elevadores de grano y una Asociación de Veteranos de Guerra con un viejo Sabre de la guerra de Corea montado como si estuviera despegando hacia el nevoso cielo. Quitando esto, en todas direcciones, tierras de labranza cubiertas de nieve.

–Nunca se sabe quién va a encontrarte –dijo Doris, mirando por el retrovisor al entrar en el carril de la autopista–. La verdad es que no me gusta Montana –dijo–, y odio especialmente las carreteras. Sólo hay una dirección para ir a cualquier parte. Se ve todo mucho mejor desde un avión. –Enderezó los brazos tras el volante como si estuviera despegando en un avión. Ganamos velocidad, y las ruedas hicieron saltar hacia atrás salpicaduras de nieve fangosa. Por una grieta de la parte superior del parabrisas entró una fina capa de agua que se congeló antes de poder deslizarse hacia abajo–. Bien, ¿qué es eso de la atmósfera de misterio de esta zona?

–Me estaba leyendo algo de una revista –dije–. Y se le ocurrió.

–Ya. –Tomó un sorbo de aguardiente–. ¿Y crees que entiendes lo que pasa entre tu padre y tu madre?

–Que no se llevan muy bien últimamente –dije–. Mi madre se ha empeñado en volver a estudiar.

Eso fue lo que mi madre me dijo cuando se marchó de casa. Ahora estudiaba en Seattle. Un curso para aprender a rellenar los impresos del impuesto sobre la renta. Acabaría en Navidades.

–Saben demasiado el uno del otro –dijo Doris–. Tendrán que llegar a entender qué diablos puede suponer eso. Porque a veces es bueno, pero no siempre.

–¿No es lo normal en las parejas? –dije.

–Por supuesto que sí –dijo Doris, y volvió a mirar por el retrovisor. No había ningún otro coche en la autopista; sólo grandes camiones con tráilers en dirección norte que aceleraban para llegar a casa para Acción de Gracias–. Cuando yo vivía con Benny, como marido y mujer, él tenía en la cabeza montones de cosas que yo nunca entendí. Cosas de indios. Espíritus y demás. Él creía que visitaban nuestra casa. Creía que había que regalar todo lo que tenías de valor; o jugártelo, en su caso. Una vez me dijo que quería ser enterrado sobre una plataforma de madera en la cima de una alta colina. Creía en todas esas medicinas indias, y no me parece mal, lo digo en serio. Estaba bien. –Doris se frotó la nariz con el pulpejo de la mano, y luego fijó la mirada en el asfalto, sobre el que se iba acumulando una especie de niebla blanca.

–¿Y tú qué le dijiste? –pregunté, y la miré.

–¿Sobre la plataforma de madera? Le dije: «Muy bien, me parece muy bien lo de la plataforma de madera. Pero no esperes que la construya yo, ni que sea yo quien te suba a lo alto de la colina, porque yo soy adventista del Séptimo Día y no creo en plataformas.»

–¿Y qué dijo Benny?

Sólo había visto a Benny una vez en mi vida, y recuerdo que era un hombre grande y callado y con gafas de montura negra, y que olía a cigarrillos.

–Se echó a reír. Él era luterano, por supuesto. Convertido por los misioneros en Canadá o en algún lugar de Dakota del Norte. No me acuerdo. Puede que lo dijera en broma. Pero era miembro de una tribu. Sí. Y hablaba la lengua india.

–¿Dónde está ahora? –dije.

–Quién sabe... –Doris se inclinó hacia adelante y bajó la calefacción–. En Shaunavon, Saskatchewan, apostaría yo. Un sitio donde celebran el día de Acción de Gracias antes o después que nosotros, no estoy segura. Sigo llevando el anillo de boda. –Levantó el dedo anular–. Pero estaba hablando de lo bien que se conocen Don y Jan. Yo nunca tuve ese problema con Benny, y seguimos casados. En cierto sentido, al menos.

–¿En qué sentido? –dije, y le sonreí, porque me pareció ver algo gracioso en ello. Recordaba haberles visto a ella y a mi padre charlando en la sala por la noche, hasta muy tarde; luego todo quedaba en silencio, y me llegaban los clics de los interruptores cuando mi padre apagaba por fin las luces de la casa.

–En un sentido «remoto», señor Genio –dijo Doris–. Y en el sentido de que si vuelve volveríamos a empezar donde lo habíamos dejado. O lo intentaríamos, al menos. Aunque si lo que pretende es seguir «desaparecido», me gustaría poder divorciarme para empezar a rehacer mi vida. –Se echó a reír–. Aunque eso podría llevarme otra vida.

–¿Qué crees que va a pasar? –le pregunté, refiriéndome a lo de mis padres.

Nunca le había preguntado eso a nadie más que a mi padre, y la primera vez que se lo pregunté me respondió que mi madre iba a volver. Pero fue antes de que nos fuéramos de Great Falls. Aunque otra vez, en el coche, cuando volvíamos a casa después de ver un partido de béisbol, dijo de pronto: «El amor es lo que dos personas deciden hacer juntas, Larry. No es una religión.» Seguramente había estado pensando en el asunto.

–¿Que qué creo yo que va a pasar? –dijo Doris. Se subió un poco las gafas y aspiró el aire con ruido, profundamente, como si se enfrentara a una pregunta de muy difícil respuesta–. Depende del momento que atraviesen y de si existen o no terceras personas –dijo, muy seria–. Si tu madre, por ejemplo, tiene un amigo joven y guapo en Seattle, o si tu padre tiene una amiga allá donde Cristo dio las tres voces (o sea, donde vivís), entonces claro que hay un problema. Pero si pueden aguantar el tiempo suficiente para llegar a sentirse solos, entonces probablemente se arreglarán, aunque me temo que ninguno de los dos quiere aguantar *demasiado* tiempo. Es lo que opino yo, por supuesto, y no se basa en nada. –Doris me miró, alargó la mano y me puso bien el cuello del abrigo, que estaba vuelto hacia arriba–. ¿Cuántos años tienes? –dijo–. Supongo que tendría que saber ese tipo de cosas sin preguntártelas.

–Diecisiete años –dije, pensando en la posibilidad de que mi madre tuviera un amigo guapo en Seattle. Durante los meses que llevaba fuera de casa yo había pensado en ello a veces, y había decidido que no, que no tenía ninguno.

–Entonces tienes toda la vida por delante para preocuparte –dijo Doris–. Así que no empieces a hacerlo ahora. Deberían enseñar eso en el instituto en lugar de historia. Gestión de la preocupación, se llamaría. A propósito, ¿te apetece saber algo sobre ti mismo?

–¿Qué? –dije.

No me estaba mirando; seguía conduciendo.

–¡Hueles a trigo! –dijo Doris, y se echó a reír–. Desde que has subido en el coche huele como si estuviéramos en un silo. ¿Es que Don no te deja dormir dentro de casa?

Oír aquello me afectó bastante, porque no me gustaba vivir en la granja, ni en aquella casa, y sabía que yo mismo debía de oler así, porque era el olor de todas las habitaciones de la casa y de las ropas de mi padre. Y me sentía furioso, furioso contra él, aunque no quería que Doris lo supiera.

–Es que la casa hacía de almacén de grano antes de que viviéramos nosotros –dije, y ya no quise decir más.

–Eres un auténtico labriego –dijo–. Será mejor que eches un vistazo a tus zapatos.

Se echó a reír otra vez.

–Vamos a vivir allí sólo este año –dije.

Ahora estaba aún más furioso por todo aquel asunto. Miré por las ventanillas empañadas: las primeras y oscuras hileras de los campos de trigo de invierno empezaban justo más allá del borde de la carretera, al otro lado de las cercas, y la nieve formaba una costra de hielo entre las hileras de tallo más bajo. Lo que yo quería, pensé entonces, era quedarme en Seattle con mi madre, y ponerme a estudiar en algún instituto después de Navidades, aunque tuviera que empezar de nuevo todo el curso. Quería marcharme de Montana, donde no teníamos ni televisor y habría que traer el agua a casa y donde los coyotes te despertaban con sus aullidos y mi padre y yo no teníamos a nadie con quien hablar más que a nosotros mismos. Me estaba perdiendo algo, me decía a mí mismo, alguna oportunidad de enorme importancia. Y más adelante, cuando intentara explicarle a alguien cómo había sido todo, que yo no era ningún chico campesino aunque hubiera llevado una vida de granjero durante un tiempo, no me creería. Y a partir de entonces jamás podría explicarle a nadie cómo había sido mi vida en aquella época.

–Estuve deprimida durante mucho tiempo cuando Benny se largó –dijo Doris–. ¿Sabes lo que quiere decir... estar deprimido?

–No –dije, taciturno.

Doris levantó la mano y puso un dedo en la grieta del parabrisas por donde había entrado el agua que luego se había helado. Se miró la punta del dedo, y luego me miró y me sonrió.

–Eres demasiado joven para ese tipo de trastornos –dijo–, porque hasta yo soy demasiado joven para padecerlo. –Se lamió el dedo–. Háblame de tu padre. ¿Se ha echado alguna novia allí en Siberia? Apuesto a que sí. Algún diamante en bruto.

–Sí –dije, y me tenía sin cuidado si se lo contaba a mi madre o no–. Una profesora que vive en la misma carretera de nuestra casa.

–Bien, mejor para él –dijo Doris, aunque ahora no sonrió–. ¿Cómo se llama?

–Joyce.

–Un bonito nombre. Supongo que tu madre no sabe nada de esto.

–No sé si lo sabe o no.

–Seguro que no lo sabe, pero tampoco importa –dijo Doris.

Me pregunté si mi padre estaría en la caravana de Joyce Jensen en aquel momento. Me acordé del coche rojo aparcado fuera.

Doris cogió la botella de aguardiente y me la tendió, y luego me pasó su vaso de plástico.

–Me apetece otro trago, por favor –dijo.

Pensé que quizá iba a emborracharse por haberle dicho que mi padre tenía una amiga. Era casi de noche y la nieve iba cuajando más y más y hacía cada vez más frío, y aunque estábamos cerca de Shelby aún faltaban tres horas para el tren. Tenía miedo de que pudiéramos perderlo, de que Doris se pusiera a beber y se emborrachara y se durmiera en algún sitio y yo no pudiera despertarla, y de que al volver a casa solo y llamar a la puerta después de medianoche me encontrara con que no había nadie.

Le serví menos que antes. El aguardiente era pegajoso al tacto, y sabía como esos refrescos de raíces. Yo había ido a bares con mi padre y conocía ese aguardiente, pero nunca había visto a nadie tomarlo.

–¿Sabes? –dijo Doris, y parecía indignada por algo–. Supongo que comprendes que no eres *propiedad* de tu padre. Nadie pertenece a nadie. Hay gente que piensa que sí, pero es ridículo.

–Ya lo sé –dije–. Cuando acabe el instituto me emanciparé.

–En realidad ya estás emancipado. No es el instituto el que decide eso –dijo Doris–. Y yo no soy tu madre. También lo sabes, ¿no? Soy tu tía. Un tecnicismo. No me importa lo que hagas. Puedes irte a vivir a Great Falls mañana mismo, si quieres. Puedes vivir conmigo. Sería una novedad. –Doris me dirigió una mirada rápida, aún indignada. Pensé que quizá me iba a invitar a un trago de aguardiente, aunque no me apetecía. Me acordé de un pequeño tatuaje que mi tía tenía en un hombro, una mariposa azul y roja que le había visto el verano anterior, cuando solía andar por la casa y pasar mucho tiempo con mi padre–. Eres como un pájaro en una jaula de cristal, ¿no te parece?

–No voy a quedarme allí mucho tiempo –dije.

–Ya veremos –dijo Doris, mirando los copos de nieve que caían sobre la autopista–. ¿Le has comprado algún regalo bonito a tu madre?

–Todavía no –dije.

–¿Te ha dado mucho dinero tu padre, ahora que está cobrando un buen sueldo?

–Tenía algo yo –mentí, pensando que las tiendas de ese tipo de regalos estarían ya cerradas en Shelby. Imaginé la calle principal, donde había estado una vez con mi padre cuando fuimos a recoger a mi madre, que volvía de la gran ciudad, y lo único que podía recordar era una fila de letreros de bares y moteles, y que la Rout 2 atravesaba la ciudad en dirección a Havre–. Trabajé en un elevador de grano durante la cosecha –dije.

–¿Sigue bebiendo Don?

–Sí, sigue bebiendo –dije.

–Y vosotros dos os lleváis estupendamente, ¿no?

–Sí –dije–. Nos llevamos muy bien.

–Fantástico, entonces –dijo Doris. A través de la nieve y la neblina pude divisar unas tenues luces amarillas como enhebradas al pie de una colina. Era Shelby–. Hubo un tiempo en que pensaba que tu padre se había casado con la hermana equivocada, porque los tres nos conocimos al mismo tiempo, ¿lo sabías? Me pareció demasiado bueno para Jan. Pero ahora ya no lo pienso. Tu madre y yo estamos mucho más unidas que nunca desde que está en Seattle. Hablamos mucho por teléfono. –Bajó el cristal de la ventanilla y tiró por el hueco el aguardiente que quedaba en el vaso. El líquido fue a dar a la ventanilla trasera y se heló al instante–. Tu madre es una mujer maravillosa, ¿lo sabías? ¿Sabías que tu madre era maravillosa?

–Sí, lo sabía –dije–. ¿Qué piensas de papá?

–Que es un buen tipo –dijo Doris–. Eso es lo que pienso. Pero no confío mucho en él. No está dotado para preocuparse demasiado por las cosas... En cierto modo es como un gato. Pero está bien. Uno no puede echarse atrás en sus decisiones importantes.

–¿Sientes no haberte casado con él? –dije.

Yo creía que estaba equivocada respecto de mi padre, por supuesto. A mi padre le preocupaban las cosas tanto como a cualquiera, y bastante más que a Doris. No me cabía la menor duda.

–Verás –dijo Doris, y me sonrió de un modo tierno, de un modo que la hacía especialmente atractiva–. Si me hubiera casado con él, tú no estarías aquí, ¿no? Todo sería diferente. –Me dio unos golpecitos en la rodilla–. Así que en todo hay algo bueno. Es una creencia de los adventistas del Séptimo Día. –Me rascó la rodilla con las uñas, y me sonrió otra vez. Estábamos entrando en la ciudad, y seguía nevando y empezaba a oscurecer en todas partes salvo en la franja de luces de la calle principal.

Shelby exhibía ya su decoración de Navidad: hileras de luces rojas y verdes y blancas tendidas en los tres cruces principales, pequeños árboles de Navidad en lo alto de los semáforos. Se veían muchos coches y camiones en las calles, bajo la nieve, y todas las tiendas parecían abiertas. Pasamos por Albertson's, profusamente iluminado, con el aparcamiento atestado de vehículos y de gente con paquetes. Vi un *drugstore* y una tienda de postales y otra de ropa vaquera en la calle principal, todo ello iluminado y con montones de clientes.

–Hay algo *físicamente* extraño en Shelby, ¿no crees? –dijo Doris, conduciendo despacio y mirando los letreros de las tiendas y los grandes recortables de Acción de Gracias de los escaparates–. Tiene como un aire extranjero. Está como fuera de lugar. A lo mejor es lo cerca que está de Canadá. No sé...

–Será mejor que me baje a comprar algo –dije. Había visto una tienda Redwing y se me ocurrió comprarle a mi madre unos zapatos, aunque no sabía el pie que usaba. Me acordé de unos verdes de tacón alto que le había visto algunas veces, y me sorprendió no recordar gran cosa aparte de eso.

–¿Quieres que comamos comida china, o que cenemos en el coche restaurante? –dijo Doris.

–Prefiero cenar en el tren –dije, porque quería bajarme del coche.

–Quiero que lo pases bien cuando estés conmigo.

–Lo estoy pasando bien –dije. Estábamos parados en un semáforo; me volví y miré hacia atrás. Quería volver a la tienda de postales antes de que nos alejáramos demasiado.

–¿Crees que podrás decirme por dónde se va a la estación? –Doris echó una mirada al tráfico por el retrovisor.

–Le preguntaré a alguien –dije. Abrí la puerta de mi lado y puse el pie sobre el asfalto nevado.

–No le preguntes a un indio –me gritó Doris–. Mienten como serpientes. Pregúntale a un sueco. No conocen lo que es la mentira. Por eso resultan tan buenos maridos.

–De acuerdo –dije, y cerré la puerta del coche mientras Doris seguía hablando.

La gente deambulaba por las aceras, entrando y saliendo de las tiendas. Había muchos coches, y demasiado ruido para una población pequeña, aunque la nieve lo suavizaba todo. Era como un sábado por la noche en Great Falls. Eché a andar deprisa y desanduve la manzana que acabábamos de recorrer. Me extrañó no encontrar la tienda de postales donde creía que debía estar, y tampoco encontré la tienda de ropa vaquera. Lo que vi fue un restaurante chino y un bar, y luego el *drugstore*, donde entré para echar una ojeada.

Dentro el ambiente era cálido y olía a dulces de Halloween. Había muchos clientes, y recorrí los tres pasillos en busca de algo que a mi madre pudiera gustarle, y me puse a pensar en las cosas que le gustaban. Había una sección con cajas rosas y azules de golosinas, y toda una pared con perfumes, y una larga hilera de postales con leyendas del día de Acción de Gracias. Recorrí dos veces la sección central, y luego fui al fondo del local, donde estaba la farmacia y los baños de pies y los artículos de enfermería. Pensé en comprarle algo para el pelo –champú o algún spray–, pero sabía que esas cosas se las compraba siempre ella misma. Entonces vi una vitrina de relojes con estantes de espejo, que podías hacer girar apretando un botón plateado que había al pie. Los relojes costaban todos unos treinta dólares, y mi padre me había dado cincuenta. Razoné que un reloj sería mejor que un perfume, porque mi madre no podría consumirlo, y además me encantaba cómo los relojes daban vueltas dentro de la vitrina, y sentí un gran alivio al verme casi decidido con tanta rapidez. Mi madre tenía un reloj, pero creía recordar que se le había roto la primavera pasada.

Volví a recorrer la tienda para mirar todo lo que antes había pasado por alto, y quizá encontrar algo que me gustara más, pero no vi nada especial salvo revistas y libros. Unos chicos de mi edad, con cazadoras granate y oro de Shelby, miraban las revistas y hablaban con dos chicas. Al pasar me miraron todos, pero no dijeron nada. Estaba seguro de no haber jugado al fútbol americano contra ellos en Great Falls, porque Shelby era una población demasiado pequeña. Mi cazadora de fútbol estaba en casa, en alguna caja del cuarto del fondo (no me habría abrigado lo suficiente en aquella noche de nieve). Las chicas dijeron algo cuando me alejaba, aunque ni ellas ni ellos habían hecho el mínimo ademán de haberme visto.

Pasé por una sección en la que había zapatillas de señora en unas cajas claras de plástico. Las había rosas y amarillas y rojas. Costaban diez dólares, y eran de una sola talla. Pero me parecieron baratas. Y del tipo que usaría Doris. Volví a la vitrina de los relojes y apreté el botón una y otra vez hasta que vi uno fino y dorado y elegante –de esfera pequeña y números romanos– que pensé que podría gustarle. Lo pedí a una vendedora, y me lo envolvió en papel de seda blanco. Lo pagué con los billetes que me había dado mi padre, me lo metí en el bolsillo del abrigo y pensé que mi elección había sido acertada. Seguro que mi padre la habría aprobado. Pensaría que tenía un fino instinto para esas cosas, y que había comprado un buen reloj a buen precio. Salí a la fría acera y empecé a buscar la estación.

Recordaba –de la vez que había estado en Shelby con mis padres– que la estación estaba detrás de la calle principal, en una zona vieja de la ciudad donde había bares (los dos habían entrado en ellos en aquella ocasión). No estaba seguro de su ubicación, pero crucé la calle principal y entré en un callejón entre dos tiendas y fui alejándome de las luces navideñas y del tráfico y de los letreros de los moteles, hasta llegar a una callejuela de grava, y desde ella divisé la zona de maniobras y, al fondo, la estación y las luces amarillas de sus ventanas. Sobre los raíles, a la derecha, alcancé a ver una fila de vagones descubiertos de los de transportar grano, y la luz de una locomotora en movimiento y, más allá, un coche cruzando la doble vía. La zona de maniobras estaba oscura, y cada vez hacía más frío y seguía nevando. Oí cómo una máquina cambiaba de vía unos vagones, y al pisar las traviesas miré a ambos lados, a derecha e izquierda, y me quedé observando los relucientes raíles que se alejaban de mí hacia las luces amarillas de peligro y, más allá, hacia las luces rojas.

En la sala de espera de la estación hacía aún más calor que en el *drugstore*. No había más que una pareja sentada en una de las filas de bancos de madera, aunque se veían varias maletas pegadas a la pared y dos personas que esperaban para comprar billetes. No se veía a Doris por ninguna parte. Pensé que quizá estaría en los aseos, al fondo, junto al teléfono, y fui hasta donde estaban las maletas y me quedé esperando, aunque no vi ni mi bolsa ni la suya. Así que al ver que las dos personas terminaban de comprar sus billetes y que mi tía seguía sin aparecer me acerqué a la taquilla y le pregunté a la empleada si la había visto.

–Doris te está buscando –dijo la señora, y me sonrió a través del hueco de la ventanilla de metal–. Ha comprado los billetes y me ha dicho que te diga que está en el Oil City. Verás, está cruzando la acera, en aquella dirección. –Señaló la puerta trasera de la estación. Era una mujer de edad madura y pelo corto y rubio, y llevaba una chaqueta roja con una chapa en la que ponía «Betty»–. ¿Doris es tu madre? –me preguntó, y se puso a contar los billetes de un dólar de un montón.

–No –dije–. Es mi tía. Yo vivo en Dutton. –Y luego añadí–: ¿El tren va a salir puntual?

–Sí, claro –dijo, sin dejar de contar billetes–. El tren siempre sale puntual. Tu tía hará que os montéis a tiempo, no te preocupes. –Me sonrió de nuevo–. Dutton rima con *Nuttin'*.[1] Conozco Dutton.

Desde la plataforma de hormigón de fuera vi el Cadillac de Doris en el pequeño aparcamiento de grava, y, al otro lado de la calle, una hilera oscura de pequeños y viejos edificios con aspecto de haber sido tiendas en un tiempo. Ahora estaban todos vacíos excepto tres, que eran bares. Recordé que la vez que habíamos estado allí, mis padres habían entrado en ellos. Al fondo de la manzana empezaba una calle de casas de aspecto normal, en las que vi luces y coches aparcados en los caminos de entrada y jardines cubiertos de nieve. Más allá de la esquina, entreví una pista de tenis vallada.

Los bares parecían cerrados, aunque en los tres había pequeñas ventanas de cristal con letreros rojos encendidos y un par de coches aparcados fuera. Cuando crucé la calle vi que el Oil City era el último antes de llegar a las viejas tiendas vacías. Frente a él había un taxi parado, con el motor en marcha. El taxista estaba sentado ante el volante y leía el periódico a la débil luz del habitáculo.

Yo no había estado en muchos bares. La mayoría de los que conocía eran de Great Falls, de cuando mi padre bebía. Pero no me importó entrar en aquél, porque me pareció que ya lo conocía. Mi padre decía que un bar no era un sitio al que uno quería ir,

1. *Nutting*: «recoger nueces». *(N. del T.)*

sino un sitio en el que uno acababa. Aunque había algo en los bares que me gustaba: la sensación de que en ellos se mantenía viva la posibilidad de que pasara algo largamente esperado, por mucho que hasta el momento no hubiera pasado nada.

El Oil City estaba casi a oscuras, y en el aire sonaba una música y había un olor dulzón y espeso. Doris estaba sentada en la barra, hablando con un hombre que había a su lado, un hombre menudo que llevaba un casco blanco de plástico y un mono, y una coleta que le caía hasta media espalda. Las bebidas estaban delante de ellos, y a un lado, sobre la barra, el hombre tenía los guantes de trabajo y unos cuantos billetes de un dólar. Él y Doris charlaban y se miraban a los ojos. El hombre, pensé, parecía indio, por el pelo y porque había dos o tres indios más en el bar, un local largo, oscuro, casi vacío, con dos máquinas de póquer, un reservado y una máquina de discos tenuemente iluminada y casi arrumbada contra una pared. Había sillas diseminadas por el local, y hacía frío; al parecer no habían encendido la calefacción.

Doris miró hacia mí pero no me vio, porque se dio la vuelta hacia el indio del casco y levantó su vaso y dio un trago.

–Es totalmente diferente –dijo en voz muy alta–. Que te preocupen las cosas y que te importen las cosas para mí son conceptos completamente diferentes. Yo puedo preocuparme por algo que no me importa, y también puede importarme algo que no me preocupa en absoluto. Así que que te jodan, porque no son la misma cosa. –Volvió a mirar hacia mí, y esta vez me vio. Estaba borracha, lo supe enseguida. La había visto borracha antes–. Podrías ser un estupendo detective privado, por el sigilo con que te acercas –me dijo, y miró al hombre que tenía a su lado–. Y tú te has librado por los pelos de la policía de Shelby; acaban de pasar por aquí y han dicho que te estaban buscando. –Doris esbozó una gran sonrisa, y luego alargó el brazo, me cogió la mano y me atrajo hacia sí–. Este hombre y yo estamos discutiendo sobre valores absolutos. Es el señor Barney Bordeaux. Sólo hemos sido presentados informalmente. Está en el negocio de la cata de vinos. Y acaba de contarme una historia terrible sobre su mujer, a la que, triste es decirlo, han asaltado a punta de pistola aquí en Shelby, y se han llevado todo su dinero y sus anillos. Así que, dadas las circunstancias, este caballero aboga por la honradez como valor absoluto.

Barney frunció el ceño hacia ella como dando a entender que lo que acababa de decir Doris era una estupidez. Era un hombre de ojos oscuros y estrechos, de cara hinchada y oscura de indio bajo su casco blanco, en cuyo frente se veía el distintivo verde de la Burlington Northern.

–¿Qué es lo que quiere este gilipollas? –dijo, echándome una mirada sesgada. Le faltaba un diente de la parte delantera, y daba la impresión de llevar bebiendo mucho tiempo. Era pequeño y delgado y de aire enfermizo; un pequeño bigote sobre las comisuras de la boca le daba cierto aire de chino. Pero también daba la impresión de que en un tiempo había sido bien parecido, y que algo malo de verdad le había sucedido luego.

–Es el hijo de mi hermana. Se llama Lawrence –dijo Doris, soltándome la mano y poniéndola sobre el brazo de Barney, como en ademán de retenerlo–. Vamos a Seattle en el tren de esta noche.

–Has olvidado mencionar eso –dijo Barney, en tono nada amistoso.

Doris me miró y sonrió.

–Barney acaba de salir de Fort Harrison. Así que lo está celebrando. Todavía no me ha dicho la enfermedad que ha tenido.

–No he tenido ninguna enfermedad –dijo Barney. Se volvió hacia el frente y se miró en el espejo de la barra–. No sé adónde voy a ir a parar con todo esto –le oí decirse a sí mismo.

–No vas a ir a parar a ninguna parte –dijo Doris. Fort Harrison era el hospital estatal de Montana. Mi padre me había contado que los indios locos y los veteranos ingresaban allí y recibían tratamiento sin pagar un centavo–. Lo que acabo de decir –siguió Doris– es que la lealtad es más importante que la honradez, si es que la honradez significa tener que decir siempre la verdad estricta, pues existen siempre distintos tipos de verdad. –Se había quitado el abrigo que llevaba en el coche y lo había puesto sobre el taburete contiguo. La falda del vestido de lana rojo se le había subido muy por encima de las rodillas. Su bolso estaba sobre la barra, junto a sus llaves y sus billetes de dólar.

Barney se volvió de pronto y puso una mano sobre la rodilla de Doris, en el punto exacto donde se cruzaban sus piernas. Sonrió y me miró a la cara.

–Los problemas empiezan cuando la gente más joven que tú parece inteligente –dijo, y su sonrisa se hizo más abierta y dejó al descubierto el hueco del diente que le faltaba. Me llegó su olor a sudor, y su aliento de vino. Se echó a reír a carcajadas y se volvió otra vez hacia la barra.

–Barney es la estrella de su película –dijo Doris.

–¿Dónde está mi bolsa de viaje? –pregunté, porque de repente pensé en ella y no la veía por ninguna parte. Quería meter el reloj de mi madre entre mis cosas.

–Oh, veamos –dijo Doris, dirigiendo la mirada hacia Barney para asegurarse de que le prestaba atención–. La he regalado. Me he encontrado con un pobre negro sin un centavo, y como había perdido la maleta le he dado la tuya. –Cogió las llaves del coche de la barra y se puso a balancearlas sin mirarme. Luego buscó en su bolso, sacó mi billete, un pequeño cartón blanco, y me lo tendió–. Quédate con el tuyo –dijo–. Así te harás responsable de ti mismo. –Tomó un sorbo de su copa. Había cambiado el aguardiente por otra bebida–. ¿Y qué me dices de *tus* valores absolutos? –me dijo–. ¿Qué piensas al respecto? No estoy segura de que la lealtad sea un buen valor al que aferrarse. Puede que tenga que elegir otro distinto. Barney se queda con la honradez. Elige tú uno.

Yo no quería elegir ninguno. No tenía la menor idea de lo que era un valor absoluto, ni por qué necesitaba decidirme por alguno. Doris estaba jugando a un juego, y yo no tenía ganas de jugar a ese juego. Aunque, al pensar en un valor absoluto, lo único que me vino a la cabeza fue «*frío*». Hacía mucho frío en el Oil City, y en el exterior la temperatura seguiría bajando, y en lo único que podía pensar era en el frío.

–No sé ningún valor de ésos –dije, y pensé en marcharme.

–Bien –dijo Doris–. Entonces elegiré yo por ti. Podrías decir «amor», ¿de acuerdo? O podrías decir «lo bello», o «belleza». O incluso podrías decir un color, «el rojo», lo cual sería bastante extraño. –Doris se miró el regazo, el vestido rojo, y luego me miró a mí, que estaba de pie a su lado–. *«Pensamiento»* –dijo–. Podrías decir «pensamiento», aunque lo más seguro es que no lo practiques demasiado. Lo que no puedes hacer es no decir nada. Y tampoco puedes decir «matrimonio» ni «adulterio» ni «sexo». Porque no son lo suficientemente absolutos. –Echó una mirada a Barney y se echó a reír con una risita desagradable.

La máquina de póquer emitió unos ruidos metálicos en la oscuridad. Un hombre hablaba en el teléfono público, junto a los aseos, y le oí decir: «Eso es en Lethbridge. A hora y media de aquí.» El bar me parecía vacío, y de pronto me di cuenta de que me había equivocado, de que no había estado nunca en él. Me volví y miré hacia la única ventana. Al otro lado del letrero de neón, la nieve caía con más fuerza, y vi cómo los faros de los coches se desplazaban con lentitud. Me pregunté si la nieve podría hacer que el tren saliera con retraso. Oí que en la calle alguien cerraba las puertas de un coche, y miré hacia la puerta, esperando a que se abriera, pero siguió cerrada.

Barney le hizo una seña a la camarera, una chica extremadamente pequeña y delgada y con aspecto de ser china. La chica sirvió a Barney un vaso de vino tinto de una botella de las estanterías de la pared, y cogió un dólar del fajo de billetes que Barney había dejado a su lado, sobre la barra.

–Oh, elige ya, maldita sea, Lawrence –dijo Doris de pronto, mirándome con furia–. Estoy cansada de andar perdiendo el tiempo contigo. Ojalá te hubiera dejado en casa.

–El frío –dije.

–¿El frío? –Doris se quedó perpleja–. ¿Es eso lo que has dicho? ¿El frío?

–Sí –dije.

–¿Has oído eso, Benny? –dijo Doris dirigiéndose a Barney.

Barney me miró desde su vaso de vino y dijo:

–No dejes que te enrede. Conozco el paño.

–El frío no es un valor –dijo Doris, un tanto exasperada–. Trata de usar la inteligencia.

–Valiente, entonces –dije–. La valentía, quiero decir.

–Está bien, vale. –Doris levantó el vaso, pero no bebió. No le quedaba más que hielo. Siguió sin decir nada unos segundos, como si estuviera pensando en otra cosa–. ¿En qué has sido tú tan valiente? –dijo, y levantó el vaso hasta la altura de la nariz.

Barney se inclinó hacia ella y le susurró algo al oído, pero Doris no le hizo el menor caso.

–En nada –dije.

–Entonces para ti es una abstracción, ¿no? –dijo Doris.

–Los memos se joden entre ellos –dijo Barney, y me lo dijo a mí, y muy en serio. Y de pronto me agarró un brazo y me lo apretó con fuerza, por encima del codo–. Cuando vuelva, Lawrence, verás a qué me refiero. –Se bajó del taburete apoyándose en mi brazo, y echó a andar hacia el oscuro fondo del local, donde estaba el pasillo que llevaba a los aseos y donde el hombre seguía hablando en el teléfono público. No andaba derecho, ni en línea recta, y cuando llegó a la entrada del pasillo se agarró a la esquina de la pared, se volvió y nos miró–. Eh, vosotros dos: no confundáis amor con dolor –dijo, y siguió allí unos instantes, mirándonos. Noté que la hebilla plateada del cinturón la llevaba echada hacia un extremo, de un modo que yo ya había visto en algunos hombres. Luego desapareció al fondo del pasillo.

–No me confundas con tu mujer –dijo Doris a grandes voces, y luego hizo una seña para que le sirvieran otra copa–. Lo que yo creo es que todos los barcos buscan un sitio para hundirse. –Me acerqué más a la barra, para ver si había alguna forma humana de sacar del bar a mi tía, y preguntándome qué sería lo que Barney iba a enseñarme cuando volviera–. Le he dicho que mi nombre de pila es Esther –dijo Doris en un susurro–. No es mi favorito, ni mucho menos. Pero es bíblico, y los indios son todos tan religiosos que le gusta. Es un tío patético, pero divertido.

Doris se quedó mirando una puerta que había enfrente, detrás de la barra, con una pequeña ventana circular como las de las puertas de las cocinas de los restaurantes. Un hombre de cara grande y blanca observaba desde el otro lado del cristal lo que estaba sucediendo en el local. Llevaba un gran sombrero del que apenas alcanzábamos a ver una parte del ala.

–Mira eso –dijo Doris. Miraba fijamente hacia la ventana redonda, y el hombre del otro lado la miraba fijamente a ella–. ¿A quién de nosotros crees que está mirando?

La cara siguió allí unos segundos más, y luego desapareció. Pero la puerta se abrió despacio y el hombre que acabábamos de ver y otro que apareció a su espalda, en la oscuridad, se pusieron a examinar el interior del local. El hombre del sombrero grande vestía un uniforme de *sheriff*. Miró hacia un lado y luego hacia el otro. Empuñaba un gran revólver plateado de cañón largo, y llevaba un pesado chaquetón con una placa, y pesadas botas con los bajos del pantalón metidos en ellas a la altura de las pantorrillas. El hombre que estaba detrás de él también pertenecía a la oficina del *sheriff*, aunque era más joven (no parecía mucho mayor que yo). Llevaba una escopeta de cañón corto, que empuñaba con las dos manos y mantenía muy alta delante de él, con el cañón hacia arriba.

Ninguno de los dos dijo nada. Se adentraron lentamente en el local, mirando a su alrededor como si esperaran ser sorprendidos por algo. La pequeña camarera los vio y se quedó callada y quieta, con la mirada fija en ellos. Y lo mismo hicimos Doris y yo. Oí que uno de los dos o tres indios que había en la otra parte del bar decía:

–Esta máquina me ama.

Luego oí cómo la puerta del bar se abría y sentí la ráfaga de aire frío del exterior. Había otros tres ayudantes del *sheriff* en la acera, todos con sombrero y pesados chaquetones, todos con escopetas de cañón corto. Ninguno de ellos me miró a mí o a Doris. Miraban a los indios, y, a medida que avanzaban por el local, se iban mirando unos a otros. De pronto parecieron ponerse nerviosos, como si no supieran lo que estaba a punto de suceder.

Uno de los hombres –no pude ver cuál– dijo:

–No lo veo, Neal. ¿Y tú?

El hombre de la pistola dijo:

–Mira en los servicios.

Y entonces Doris, sin motivo alguno, dijo:

–Barney está en los aseos. –Y señaló con el dedo el lugar por donde había desaparecido momentos antes.

De inmediato, como si hubieran oído una señal, dos de los ayudantes de la puerta avanzaron a lo largo del local casi de puntillas, y luego hacia el oscuro pasillo donde estaba el teléfono público y las puertas de los retretes. Uno de los ayudantes agarró al hombre que había estado hablando por teléfono –que al verlos se había callado como un muerto y permanecía allí, sin moverse, con el auricular pegado a un costado–, y lo apartó hacia un lado. Los dos ayudantes se apostaron en la entrada del pasillo, uno a cada lado, y apuntaron sus armas hacia la puerta de los retretes. Y entonces los otros dos ayudantes empezaron a susurrarnos algo y a hacernos señas con sus armas.

–Échense al suelo. ¡Échense al suelo inmediatamente! –nos conminaron.

Y eso es lo que hicimos todos los que estábamos en el bar. Me tendí boca abajo y apoyé la mejilla sobre el piso de tablas y contuve la respiración. Doris se tendió a mi lado. Oí cómo respiraba por los orificios de la nariz. Emitió como un gruñido, y me apretó la mano con fuerza. Las gafas se le habían caído y estaban en el suelo, pero ella no dijo nada. Tenía los ojos cerrados. Me deslicé un poco hacia ella y le pasé el brazo por el hombro, aunque no sabía cómo iba a protegerla en caso de peligro.

Entonces, alguien –probablemente el hombre del revólver– gritó con la voz más estentórea que había oído en toda mi vida:

–¡Barney, maldita sea! ¡Sal del retrete! Soy Neal Reiskamp. El *sheriff*. Tengo gente con escopetas. Así que sal de ahí. No puedes escapar.

El ayudante del *sheriff* más cercano a mí se movió con rapidez, casi de un brinco, en dirección al pasillo, y se situó detrás de los dos hombres apostados en la entrada, y apuntó su arma hacia los servicios.

–¡Traed alguna luz! –gritó el *sheriff*–. ¡No veo nada!

Otro ayudante corrió hacia la puerta del local, que se había quedado abierta y por la que entraba frío y nieve. Oí sus botas sobre la nieve, y luego el ruido de una portezuela de coche. No quería levantar la mirada, pero podía oír las pisadas que arañaban el piso de tablas. Sentía la madera dura contra la mejilla, y mi brazo fue apretando más y más el cuerpo de Doris, hasta que le oí emitir otra especie de gruñido. Seguía sin abrir los ojos. El rótulo giratorio del anuncio de cerveza de encima de la máquina de discos proyectaba pequeñas estrellas sobre el suelo.

Del retrete donde había entrado Barney no nos llegó el más mínimo ruido. Y me pregunté si realmente seguiría allí dentro, o si se habría escapado por una ventana o por cualquier otra puerta, o incluso –y esto me pareció como un sueño que estuviera soñando en aquel instante– si se habría escabullido por alguna trampilla del techo y habría pasado al altillo y estaría ahora sobre el piso de encima de nosotros, en alguna pieza vacía y oscura, yendo de un lado para otro, tratando de decidir qué hacer, cómo escapar, cómo salir sin daño de aquel trance. Y hasta pensé en su mujer, a la que le habían robado el dinero y los anillos. Entonces oí un ruido como de más botas arañando el suelo, y el sonido de algo o alguien dando golpes contra algo, quizá contra una pared. El ayudante que había salido a la calle volvió a la carrera con una larga linterna negra.

–Alumbra a ese hijo de puta de ahí dentro –dijo el *sheriff*–. No. Hacia arriba. Más arriba, maldita sea. –El golpeteo siguió en alguna parte: *bang, bang, bang*... Al principio me sonó como a metal, y luego oí cristales rotos. Y luego un nuevo martilleo–. ¡Barney! –gritó el *sheriff* a voz en cuello–. ¡Barney! –El martilleo continuó. La pequeña camarera, que debía de estar detrás de la barra echada en el suelo, empezó a emitir un sonido muy agudo, *iiiii...*, *iii...*, o algo semejante. Supuse que aquellos golpes la habían asustado. Yo tenía las mandíbulas apretadas, y los dos puños cerrados. Seguí oyendo el fuerte martilleo, *bang, bang, bang*..., y entonces levanté la mirada y vi que los dos ayudantes seguían apuntando sus escopetas hacia el interior del pasillo, cuyo fondo no alcanzaba a ver. Tenían las piernas muy abiertas, y el hombre de la linterna se había puesto en cuclillas detrás de ellos, enfocando el haz de luz por entre las piernas de uno de ellos.

Doris dijo:

–Estoy toda mojada, Lawrence.

Abrió los ojos y me miró, y frunció la nariz de un modo extraño. Luego, desde el pasillo a cuya entrada los ayudantes estaban apostados, alerta y apuntando con sus armas, llegó un violento estruendo, el ruido como de una puerta que se rompía hacia adentro o hacia afuera. Luego se oyó otro ruido, un ruido distinto que no pude identificar (ni siquiera hoy sé qué pudo ser). Y en aquel momento pensé que Barney estaba dando patadas contra algo, aunque era un ruido más parecido al que produce el metal. Pero fuera lo que fuere, el ayudante que sostenía la linterna dio un súbito respingo hacia atrás y cayó al suelo, a un lado, y el haz de luz describió unos rápidos barridos en el techo y el largo cilindro negro de la linterna cayó con estrépito contra el suelo de tablas. Y entonces dos de los hombres que empuñaban las escopetas dispararon casi a un tiempo desde la entrada del pasillo, contra la honda oscuridad del fondo. Y el estampido de las dos armas retumbó ominosamente en todos los oídos. Me quedé sordo unos instantes, y sentí una fuerte presión en el cerebro, y mis globos oculares recibieron como unas fuertes ráfagas. Los disparos lanzaron unos fogonazos amarillos, y el polvo inundó el aire y luego fue cayendo desde el techo, y el local se llenó del espeso y acre olor de la pólvora quemada. Cuando las escopetas dispararon fue como si Doris brincara sobre el suelo, y luego me apretó la mano con tal fuerza que su anillo de boda se me clavó en uno de los nudillos, y no pude desclavármelo.

–Está bien –oí que decía Barney a gritos y con un extraño timbre–. Me habéis dado. Me habéis acribillado. Me habéis dado. No me encuentro bien...

Los demás ayudantes del *sheriff,* los que no habían disparado, entraron corriendo en el pequeño pasillo, justo enfrente de Doris y de mí, y un tercero se arrodilló junto al hombre que había empuñado la linterna.

–Estoy bien –dijo el hombre–. No me ha alcanzado. –Su sombrero blanco estaba en el suelo.

Oí que la camarera exclamaba: «Oh, santo Dios...», pero no la vi.

Entonces Barney –tuvo que ser él– dijo:

–¿Cómo estáis vosotros? –Y lo dijo como sin darle importancia, y luego gritó–: Ohhhhh... –Y después dijo–: ¡Parad ya! ¡Parad ya! –Y entonces se quedó callado.

Los dos hombres que habían disparado contra Barney no se movieron de su sitio, y continuaron apuntando hacia el interior del pasillo. Se veían dos cartuchos en el suelo.

El *sheriff,* que estaba de pie detrás de todo mundo, dijo con voz aún más fuerte, como si ahora tuviera incluso más miedo:

–Cuidado. Tened mucho cuidado. No está muerto. Sólo está «tocado». Sólo está «tocado».

Otro ayudante que se había mantenido en un extremo del local, entró de pronto en el pasillo y se situó delante de los hombres que empuñaban las escopetas.

–¡Barney, hijo de puta! –le oí decir–. ¡Quédate donde estás; no te muevas!

Pero Barney no hizo ningún ruido. Oí pisadas a mi lado, y cuando miré vi a los indios y al hombre que había estado hablando por teléfono saliendo por la puerta del local. Vi faros de automóvil en la calle, y me llegó el sonido de una sirena, y luego el ruido de un aparato emisor-receptor y la voz de una mujer que decía:

–Probablemente sí. Pero no puedo estar segura. Será mejor que lo comprueben. Diez-cuatro.

Miré a Doris, que tenía los ojos muy abiertos y la mejilla pegada contra las húmedas tablas del suelo, y la boca muy apretada, como si pensara que aún podía suceder algo malo, pero había empezado a aflojar la presión sobre mi mano. El anillo se desclavó de mi nudillo, y Doris respiró profundamente y dijo:

–Han matado a ese hombre. Lo han acribillado a tiros.

Y yo no respondí, porque mi mandíbula seguía crispada y mis oídos estaban como huecos, pero pensé que lo que decía seguramente era cierto. Había estado presente en todo lo que acababa de pasar, y sin embargo no formaba parte de ello. Todo había sucedido entre Barney y los policías que le habían disparado, y a mí me convenía –o así me lo parecía, al menos– mantenerme al margen y no hacer ni un comentario al respecto.

Al cabo de unos minutos uno de los ayudantes del *sheriff* se acercó a nosotros y nos ayudó a levantarnos y a sentarnos en el reservado anexo a la pared. El local se llenó de policías en un abrir y cerrar de ojos. La puerta principal seguía abierta, y dos policías de autopistas de Montana y otros ayudantes del *sheriff* y dos policías indios entraban y salían del local, y nos llegaban voces nuevas de la calle. Seguían llegando coches con aparatos emisores-receptores en funcionamiento, y una ambulancia aparcó junto al bordillo. Dos hombres con mono anaranjado entraron con unas cajas negras con su equipo y fueron hasta el pequeño pasillo. Oí que alguien decía:

–*No problema aquí.*[1]

Y entonces el *sheriff* dijo:

–Adelante. Ahora os firmaré todo eso.

A Barney no le oí decir nada más. Al cabo de un par de minutos, los hombres de la ambulancia se marcharon. Uno de ellos sonrió por algo, pero no creo que tuviera nada que ver con lo que acababa de pasar. Tuvo que ser por otra cosa.

–Estoy helada –dijo Doris, sentada al otro lado de la mesita–. ¿No estás muerto de frío?

Había encontrado las gafas y se las había puesto, y estaba tiritando. Inmediatamente después de que dijera esto, el ayudante del *sheriff* que nos había ayudado a levantarnos entró en el reservado con una manta para Doris y otra para mí, aunque yo no tenía tanto frío como ella, o al menos no me daba cuenta. La nariz me goteaba, eso era todo (además de tener toda la parte delantera del cuerpo húmeda de haber estado contra el suelo).

Dos ayudantes del *sheriff* se llevaron –quién sabe por qué– a la camarera. Oí cómo la metían en un coche que arrancó a los pocos segundos. Entonces se encendieron las luces del techo del local, y entró un hombre con una cámara y se metió en el pasillo y sacó fotografías utilizando el flash. Luego salió y tomó más fotografías del recinto principal, en una de las cuales aparecíamos Doris y yo arropados con las mantas.

Al cabo de unos diez minutos, mientras seguíamos sentados esperando, llegaron otros dos empleados de la ambulancia con una camilla plegable montada sobre unas ruedas. Entraron con ella en el pasillo, y supongo que levantaron el cuerpo de Barney y lo tendieron en la camilla, porque cuando pasaron ante nosotros camino de la puerta vimos el bulto sobre ella, cubierto por una sábana que rezumaba sangre a través de la tela. Uno de los hombres llevaba el casco blanco de la Burlington Northern de Barney, y al-

1. En español en el original. *(N. del T.)*

cancé a ver también parte de su coleta, que sobresalía por un costado de la sábana. Tuve que darme la vuelta para verlo, pero Doris no quiso mirar. Seguía sentada, envuelta en la manta, con la mirada fija en la taza de café que le había traído el policía. Cuando la camilla hubo salido del bar, dijo:

–¿Era él?

–Supongo que sí –dije.

Transcurridos unos minutos, un hombre grande con traje gris claro y sombrero y botas vaqueras entró en el bar y miró a su alrededor. Tenía aspecto aseado y pulcro y piel muy clara y pelo fino y mal cutis, y al principio apenas nos echó una ojeada antes de mirar detrás de la barra y el cuarto trasero por donde había salido el *sheriff*. Luego entró en el pasillo y en el retrete donde había estado Barney (*oí* que lo hacía, porque no pude verlo). Cuando salió le dijo algo al *sheriff*, que había vuelto a ponerse el sombrero, y luego trajo una silla al reservado y se sentó al otro extremo de la mesa, enfrente de nosotros.

Sacó un pequeño cuaderno de espiral y escribió algo en él con un bolígrafo. Luego, sin dejar de escribir, dijo:

–Soy Walter Peterson, el abogado de Toole County. Me gustaría saber algo de ustedes dos.

–Nosotros no sabemos nada –dijo Doris–. No vivimos aquí. Vamos camino de Seattle. Hemos entrado en el bar a tomar una copa.

Se tapaba hasta el cuello con la manta, y sujetaba los extremos con los puños cerrados.

–¿Conocían al muerto? –dijo el abogado sin responder a lo que había dicho Doris. Me di cuenta de que ahora se referían así a Barney. El abogado llevaba una pequeña insignia en la solapa (un par de esposas plateadas), y cuando se sentó entreví una pistolera de cuero bajo su abrigo. No se quitó el sombrero para hablar con nosotros.

–No –dijo Doris–. No lo conocíamos.

–Y tú, ¿lo conocías? –me preguntó a mí.

–No, señor –dije.

–¿Alguno de los dos ha hablado con él? –dijo el abogado, escribiendo algo en el pequeño bloc de notas.

–Yo *he intentado* hablar con él –dijo Doris–. Casi por casualidad. Pero no ha querido hablar gran cosa. –Me miró y luego paseó la mirada por el local, que ahora, con las luces del techo encendidas, parecía más grande y más sucio–. ¿Iba armado? –preguntó Doris–. Me ha dado la impresión de que llevaba un arma.

–¿No les ha dicho nada sobre su mujer? –dijo el abogado, de nuevo sin responder a su pregunta.

–Ha dicho que la habían atracado en no sé dónde. Eso sí lo ha dicho.

El abogado dejó de escribir y miró a Doris, como a la espera de que dijera algo más. Luego preguntó:

–¿Ha dicho algo más sobre eso?

Se puso a escribir de nuevo, y vi que lo hacía con la mano izquierda y con las letras inclinadas hacia la derecha, no inclinadas hacia atrás.

–No, señor –dijo Doris–. No ha dicho nada más. Lawrence aún no había llegado. Ha llegado casi al final.

–¿Al final de qué? –dijo el hombre. Sus manos eran cortas y gruesas, con un gran anillo dorado y rojo en el anular.

–Del rato que hemos estado en la barra. Antes de que se fuera a los servicios.

–¿Cómo te llamas? –me preguntó el abogado, y se lo dije. Le preguntó a Doris su nombre y lo escribió, junto con nuestras direcciones. Nos preguntó qué relación había entre nosotros, y Doris dijo que era mi tía, la hermana de mi madre. El hombre me miró como si quisiera preguntarme algo, y se pasó el extremo romo del bolígrafo por la mejilla, por donde tenía muy mal el cutis, y cambió de opinión, supongo.

–¿Les ha dicho el muerto algo a alguno de los dos después de entrar en los servicios?

–No ha tenido tiempo –dijo Doris–. Le han disparado cuando estaba dentro.

–Entiendo –dijo el abogado.

Me acordé, sin embargo, de que Barney había dicho que quería enseñarme algo cuando saliera. Aunque no mencionó qué. El abogado escribió algo más y cerró el bloc. Asintió con la cabeza y se metió el bolígrafo en el bolsillo interior del abrigo.

–Si tenemos que llamarles, les llamaremos –dijo. Empezó a sonreírle a Doris, y luego añadió–: ¿De acuerdo? –Sacó dos tarjetas de visita del bolsillo y las dejó sobre la mesa–. Quiero que se queden con mi tarjeta y me llamen si piensan que hay algo que quieran añadir a su declaración.

–¿Qué ha hecho? –preguntó Doris–. Ha dicho que había estado en Fort Harrison, pero no sabía si creerle o no.

El abogado se levantó y se metió el bloc de notas en el bolsillo trasero del pantalón.

–Su mujer y él tuvieron una pelea de campeonato. Eso es todo lo que sabemos. Y ella, de momento, está en paradero desconocido.

–Lamento mucho lo que ha pasado –dijo Doris.

–¿Van a Seattle los dos? –dijo el abogado, y aunque se dirigía a mí no sonrió.

–Sí –dijo Doris–. Su madre vive allí.

–Hará más calor que aquí. Te gustará aquello –dijo.

Miró a uno de los ayudantes del *sheriff*, que estaba esperando a que acabara con nosotros, y se fue. Se reunió con él y se pusieron a hablar junto a la barra. En un momento dado miró hacia el reservado, como si estuviera diciendo algo sobre nosotros, pero acto seguido salió del bar. Pude oír su voz en la calle, y luego oí que un coche arrancaba y se alejaba.

Nos quedamos sentados en el reservado unos diez minutos más, mientras los ayudantes y uno de los policías de autopistas seguían en la barra charlando. Pensé en ir a ver el sitio donde Barney había sido acribillado a balazos, pero no quería ir yo solo y tampoco quería pedirle a Doris que me acompañara. Así que, cuando llevábamos un rato allí sentados, Doris dijo:

–Creo que podemos irnos.

Se levantó y dobló su manta y la dejó sobre la mesa, y yo me levanté e hice lo mismo con la mía. Doris fue hasta la barra y recogió el dinero y el abrigo, y el bolso y las llaves. Los guantes de trabajo y el vino de Barney seguían en la barra, donde los había dejado, y entonces vi una botella de whisky de una pinta en el suelo, debajo del taburete donde había estado sentado Barney. Uno de los ayudantes recogía los cartuchos de escopeta vacíos, y le dijo algo a Doris y se echó a reír, y Doris dijo:

–Entré a tomar una copa, eso es todo. –Y se rió también.

Fui rápidamente hasta donde los hombres de las escopetas habían estado apuntando hacia el pasillo. Y lo que vi fue la puerta del servicio de caballeros desgajada de su bisagra superior, colgando sólo de la de abajo, y una luz muy viva que salía del interior a través del hueco abierto entre las jambas. Y nada más. Ni agujeros en la pared ni ninguna otra señal del tiroteo. Ni siquiera pude ver sangre, aunque estaba seguro de que tenía que haber sangre en alguna parte, pues la había visto en la sábana que cubría el cuerpo de Barney cuando lo sacaron en la camilla. No había rastro de nada; era como si nada hubiera sucedido.

Doris se acercaba a mí metiendo sus cosas en el bolso.

–Larguémonos de aquí –dijo, y me tiró del brazo.

Salimos del Oil City sin decir nada a nadie. Y una vez en la noche fría, vimos que no había dejado de nevar y que la nieve seguía cuajando sobre el asfalto.

En la calle los sonidos se percibían amortiguados, y me di cuenta de que empezaba a oír mejor. Al otro lado de la estación y de su zona de maniobras se veían las oscuras traseras de las tiendas de la calle principal, y a través de los callejones pude ver las luces colgantes navideñas y el gran letrero amarillo de un motel y las luces de los coches en movimiento. Oí los cláxones de los automóviles y la campana de la máquina de cambio de vagones repicando en la oscuridad. Había dos coches de policía aparcados ante la puerta del bar, con el motor al ralentí y los faros apagados, y en la otra acera, bajo la nieve, dos mujeres observaban atentamente la puerta para presenciar de cerca lo que pudiera venir después. Uno de los chicos que había visto en el *drugstore* cuando estuve comprando el reloj para mi madre, estaba hablando con las mujeres con las manos en los bolsillos de su cazadora. Quizá pensaran que iba a haber más «movimiento». Pero lo que yo pensaba era que pronto vendría alguien y cerraría el bar, y eso sería todo. Y era posible que no volvieran a abrirlo nunca más.

Doris se paró en la acera, y no dijo nada. Cruzó los brazos y se metió las manos bajo las axilas para darse calor. Tenía la barbilla baja, y los zapatos rojos de charol cubiertos de nieve. Parecía rumiar algo que no se le había ocurrido hasta estar fuera del local. Estábamos en la acera, y a cierta distancia, más abajo, veíamos la estación y sus ventanas iluminadas. El taxi que había estado aparcado frente al Oil City estaba ahora parado ante ella, con su luz verde encendida. Habían llegado más coches a la entrada de la estación, y no pude ver el de Doris. Empezaba a sentir frío en los pies, y quería entrar en la estación y sentarme en la sala de espera hasta que llegara el tren. Faltaba sólo una hora para su salida a Seattle.

–Hemos tenido una suerte que me pone enferma –dijo Doris. Encogió los hombros y pegó los codos al cuerpo–. Claro que lo importante no es lo que pasa, sino lo que uno hace con lo que pasa. –Miró los otros dos bares de la manzana, de aspecto idéntico al Oil City: fachadas de madera oscura y letreros luminosos rojos con la palabra «bar» en las ventanas–. Ahora mismo tengo «serpientes en las botas», como dicen los irlandeses –dijo, y escupió. Escupió en el suelo, sobre la nieve. Yo nunca había visto escupir a una mujer–. Cuando tu padre bebía, ¿le oíste decir alguna vez lo de las serpientes en las botas?

–No –dije.

–Quiere decir que necesitas otra copa. Pero no creo que esta noche pueda entrar en otro bar. Necesito sentarme en el coche y recuperarme. –En el Oil City empezó a sonar la máquina de música, y la calle se llenó de una melodía a todo volumen–. ¿Querrás sentarte en el coche conmigo? Pero si quieres puedes esperarme en la estación. –Me sonrió, y su sonrisa me dio lástima. Pensé que debía de sentirse mal por lo de Barney, y que quizá se sentía responsable por lo que había sucedido.

En la plataforma contigua a la estación dos hombres con gruesos abrigos charlaban y se movían constantemente, cambiando el peso de un pie a otro. Una máquina de cambio de vagones pasó despacio a su espalda. Quería sentarme en la sala de espera y entrar en calor, pero dije:

–No, me quedaré contigo.

–No estaremos mucho tiempo –dijo Doris–. Es que no quiero

ver a nadie durante un rato. Me calmaré en un par de minutos, ¿vale? –Echó a andar hacia donde había dejado el coche–. Los actos de heroísmo cotidianos son muy de agradecer –dijo mientras caminaba, y me volvió a sonreír.

Encontramos el coche rosa de Doris entre otros coches que habían llegado más tarde al aparcamiento de la estación. Estaba cubierto de nieve, y Doris encendió el motor y puso la calefacción, pero no hizo funcionar el limpiaparabrisas, de forma que, mientras la calefacción nos lanzaba aire frío contra los pies, permanecimos sentados sin poder ver nada salvo las difusas luces de la estación, que parecían como pintadas en el cristal helado del parabrisas.

Doris puso las manos sobre el regazo y tiritó, y luego golpeó el suelo con los pies y bajó la barbilla y lanzó un vaho helado por la boca. Yo estaba sentado, quieto. Me metí las manos en los bolsillos y traté de no moverme hasta que saliera caliente el aire de la calefacción. Seguía teniendo húmeda la parte delantera del abrigo.

–Estoy tiritando como una idiota –dijo Doris, hundiendo la barbilla en el cuello del abrigo. Estaba pálida, como si hubiera estado enferma, y su cara parecía muy pequeña y sus ojos muy cansados–. ¿Sabes cuando el día de Año Nuevo estás viendo una telenovela y los actores se paran de pronto en mitad de la acción y se vuelven hacia la cámara y te desean Feliz Año Nuevo? ¿Lo has visto alguna vez?

–No –dije, porque nunca había visto telenovelas.

–Bueno, pues eso es lo que hacen. Te lo juro. Y es lo que más me gusta de todo el año de las telenovelas. Se salen de la trama unos segundos, y luego vuelven a meterse en ella y siguen actuando. Es maravilloso. Lo veo religiosamente año tras año.

–Ese día vemos fútbol americano. Cuando tenemos televisor, claro –dije, y apreté con fuerza los dedos de los pies, porque tenía mucho frío y no podía evitar preguntarme si los gases del tubo de escape no estarían entrando en el habitáculo. Traté de percatarme de si me estaba quedando adormilado, pero afortunadamente vi que no. Seguía teniendo la mandíbula entumecida, y sentí el corazón como desbocado dentro del pecho, como si hubiera estado corriendo, y un hormigueo en las piernas, por encima de las rodillas.

–¿Eso es lo único que te importa, el fútbol? –dijo Doris al cabo de un rato.

–No –dije–. Ya no.

–Así que estás listo para empezar a vivir, ¿eh, Lawrence?

–Ya he empezado –dije.

–Esta misma noche, por cierto –dijo Doris. Tendió la mano hacia el suelo, donde había dejado la botella de aguardiente. La cogió, desenroscó el tapón y dio un trago–. Tengo mal sabor de boca –dijo–. ¿Quieres brindar por el pobre Barney? –Me pasó la botella, y olí el aguardiente.

–No, gracias –dije, y no la cogí.

–Por el pobre muerto y por los amigos ausentes –dijo, y tomó otro trago. La calefacción despedía ahora aire más caliente.

–¿Por qué les has dicho a los policías que Barney estaba en los servicios? –pregunté.

Doris alzó la botella hacia las luces de la estación.

–Yo no quería que pasara nada de lo que ha pasado. Si le hubieran hablado en la lengua india, no habría pasado nada. Pero no lo han hecho. Ha sido una cuestión de mutua desconfianza. –Dijo algo, supongo, en la lengua india, algo que sonaba a una serie de palabras leídas al revés, no a algo que hubieras oído mal o que hubieras interpretado incorrectamente–. ¿Sabes qué significa lo que he dicho?

–No –dije.

–En la lengua de los gros ventre significa: «Sal con las manos en alto y no te mataremos.» O algo por el estilo. En realidad no tienen la expresión «con las manos en alto». Barney lo habría entendido si hubiera sido un gros ventre.

–Pero ¿por qué tuviste que decirles eso? –dije, porque pensé que Barney podría haber sobrevivido si no se hubiera visto acorralado en los servicios y no se hubiera asustado. Ahora estaría en la cárcel, dormido en lugar de muerto.

–Yo no quería que le dispararan. –Doris me miró como sorprendida–. ¿Crees que soy horrible por habérselo dicho?

–No –dije, aunque no era exactamente la verdad.

–Mató a su mujer. Estoy segura. La encontrarán esta noche en algún rincón de Browning, muerta a golpes o cosida a puñaladas o quemada en una zanja. Así son las cosas. Seguramente ella tenía un amigo. La policía le estaba buscando; lo he sabido en cuanto se ha sentado a mi lado en la barra. Hay gente que lo lleva escrito en la cara. –Lanzó otra vaharada de aliento helado–. Me parece que no funciona la calefacción. –Movió el mando hacia la izquierda, y luego hacia la derecha–. Tócame las manos. –Juntó sus pequeñas manos y las alargó hacia mí. Las tenía frías y rígidas–. Son lo más bonito que tengo, creo –dijo Doris, mirándose las manos. Luego miró las mías, y me tocó el nudillo herido por su anillo de boda–. Lo más bonito que tienes tú es la piel –dijo, y me miró a la cara–. Te pareces a tu madre, pero la piel la tienes de tu padre. Seguramente acabarás pareciéndote a él. –Se desplazó un poco hacia mí–. Tengo tanto frío, chiquillo... –dijo, poniéndome las manos juntas contra el pecho y pegando su cara a mi mejilla. La piel de su cara tenía un tacto frío y rígido, un tacto no demasiado suave, y la montura de sus gafas también estaba fría. Su pelo olía un poco a sudor–. Estoy helada, y tú estás tan caliente... Tienes la cara caliente. –Siguió con su mejilla pegada a la mía, y al sentir su tacto frío me di cuenta de que la mía estaba caliente, tal como ella decía–. Tienes que hacerme entrar en calor –me susurró–. ¿Vas a ser tan valiente como para atreverte? ¿O eres un cobardica para este tipo de cosas?

Me metió las manos bajo la lana del abrigo y las deslizó alrededor de mi cuello, y yo no sabía qué hacer con las mías, pero la rodeé con mis brazos y empecé a atraerla hacia mí y sentí su peso sobre mi cuerpo y sus piernas contra mis piernas frías. Sentía sus costillas y su espalda, muy duras, como las había sentido cuando habíamos estado echados contra el piso de tablas en el Oil City. Sentí su respiración bajo el abrigo, olí en su aliento el aguardiente que acababa de beber. Cerré los ojos, y Doris me dijo, casi como pidiendo disculpas por algo:

–Oh, Dios... Lo tienes todo, ¿no es cierto? Lo tienes todo...

–¿Qué? –dije–. ¿Qué quieres decir?

Y ella dijo:

–No, no... Oh, no, no...

Y no dijo nada más. Y a partir de ese momento ya no volvió a hablarme.

En el tren, me senté enfrente de Doris y contemplé cómo el vacío y oscuro mundo fluía fuera de nuestro compartimiento como una nevosa corriente. Se había lavado la cara y limpiado las gafas y se había puesto perfume, y su cara había recuperado el color. Estaba muy guapa, aunque la parte delantera de su vestido rojo estaba manchada de haber estado echada boca abajo sobre el húmedo piso del bar. Estuvimos mirando por la ventana durante un rato, sin hablar, y me di cuenta de que se había quitado las medias y los pendientes, y de que tenía unas manos realmente bonitas. Sus dedos eran largos y finos, y no tenía las uñas pintadas. Su aspecto era totalmente natural.

En la estación yo había llamado a mi padre. Pensé que tenía que contarle lo de Barney, y decirle que estaba bien, aunque sabía que existía la posibilidad de que se lo explicase todo mal y él decidiera venir a buscarme, en cuyo caso no iría a Seattle y me quedaría sin ver a mi madre.

El teléfono sonó muchas veces, y cuando por fin mi padre contestó parecía casi sin resuello, como si hubiera estado corriendo o hubiera entrado precipitadamente en la casa.

–Está nevando en Montana, muchacho –dijo, recuperando el aliento. Oí cómo golpeaba el suelo con los pies–. Parece como si te hubieras ido hace mucho tiempo.

–Seguimos en Shelby –dije–. Aquí también está nevando. –Doris estaba en la taquilla hablando con Betty, la mujer con la que yo había hablado antes. Supe que estaban comentando lo de Barney. Ahora había más gente en la sala de espera, con maletas y paquetes envueltos en papel, y el ambiente se había vuelto ruidoso–. Acabamos de ver cómo mataban a un hombre; lo han matado a tiros en un bar –le dije a mi padre. Con estas mismas palabras.

–¿Qué? –dijo mi padre, como si no me hubiera oído bien–. ¿Qué has dicho?

–Le ha disparado la policía.

–¿Dónde está Doris? –dijo mi padre–. Dile que se ponga. –Supe que se había quedado de piedra–. ¿Dónde estáis? –dijo, y parecía asustado.

–En Shelby –dije–. En la estación. Hemos tenido que permanecer tumbados en el suelo, boca abajo. Pero no nos ha pasado nada.

–¿Dónde está Doris ahora, hijo? –dijo mi padre, y de pronto pareció calmarse por completo–. Déjame que hable con ella.

–Está hablando con una persona –dije–. Ahora no puede ponerse.

–¿Está ahí la policía? –dijo mi padre, y supe que estaba pensando en venir inmediatamente a recogerme para llevarme a casa. Pero nevaba demasiado, y el tren llegaría mucho antes de que él pudiera llegar a Shelby.

–Estábamos en el Oil City –dije, con voz muy calma–. No le conocíamos. Era un indio.

–¿Y qué diablos está pasando ahora? –dijo mi padre, y lo dijo en voz demasiado alta, lo cual me hizo preguntarme si se habría tomado alguna copa–. ¿Estaba Doris con alguien?

–No –dije–, no estaba con nadie. No pasa nada. Ya ha pasado todo.

Y entonces transcurrió un tiempo en el que mi padre no dijo nada, pero podía oír cómo sus pies se movían inquietos en el suelo. Respiraba pesadamente, y supe que estaba tratando de pensar qué hacer en aquel momento.

–No parece que sea capaz de protegerte gran cosa, ¿eh, hijo? –dijo en voz muy baja, como si no le importara si le oía o no, o incluso como si no quisiera que le oyera. Así que no respondí, y esperé a que dijera algo que sí quisiera que oyese. Traté de pensar qué podía preguntarle, pero no se me ocurrió nada. El contarle lo que acababa de pasar había hecho que todo lo demás me pareciera intrascendente.

Al final, y en voz más alta, como si le hubiera venido a la cabeza una nueva idea, dijo:

–¿Estás bien?

–Sí, señor –dije.

Esperó unos segundos.

–Tu madre ha llamado hace un rato.

–¿Qué ha dicho?

–Quería saber si habías salido bien de casa, y cómo te sentías. Me ha preguntado si me habría gustado ir contigo, y le he dicho que si a ella le apetecía me lo tenía que haber dicho antes. Le he dicho que tenía otros planes.

–¿Está ahí Jensen? –pregunté. La llamé por el apellido, no sé por qué.

Mi padre se rió.

–¿Joyce? No. La señorita Yensen tiene otros visitantes esta noche. En la casa estamos yo y los perros. Les he dejado entrar, a los dos. Ahora mismo no hacen más que buscarte por todas partes.

–No tienes que preocuparte por mí –dije.

–Muy bien. Voy a colgar, entonces. –Hizo otra pausa–. Tu madre dice que quizá intente convencerte de que te quedes con ella. Así que no te sorprendas.

–¿Y qué le has dicho tú?

–Le he dicho que es cosa tuya, no mía.

–¿Y qué ha dicho ella?

–Nada –dijo–. Sobre eso, nada. –Entonces me di cuenta de que no había tomado ninguna copa–. Antes de que llamaras he estado sentado pensando en cuando tenía tu edad. En aquel tiempo mis padres tenían grandes peleas. Se gritaban y demás... Se peleaban con verdaderas ganas. Una vez mi padre empujó a mi madre contra la pared y amenazó con pegarle, porque él había invitado a unos amigos suyos de Moorhead y a mi madre no le gustaban y les había dicho que se fueran. Yo presencié toda la escena. Los amigos no le hicieron caso y no se marcharon. Pero todo aquello, en cierto modo, era incluso mejor que esta estúpida situación nuestra. Claro que no sé lo que tendrías que hacer tú al respecto.

Doris me miró desde el otro lado de la sala de espera, me sonrió y me hizo una seña con la mano. Se señaló a sí misma con el dedo, pero yo no quería que hablase con mi padre.

–¿Te acuerdas cuando me dijiste que Doris era comprensiva con los demás? –dije, mirándola–. Un día estabas hablando de ella y lo dijiste. Me pregunté qué querías decir.

–Oh –dijo mi padre, y oí ladrar a uno de los perros. Mi padre gritó–: ¡Eh, vosotros! ¡Quietos! –Y luego dijo–: Supongo que quería decir que era generosa en sus afectos. Conmigo lo ha sido. Eso es todo. ¿Por qué te acuerdas de eso ahora? ¿Te trata con cariño?

–Sí –dije–. Me trata muy bien. –Luego le pregunté–: ¿Crees que será mejor que me quede con mamá?

–Bueno, sólo si te apetece –dijo mi padre–. No te lo reprocharía. Seattle está muy bien. Pero me haría feliz que volvieras. Hablaremos de todo esto cuando hayas estado allí. Sabrás mucho más sobre el asunto.

–De acuerdo –dije.

Oí el tintineo del collar de uno de los perros, y supuse que lo estaba acariciando.

–¿Estás seguro de que estás bien? –dijo mi padre.

–Estoy bien –dije–. De veras.

–Te quiero, Larry. Se me olvidó decírtelo antes de que te fueras. Y es importante.

–Te quiero –dije.

–Me hace feliz oírlo –dijo él–. Gracias.

Y colgamos.

Después de una hora de contemplar cómo iba discurriendo la noche en el exterior –la población de Cut Bank, en Montana; unos brillantes faros detrás de una barrera parpadeante y nevada y una señal que indicaba el camino hacia Santa Rita y la frontera canadiense; un largo y oscuro lapso durante el cual el tren circuló junto a una autopista vacía de coches, en la que tan sólo se veía a lo lejos la luz de una o dos granjas y una base de misiles en la oscuridad y unos cuantos camiones ansiosos por llegar a casa para Acción de Gracias...–, después de una hora de contemplar todo esto, Doris empezó a hablarme, a decirme lo que le venía a la cabeza, como si pensara que me interesaba mucho saberlo. Su voz, en el compartimiento, sonaba distinta. Había perdido una especie de «espesor» que antes tenía, y ahora no era más que una voz normal y corriente, una voz que no decía sino lo que decía.

Volvió a comentar que la ciudad de Shelby le había parecido un lugar muy ajeno, y que le había recordado Las Vegas, Nevada, donde se habían casado ella y Benny. Las dos eran rincones remotos en relación con cualquier ciudad importante, y las dos eran imprevisibles (a diferencia de Great Falls, que, según ella, era demasiado previsible). Dijo que sabía que el *sheriff* no quería dispararle a Barney, y que habrían hecho cualquier cosa para evitarlo, pero que no habían sido lo bastante hábiles. Luego volvió a decir que ella no era la persona idónea para mi padre, y que había cosas importantes que siempre había querido decirle a mi madre –algunas buenas, otras no tanto–, y que nunca había sabido expresarlas, porque mi madre, años atrás, se había encerrado en sí misma al considerarla una rival. Luego habló de lo que se sentiría al estar divorciada, y dijo que lo peor de todo sería el no poder dejar de pensar, el no poder controlar lo que te pasara por la cabeza, y que al día siguiente, día de Acción de Gracias, iba a decirle a mi madre que volviera a casa de inmediato, porque de lo contrario corría el riesgo de quedarse sola para siempre.

–Te corroerá tu propia vida –dijo, literalmente. Luego se recostó en su asiento y me miró–. Tuve una relación con una mujer durante un tiempo. Bastante tiempo, en realidad. Fue muy gratificante –dijo–. Pero ya no la tengo. Se acabó. ¿Te escandalizas? Seguro que sí.

–No –dije, pero no era cierto. Me había quedado helado.

–Me escandalizó hasta a mí... –dijo Doris–. Pero tú no puedes admitirlo. No estás hecho de esa pasta. No sabes confiar en la gente y decirle la verdad. Eres igual que tu padre. –Se quitó las gafas y se pasó las yemas de los dedos por debajo de los ojos.

–Puedo decir la verdad –dije, y deseé vivamente ser capaz de hacerlo. No quería ser una persona incapaz de decir la verdad, aunque no quería decirle a Doris que me había escandalizado.

–No importa –dijo, y me sonrió como me había sonreído horas antes, como si yo le gustara y pudiera confiar en ella. Volvió a ponerse las gafas muy meticulosamente–. ¿Le has comprado un bonito regalo a tu madre? Apuesto a que tienes buen gusto.

–Le he comprado un reloj –dije.

–¿Sí? –Doris se inclinó hacia adelante–. Déjame verlo. –Parecía complacida.

Busqué en el bolsillo del abrigo, que estaba a mi lado en el asiento, y, después de palpar también la tarjeta del abogado, saqué la pequeña caja de plástico claro envuelta en papel de seda blanco. Le quité el papel para que Doris la abriera y pudiera ver su contenido. La abrió y sacó el reloj y se quedó mirando fijamente el movimiento del diminuto segundero –yo, desde donde estaba, casi podía oírlo–, y luego se lo llevó al oído.

–Perfecto –dijo, y me sonrió–. Funciona. –Me lo tendió y lo cogí–. A Jan le va a encantar –dijo, mientras yo volvía a meterlo en la caja y a envolverlo en el papel de seda–. Es el regalo perfecto. Me gustaría que alguien me regalara un reloj como ése. Eres un jovencito tan tierno... –Me cogió la cara entre sus manos cálidas y me apretó las mejillas, y pensé que iba a besarme, pero no lo hizo–. Lástima que no haya jovencitos delicados como tú por todas partes. –Volvió a recostarse en el asiento y puso las manos sobre el regazo y cerró los ojos, y creo que llegó a dormirse unos minutos. Pero al poco, con los ojos aún cerrados, mientras la noche nevada iba pasando vertiginosamente por las ventanillas, dijo–: Me gustaría que hubiera villancicos de Acción de Gracias... Podríamos cantar uno ahora. –Y luego se durmió definitivamente, porque su respiración se hizo más lenta y pausada, y la cabeza se le hundió en el pecho, y sus manos se quedaron inmóviles y fláccidas.

Y durante un largo espacio de tiempo yo me quedé sentado y quieto en mi asiento, y me sentí como enteramente fuera del mundo, abandonado a mi suerte, sin punto de partida ni destino conocido, como si surcara el espacio en un cohete. Pero al cabo de un rato debí de dejar de respirar durante unos segundos, porque el corazón me empezó a martillear dentro del pecho, y tuve esa sensación de terror que sientes cuando te ahogas y ves que la vida se te escapa por momentos –rápida, velozmente, segundo a segundo–, y tienes que hacer algo para salvarte, pero no puedes, y sólo entonces recuerdas que eres tú quien lo está causando todo, y que sólo tú puedes detenerlo. Y entonces todo cesó, y pude volver a respirar. Miré la noche a través de la ventanilla, y las nubes habían remontado hacia lo alto y se habían dispersado y había dejado de nevar, y la bóveda celeste, sobre la vasta extensión blanca del terreno, era como el más suave de los terciopelos. Y me sentí en calma. Acaso por primera vez en toda mi vida, me sentí en calma. Y durante un rato también yo cerré los ojos y me dormí.

Occidentales

Charley Matthews y Helen Carmichael habían viajado a París la semana anterior a Navidad. Al hacer sus animosos planes para el viaje, allá en Ohio, no esperaban pasar más que dos días en la capital francesa, tiempo suficiente para que Charley –que había publicado su primera novela– almorzara con su editor francés, visitara algún museo en compañía de Helen y disfrutara con ella de un par de comidas incomparables y quizá hasta de un buen espectáculo de ballet. Luego volarían a Inglaterra, donde Matthews esperaba visitar Oxford, la universidad donde había estado a punto de ser admitido quince años atrás. (En el último minuto había sido rechazado, y hubo de cursar el doctorado en Purdue, una universidad de la que siempre se había sentido avergonzado.)

Las cosas en París, sin embargo, no les habían salido como esperaban.

En primer lugar, el tiempo, que según el periódico de Ohio habría de ser fresco y seco a finales del otoño, con bastante sol benigno por la tarde –perfecto para largos paseos por el Bois de Boulogne, o para travesías en barco por el Sena– se había vuelto frío y deplorablemente húmedo de la noche a la mañana, con una densa y oleosa niebla que hacía imposible ver nada y convertía el pasear en una actividad harto penosa. Matthews, durante el trayecto en taxi desde el aeropuerto, vio en la guía Fodor's que París estaba mucho más al norte de lo que había imaginado. Siempre había ubicado la capital de Francia mucho más hacia el centro, pero comprobó que se hallaba situada en el mismo paralelo que Gander, Terranova, lo cual explicaba sobradamente lo que la guía decía al respecto: que en París llovía más que en Seattle, y que normalmente el invierno empezaba en noviembre.

–No es extraño que haga frío –dijo Matthews, mirando por la ventanilla las calles desconocidas y oscurecidas por la lluvia–. Estamos a sólo medio día en coche de Copenhague.

La segunda nueva inesperada llegó cuando François Blumberg, el editor francés de Matthews, telefoneó la misma tarde de su llegada para interesarse por cómo estaban pero también para decirles que sus planes habían cambiado. Les comunicó que aquella misma tarde volaba con su mujer y sus cuatro hijos a cierto lugar del océano Índico, y que por tanto no podía invitar a Matthews a almorzar ni a visitar la editorial –Éditions des Châtaigniers–, pues cerraban por vacaciones de Navidad. Lo súbito y descortés de la cancelación parecía no obstante satisfacer en cierta medida a Blumberg, aunque era el propio Blumberg quien le había propuesto el viaje a Matthews («Nos haremos muy amigos durante su estancia»), y era Blumberg quien había prometido ser su guía en la capital francesa: secretos jardines orientales, propiedad de amigos de Blumberg, ricos y con título nobiliario, comedores privados en restaurantes de cinco estrellas, salas del Louvre cerradas al público, llenas de Rembrandts y de Da Vincis...

–Oh, claro, por supuesto, ciertamente..., cuando vuelva a París *la próxima vez* haremos que sea una larga, larga visita... –dijo Blumberg al teléfono–. Ahora en Francia no le conoce nadie. Pero vamos a remediarlo. Cuando hayamos publicado su libro, todo cambiará. Ya lo verá. Se hará famoso. –Blumberg emitió un sonido como de asombro ahogado, una rápida y poco profunda inspiración que sugería que había dicho algo que le causaba asombro a él mismo. Al parecer todos los franceses eran adictos a ese sonido, pensó Matthews. La única francesa que daba clases en el Wilmot College, donde él había enseñado en un tiempo, lo hacía constantemente. Matthews no tenía la menor idea de su significado.

–Supongo que sí –dijo Matthews.

Estaba en la cama, y sólo llevaba puesta la camisa del pijama. Blumberg le había despertado de su letargo de recién llegado. Helen, desafiando al mal tiempo, había salido a comprar algo de comer, pues al parecer su hotel, el Nouvelle Métropole, se consideraba demasiado empobrecido como para proveer de comida a sus huéspedes. Fuera, en la fría y lluviosa rue Froidevaux, un grupo de moteros aceleraban sus máquinas en medio de un gran estruendo, y unas airadas voces de varón gritaban en francés como si estuviera a punto de estallar una pelea. Se oía cada vez más cerca una sirena de la policía, y Matthews se preguntó si se dirigiría hacia su hotel.

–Pero consideraría un favor personal –siguió Blumberg– el que se quedara para reunirse con su traductora, Madame de Grenelle. Es muy, muy famosa, y muy difícil de convencer en lo relativo a las novelas norteamericanas. Pero su novela le ha parecido fascinante y quiere conocerle. Infelizmente, no estará en París hasta dentro de cuatro días.

–No pensábamos quedarnos tanto tiempo –dijo Matthews con irritación.

–Bueno..., como usted quiera, por supuesto –dijo Blumberg–. Pero ayudaría en el proceso. La traducción no se reduce meramente a verter su texto al francés; se trata de *reinventar* su obra para adecuarla a la mentalidad francesa. Por tanto es necesario que la traducción sea absolutamente perfecta, a fin de que la gente llegue a conocer fielmente el original. No queremos que usted o su libro sean mal comprendidos. Queremos que se haga famoso. La gente pierde mucho tiempo interpretando mal a los demás.

–Eso parece –dijo Matthews.

Blumberg, entonces, le dio a Matthews el número de teléfono y la dirección de Madame de Grenelle, y volvió a decir que ella esperaba que la llamara. Por su relación epistolar, Matthews siempre había imaginado a François Blumberg como un hombre de edad, amable conservador de una llama antigua, supervisor de una cultura rica y llena de historia que sólo a unos cuantos les era dado compartir: alguien que habría de gustarle de manera instintiva. Pero ahora lo imaginaba más joven –incluso de su misma edad, treinta y siete años–, menudo, pálido, con incipiente calvicie y granos en la cara, quizá un intelectual mediocre que se sacaba un sobresueldo corrigiendo para la editorial, un tipo de traje negro brillante por el uso y zapatos baratos. Matthews imaginó a Blumberg subiendo trabajosamente la escalerilla metálica y empapada de lluvia del vuelo chárter lleno de humo y con *overbooking*, seguido de su flaca esposa y sus cuatro retoños, cargados de maletas y bolsas de plástico, todos chillando a voz en cuello.

–En fin –dijo Blumberg, como con premura de tiempo–. Ésta es, por supuesto, una época perfecta para visitar París. Los parisienses huimos en busca del calor. Queda todo para ustedes, para ustedes y para sus amigos los alemanes. Nosotros volvemos a hacernos cargo de la ciudad cuando ustedes han terminado. –Blumberg se echó a reír, y luego dijo–: Espero que la próxima vez podamos conocernos.

–De acuerdo –dijo Matthews–. Yo también.

Intentó decir algo más, algo que diese cuenta del trastorno que tal cambio de planes les habría de causar. Pero Blumberg le espetó una indescifrable frase en francés, volvió a reír, emitió de nuevo aquel sonido como de asombro ahogado y colgó.

Matthews, como es lógico, tomó aquello como un insulto. Un insultante desaire muy propio de los franceses (aunque no sabía a ciencia cierta en qué podría consistir tal especificidad en los insultos). Pero la respuesta apropiada era sin duda hacer las maletas, llamar a un taxi, dejar el hotel y partir en el primer medio de transporte disponible. No estaba seguro de adónde. Sólo que el resto del viaje se vería ensombrecido por el desencanto antes de que les fuera siquiera dada la oportunidad de disfrutarlo.

Matthews se deslizó fuera de la cama y fue hasta la ventana descalzo y en chaqueta de pijama. Al otro lado de los cristales fríos el aire era espeso y sucio. No parecía en absoluto Navidad. No parecía París, tampoco. Al otro lado de la rue Froidevaux se divisaba un gran cementerio que se difuminaba en niebla y árboles más allá de donde alcanzaba la vista, y a la derecha, entre la niebla, alcanzó a ver la descomunal estatua de piedra de un león, en medio de una atestada rotonda. Más allá se divisaban manzanas de edificios e hileras de coches que circulaban en uno y otro sentido por una amplia avenida iluminando la sombría tarde con sus luces amarillas. Eso es París, se dijo Matthews.

Un coche de policía se había parado abajo, en la calle, con su centelleante luz azul, y dos agentes uniformados y con luminosos cascos blancos gesticulaban ante tres hombres montados en motocicletas. En el pasado, al imaginar París, Matthews imaginaba jazz, corchos de botellas de Dom Pérignon surcando el aire fresco y claro de la noche, calles anchas y relucientes, risas... Diversión. Ahora ni siquiera podía saber en qué dirección estaba mirando. ¿Hacia el este? ¿En qué dirección estaba la Torre Eiffel? Estaban en el decimocuarto *arrondissement*. La orilla izquierda. Muchos escritores famosos norteamericanos habían vivido cerca de allí, aunque de momento no lograba recordar quién o dónde, sólo que los franceses les habían hecho sentirse en casa como no lo habían logrado hacer sus compatriotas en Estados Unidos. Él nunca había deseado especialmente venir a París. Siempre le había dado la impresión de que el problema estribaba en cómo hacer que algo que sucedía en París llegara a importar en su país. Pensó en todos los pelmazos que volvían a casa con su insufrible cantinela acerca de París, tratando de que sus vivencias en la capital francesa tuvieran una honda trascendencia. Pero eso no sucedía *naturalmente*. Por tanto, venir a París con un propósito serio implicaba la necesidad de quedarse. Sólo que uno no puede ir a un sitio en el que jamás ha estado con la intención de quedarse. Eso no era viajar. Eso era huir. Y él no tenía que huir de nada. Penny, su ex mujer, siempre había querido que la llevara al «extranjero», y él siempre se había resistido, lo que probablemente había sido un error.

Pero ahora, a través de la ventana, París se le antojaba desconcertante. Podría perfectamente haber sido Berlín Este. Hasta marcharse resultaría difícil. Además, ya había llegado hasta allí. Y pagado por los dos. Marcharse supondría un total despilfarro.

En la novela de Matthews –*El aprieto*–, la esposa del protagonista, Greta (leve trasunto, muy poco halagador, de Penny), había abandonado de pronto su confortable aunque asfixiante matrimonio convencional en una pequeña población universitaria de Maine, recogido a su amante en el coche familiar (su amante era un rubio y atlético cura católico en vías de abandonar el alzacuello tras haber sido seducido por Greta, inmediatamente después de que él, a su vez, la hubiera convertido), salido rumbo a Boston y volado a París, donde ambos habían arribado a sendos finales separados pero idénticamente aciagos (una versión harto alterada de la realidad: Penny vivía en California).

Matthews, sin embargo, no había estado nunca en París, y había elegido esta ciudad por obra del capricho, de la misma forma que ahora barajaba nombres de ciudades adonde podría viajar al marcharse de París: Praga, El Cairo, Gdansk... Para su novela se había documentado a fondo en bibliotecas, guías turísticas y mapas del metro, y había hecho que acontecimientos importantes tuvieran lugar cerca de lugares famosos como la Torre Eiffel, la Bastilla o el Jardín de Luxemburgo, o en lugares inventados a partir de palabras francesas cuyo sonido le gustaba: rue Homard, Place de Rebouteux, etc. Al final el papel de París había sido retocado a fin de enfatizar el trance emocional del narrador al ser abandonado, y de acortar el texto relativo al sino de Greta al ser atropellada por un coche en la rue de Rivoli, la bonita calle que discurría junto a los largos y bellos soportales que había visto por azar durante el trayecto en taxi aquella mañana. Le había hecho feliz ver desde el taxi la placa de la rue de Rivoli. París, durante aquel instante fugaz, le había parecido «conocible». A diferencia de ahora, en que no era capaz de precisar en qué dirección se hallaba el norte.

En el cementerio, un poco más allá del muro que lo separaba de la rue Froidevaux, había un grupo de personas agrupadas en torno a una fosa abierta. Todas ellas llevaban *kippas* judíos, y utilizaban una minúscula pala que iban pasándose de unos a otros para ir echando pequeñas paladas de tierra en la sepultura. Luego empezaron a retirarse, abrieron rápidamente los paraguas y fueron perdiéndose en la niebla, entre el laberinto de lápidas. Matthews había leído que los judíos tenían asignado un sector determinado en los cementerios franceses, a diferencia de lo que sucedía en Estados Unidos, donde poseían sus propios cementerios.

–*Joyeux Noël! Parles-toi anglais ici?* –dijo Helen, entrando en la pequeña y fría habitación. Llevaba una bolsa de papel con el almuerzo, y la gabardina y el pelo empapados de lluvia–. ¿Has visto el cementerio lleno de muertos franceses del otro lado de la calle? A este lado de la calle está la vida, indiferente y ajena; y al otro la muerte, absoluta e inexorable. Y no se comunican entre sí. Me gusta. Quizá sea estupendo que te entierren allí. –Le sacó la lengua a Matthews y torció los ojos hasta ponerse bizca. Estaba de muy buen humor.

–Ha llamado Blumberg –dijo Matthews en tono mohíno–. No puede verme ahora. Se va al océano Índico.

–Qué faena –dijo Helen.

–Pero quiere que me quede para que conozca a mi traductora. –Se dio cuenta de que presentaba el problema como si lo tuviera que resolver Helen.

–Bueno –dijo Helen, dejando la bolsa mojada sobre la mesilla–. ¿Hay alguna razón por la que no puedas quedarte?

–Ella tampoco está en París –dijo Matthews–. No volverá hasta dentro de cuatro días.

–¿Y qué otra cosa tenemos que hacer? –dijo Helen en tono alegre, quitándose la gabardina mojada–. Ya encontraremos algo que hacer en París. Esto no es Cleveland.

–Quería ir también a Oxford –dijo Matthews.

–Pues seguirás sin «entrar» en Oxford –dijo Helen–. Pero ya has *entrado* en París. ¿No son importantes los traductores? A propósito, me gusta el conjunto que llevas.

Matthews se hallaba de pie junto a la ventana, sin el pantalón del pijama. Estaba en un cuarto de hotel, en la cuarta planta, en un país extranjero donde nadie le conocía; por lo tanto ni se había percatado de ello. Helen frunció los labios hacia afuera en ademán provocador. Helen se estaba volviendo más y más voraz sexualmente, y, a juicio de Matthews, tal voracidad rebasaba ya lo estrictamente conveniente. Por fuerza, pues, interpretaría su desnudez como una incitación.

–Tendré que pensar cómo vamos a arreglárnoslas para seguir en la habitación unos días más –dijo Matthews, retirándose de la ventana y buscando el pantalón de pijama.

–No creo que haya mucha cola para alojarse en este hotel.

Helen recorrió con la mirada la pequeña habitación. Los propietarios del hotel eran árabes y los gerentes indios. En las paredes, a modo de decoración, se veían unos cuantos cuadros con motivos árabes: un oasis con un escuálido camello refugiado en una sombra; varios hombres con chilaba sentados en corro en el desierto, junto a otro camello.

–Lo encuentro todo increíblemente lúgubre –dijo Matthews, detestando el sonido lastimero de su propia voz. El desfase horario, se dijo–. Estaba pensando que deberíamos llamar a un taxi y largarnos de París. Coger un tren a alguna parte.

–¿Un tren adónde? –dijo Helen.

–A la Riviera, por ejemplo. Creía que París estaba mucho más cerca de la Riviera, de todas formas.

–Yo no quiero ir a la Riviera –dijo Helen–. Me gusta esto. He querido venir a París toda mi vida. Dejemos que suceda lo inesperado. Será romántico. Navidades en París, Charley. ¿No hay una canción que habla de eso?

Matthews no conocía ninguna canción sobre unas Navidades en París.

–No tengo ni idea.

–Bien, pues tendremos que componer una tú y yo –dijo Helen–. Yo haré la música, y tú haces la letra. Tú eres el novelista. No hay que ser Proust para componer una canción que hable de una Navidad parisina.

–No, creo que no –dijo Matthews.

–¿Lo ves? Ya te lo he dicho. –Helen estaba sonriendo–. Ya estás más alegre. He conseguido que te pongas contento. Dentro de nada te veremos cantando.

Matthews conocía a Helen Carmichael desde hacía casi dos años. Helen estudiaba en el curso para adultos de novela afronorteamericana que Matthews impartía en el Wilmot College (era su especialidad, pese a no tener ascendencia africana alguna). Helen y él se habían gustado de inmediato; iban a tomar café después de las clases, y más tarde, cuando acabó el curso, empezaron a acostarse juntos. Fue más o menos en la delicada y sombría época que siguió a que Penny cogiera a su hija Lelia y se marchara a California, la época en que Matthews descubrió que odiaba la enseñanza y todo lo relacionado con ella, la época en que resolvió que debía buscarse una vida menos tutelada y se puso a escribir una novela para ocupar su tiempo hasta que el año académico terminara y pudiera despedirse.

Helen era ocho años mayor que él; una mujer alta, huesuda hasta la indelicadeza y de pelo rubio ceniza, con grandes pechos de corista, boca sensual y enormes y benévolos ojos azules tras unas gafas de montura de concha. A Matthews le gustaba mirar en sus ojos, encontrar consuelo en ellos. Todos los hombres –se había dado cuenta– la miraban. Había en ella algo *desmesurado*, aunque no necesariamente *mejor*. A Helen le gustaba creer que a los hombres les «costaba un rato largo manejarla», y que la mayoría de ellos le tenían miedo porque era muy difícil «estar a su altura» (lo que significaba que se tenía a sí misma por sagaz e irónica). Helen era oriunda de una pequeña población minera de Virginia Occidental, y había tenido tres maridos, pero en la actualidad no estaba casada y no tenía la menor intención de intentarlo de nuevo. Trabajaba para una empresa de publicidad de Parkersburg, al otro lado del río Ohio, no lejos de donde había crecido, y le había contado a Matthews que al parecer era todo lo lejos que la vida habría de llevarle, que lo más seguro era que la *dejara* allí definitivamente, y a los cuarenta y cinco años había llegado a hacer un pacto con el destino que le permitía ser realista al respecto. A Matthews le gustaba Helen por lo independiente que era.

Ella y Matthews habían empezado a disfrutar de una intimidad sexual sin demasiada trascendencia y enteramente satisfactoria, y muchas tardes las pasaban en la cama en casa de Matthews, y algunos fines de semana iban de excursión hasta los alrededores de Pittsburgh, y a veces incluso hasta el distrito de Columbia, pero la mayoría de las veces se contentaban con un paseo en coche al atardecer y una cena en alguna de las acogedoras tabernas y las restauradas fábricas de sidra que jalonaban las orillas del río Ohio. A menudo acababan en la vieja y destartalada cama con dosel de una calurosa buhardilla del tercer piso de alguna casa de huéspedes, tratando –generalmente sin éxito– de hacer el menor ruido posible mientras disfrutaban cuanto podían de sí mismos.

En general compartían una visión similar de sus propias personas: eran viajeros sin rumbo fijo que habían ya encajado duros golpes en la vida (Helen había padecido un cáncer un año antes, y, oficialmente, seguía en proceso de recuperación y sometida a tratamiento con fármacos; Matthews, por su parte, había sido abandonado por su esposa). Pero, de sus respectivos trances, habían salido más fuertes, más resueltos y no menos esperanzados en la Providencia y en la prodigalidad de la vida. Matthews se daba cuenta de que no era nada habitual enamorarse de una mujer de más edad después de haber sido abandonado por la propia esposa. Sólo que en realidad no se había enamorado de Helen: simplemente le gustaba, y le agradaba la forma que tenía de tratarle, seria e irónicamente a un tiempo, mientras que Penny le había tratado siempre con la mayor de las sinceridades, con ternura y amorosa paciencia hasta el día mismo en que decidió dejarle. Matthews no estaba en absoluto seguro de lo que le ofrecía él a Helen –no gran cosa, se temía–, aunque ella parecía feliz en su compañía. La sola promesa que Helen parecía querer recibir y ofrecer a cambio era la de no esperar jamás nada del otro a menos que éste se hallara físicamente presente para satisfacerlo. El matrimonio, según ella, debería añadir tal condición a sus solemnes votos. Y Matthews pensaba lo mismo.

El matrimonio fracasado de Matthews, sin embargo, constituía su gran fuente de desencanto y de congoja. Había empezado a escribir *El aprieto* con idea de que fuera un sencillo aunque preciso retrato de su matrimonio con Penny, una unión en la que el lenguaje con sentido había sido esquilmado por la rutina, en la que las formalidades, los agravios e incluso los gritos de dolor de la vida habían llegado a ser tan reiterativos que significaban muy poco y sin embargo seguían y seguían sin remedio, y en la que el narrador (él mismo, por supuesto) y su mujer eran descritos como seres que habían ido registrando innumerables culpas, negligencias y malentendidos en el curso de los doce años de convivencia, pero que se seguían profesando el suficiente afecto como para admitir lo que podían y no podían hacer y seguir viviendo juntos al calor de aquel entendimiento compartido. En ese sentido, pensaba Matthews, el suyo era un matrimonio convencional. Otra gente pactaba estos mismos acomodos sin llegar jamás a saberlo. Sus padres, por ejemplo. Tal vez se odiaban, pero ese odio recíproco era más valioso que cualquier tentativa de amar a un tercero, alguien a quien no llegarías a conocer ni en cien años y que probablemente, en caso de que consiguieras conocerlo, no iba a gustarte lo más mínimo. Era mejor, habían descubierto, fijar su afán en todo aquello que de bueno les quedaba, dejar a un lado todos los puntos en los que jamás llegarían a estar de acuerdo, y al resultado llamarlo «matrimonio», o incluso «amor». Tal era, pues, *el aprieto*: cómo llegar a esto. (En un momento dado había estado a punto de calificar su obra no de novela sino de autobiografía.) Pero Matthews esperaba que la publicación de su novela constituyera una dramática y directa y pública profesión de nueva fe en Penny, que se había fugado con un estudiante universitario –no con un cura– y se había llevado a Lelia a vivir en la Bay Area. El estudiante, finalmente, había vuelto a la facultad.

Nada de ello había funcionado, sin embargo. Penny no había leído *El aprieto*, se había negado a aceptar un ejemplar de una impresión previa a la definitiva que Matthews le había enviado por correo con una dedicatoria, y prácticamente había cortado toda comunicación con él. Así pues, en el último minuto modificó la parte en que Greta volvía a su hogar en Maine, deseosa de una reconciliación, y le hizo encontrar la muerte en un accidente de tráfico.

En el año y medio transcurrido desde que Matthews había dejado la enseñanza, había terminado la novela, padecido la indeseada incoación de la demanda de divorcio, vendido la casa de madera blanca y contraventanas azules del núcleo residencial de profesores en que había vivido con Penny, apartado cierta cantidad de dinero y fijado su residencia a kilómetros y kilómetros del campus, en una modesta casita rural de ladrillo y teja donde había empezado a habituarse a vivir sin lo que acababa de perder (su pasado ser, más joven e inmaduro) y a acoger lo que la vida le estaba deparando (no demasiado, sin duda), y a asumir las consecuencias que habrían de aguardarle en el futuro. La idea de verse a sí mismo como novelista era una de las cosas nuevas que se le antojaban atractivas: un artista silente que vivía solo, anónimamente, en un Ohio salpicado de pequeñas poblaciones. Había sido profesor en un tiempo, pero se había retirado muy pronto. Su mujer le había dejado porque era demasiado excéntrico. Había tenido una hija. Ocasionalmente hacía breves viajes a Nueva York, pero por lo general se sentía contento de seguir escribiendo pequeñas obras maestras no siempre valoradas como merecían y mucho más conocidas en Europa que en su propio país.

Los padres de Matthews seguían siendo propietarios de una grande y floreciente empresa de venta de muebles al por menor en Cleveland. El negocio estaba en manos de la familia desde antes de la Gran Depresión, y en él siempre había un puesto para Matthews. Si algún día se decidía, se integraría directamente en el equipo directivo, y no tardaría mucho en convertirse en presidente. Su padre había seguido expresando su esperanza en que esto sucediera algún día, incluso después de que Matthews lograra un puesto fijo en el claustro universitario, como si el enseñar literatura fuera comúnmente aceptado como preparación ideal para el negocio de los muebles. La madre y la hermana de Matthews, por su parte, poseían una rentable empresa de diseño de interiores relacionada con la empresa de muebles familiar, y siempre habían insistido en que Matthews volviera a casa y se hiciera cargo de la contabilidad mientras ellas se concentraban en los aspectos específicamente creativos.

Pero Matthews les había dicho que no podía aceptar de momento ninguna de las dos ofertas, que tenía cosas más importantes en mente: su divorcio, su hija, su vida de ex profesor de treinta y siete años que sabía mucho de literatura afronorteamericana y de muebles, de un hombre que había cometido grandes errores y que en adelante deseaba cometer los menos posibles.

Sus padres habían admitido de buen grado que, dadas las difíciles «transiciones» ocurridas en su vida, no era ninguna mala idea tomarse algún tiempo libre para «poner las cosas en orden». Habían reconocido incluso que escribir una novela le serviría de terapia antes de bajar a la palestra de la vida real. Parecían entender lo del divorcio de su hijo –por qué era tan lamentablemente necesario–, y habían realizado por su cuenta ciertas tentativas de acercamiento a Penny y Lelia. No les había hecho especialmente felices la presencia inopinada y aparentemente efímera de Helen en su vida, ni tampoco su edad. Pero se habían abstenido de juzgar unas adecuaciones vitales que no comprendían pero que su único hijo consideraba necesarias y saludables. (Matthews solía llevar a Helen cuando iba a visitarles, y Helen se esforzaba por hacerse agradable, por participar, por sentirse cómoda, aunque los dos se alojaban siempre en un hotel del centro de la ciudad.)

Nueve meses después de que Matthews hubiera terminado su novela, ésta fue publicada en una pequeña y osada colección de una importante y prestigiosa editorial neoyorquina, y una vez publicada pasó al limbo del olvido de forma absoluta e inmediata. Hubo un puñado de críticas respetuosas aunque anodinas, y se vendió un exiguo número de ejemplares. Matthews pronto perdió contacto con su editor, y jamás se hizo mención de otro contrato o de obra alguna que pudiera desear escribir en el futuro. En su fuero interno (aunque a Helen sí se lo dijo) no estaba sorprendido. Era un novato –un profesor universitario que se había lanzado a un mundo más extenso–, y además no creía que su novela fuera realmente buena en su descripción de unas gentes de clase media normales y corrientes, apresadas en el cepo de los pequeños dilemas íntimos fruto de sus propios y desdichados yerros. No solía ser un tema que gozara de gran aceptación, admitía Matthews, a menos que los personajes fueran lesbianas con padres que habían abusado de ellas, o detectives de homicidios, o víctimas de alguna enfermedad fatal, lo que no era el caso de *El aprieto*, cuya trama era en gran medida su propia vida. Sin embargo, se sentía satisfecho de haberla escrito, de haberlo hecho sin ayuda de nadie y de que le hubiera servido para dejar la enseñanza. Podía, pues, empezar a pensar en una nueva obra, algo de mayor aliento.

Pero una tarde gris de noviembre, al anochecer, recibió la llamada de una empleada de la editorial de Nueva York (estaba en el porche trasero, reparando los cristales sueltos de las contraventanas, a punto de subirse a una escalera de mano). La mujer le dijo que, para contento de todo el mundo en la casa, un editor francés –un tal Monsieur Blumberg– había telefoneado para hacer una oferta por su libro, ya que deseaba publicarlo en Francia si Matthews se avenía a cobrar poco.

–No entiendo cómo alguien ha podido leer mi libro en Francia –le dijo Matthews a Miss Pitkin o Miss Pittman, la empleada de la editorial–. Aquí no ha querido leerlo nadie.

Pero se sentía feliz de que una de sus fantasías se estuviera haciendo realidad.

–Con los franceses nunca se sabe –dijo la mujer–. Ellos captan cosas que nosotros no captamos. A lo mejor resulta mejor en francés –añadió, y dejó escapar una risita.

Matthews pensó en lo que significaría para su novela «resultar» mejor en una lengua distinta de aquella en la que había sido escrita. No parecía muy halagüeño. Aunque cabía la posibilidad de que significara que era un genio.

–Se hace difícil pensar que Dante pueda resultar mejor en otra lengua que en francés –dijo Miss Pitkin o Pittman.

–No creo que la obra de Dante fuera escrita en francés –dijo Matthews.

Se preguntó qué aspecto tendría aquella mujer. Estaba mirando la línea de bosques poco tupidos –tras los cuales había otra casa– y el gran sol otoñal que descendía bellamente hacia su ocaso.

–Bien. Vaya a Francia y disfrute todo lo que pueda –dijo la mujer, y rió entre dientes. Estaba escribiendo algo en el ordenador–. *Honni soit qui mal y pense.*[1]

–No sé lo que quiere decir –dijo Matthews. Sabía muy poco francés.

–Es algo sobre el príncipe Carlos. Algo que dijo, se supone. Probablemente quiere decir «páseselo en grande».

–Sí, puede ser –dijo Matthews–. Puede que me lo pase en grande.

Se dijeron adiós y colgaron.

Aquella noche, como llovía y hacía frío, y Helen temía coger un resfriado o algo peor, cenaron en un sombrío y casi vacío restaurante japonés que había en la rue Boulard, a unos cuantos portales del hotel. A Matthews no le gustaba la comida japonesa, pero Helen dijo que necesitaba el hierro del pescado crudo para combatir el *jet-lag* y para fortalecer sus defensas en caso de que estuviera incubando algo.

Mientras ella daba cuenta de su *maguro* y *mawabi* y Matthews de su *tempura* de lubina, Helen comentó lo interesante que tenía

1. «Malhaya el que mal piense». *(N. del T.)*

que ser conocer a tu traductor, alguien –le parecía a ella– que tendría que llegar a conocer tu libro mejor que tú mismo, alguien que dedicaría tanto tiempo y afán a tus palabras (en este caso, las de Matthews). En publicidad –su campo profesional– el truco era conseguir que la gente leyera cosas *sin saber* que las estaba leyendo y deslizar mensajes en sus mentes, como espías tras las líneas enemigas.

–Es su profesión –dijo Matthews, dejando a un lado con frustración los palillos y optando por el tenedor–. Hay gente que dedica su vida a traducir. Para ellos no es ningún sacrificio.

–Es como el matrimonio –dijo Helen–. Al menos como uno de mis matrimonios. Pasarte años y años tratando de adivinar lo que otra persona ha podido querer decir... Yo nunca logré saberlo. –Helen estaba comiendo una gran porción de atún rojo; cogía pequeños trozos y los empapaba en salsa de soja, y lo hacía todo con los palillos. Como música ambiental sonaba una melodía japonesa al violín.

–No creo que sea así –dijo Matthews.

–¿Qué piensas tú, pues? –dijo Helen, masticando.

–Creo que se trata de inventiva –dijo Matthews–. Creo que se trata de utilizar un libro para inventar otro distinto. No se trata solamente de poner mi libro en otra lengua, como si cambiaran mi ropa de una maleta a otra. Es algo creativo. Y lleva aparejada una gran satisfacción. Eso es lo que pienso.

–Oh –dijo Helen–. Pero la idea te entusiasma, ¿a que sí?

Había perdido interés. Matthews la había aburrido. Era consciente de que la aburría constantemente. Helen tenía una visión del mundo positiva y práctica, desenfadada y bondadosa, y Matthews solía conseguir sumirla en el más completo aburrimiento.

–Sí, me entusiasma, es cierto –dijo, y le sonrió.

Lo que Helen quería ahora, sin embargo, era trazar un itinerario para el día siguiente. Había traído la guía Fodor's, y se puso a consultarla en su lado de la mesa mientras Matthews terminaba su brécol y su pescado y su sorbete. Todos los camareros japoneses y sus ayudantes parecían franceses, lo cual era curioso. Pero estaban en Francia. Todos eran franceses.

Helen quería visitar la tumba de Napoleón al día siguiente, y luego subir a la Torre Eiffel, y luego pasear por los Campos Elíseos. Quería también ver el Louvre, aunque no necesariamente *entrar* en él (estaba atestado de japoneses –dijo Helen en un susurro–, especialmente en Navidades). Luego quería disfrutar de una travesía por el Sena en uno de esos barcos con paredes de cristal, y acabar el día en la Place de la Concorde, donde habían cortado la cabeza a tanta gente, incluidos el rey y la reina y Robespierre. Aunque no sabía quién era Robespierre, admitió. Y por la noche disfrutarían de su primera cena «incomparable» en algún sitio estupendo.

–Y luego, al día siguiente –continuó–, nos dedicaremos a tus cosas.

Helen parecía contenta. Aunque un poco pálida, pensó Matthews. Los viajes suponen un mayor esfuerzo para las mujeres, porque no pierden detalle. Helen, sin embargo, se había olvidado del ballet.

–No existen tales *cosas* –dijo Matthews, quejumbroso.

–¿Qué me dices de todos esos sitios donde los músicos negros tocaban y los famosos escritores negros vivían, pasando terribles penurias y acostándose con mujeres blancas? Todo eso que antes enseñabas...

Matthews solía tratar estos temas de forma secundaria en su curso de literatura afronorteamericana, y Helen aún lo recordaba. Pero en realidad no sabía nada acerca de ellos. Había leído cosas al respecto en otros libros. No sabía nada sobre la Experiencia Negra. *Nada*. Poco antes de terminar su doctorado en literatura su tutor en Purdue le llamó un día a su despacho para decirle que un colega suyo del Wilmot College le había telefoneado la noche anterior y le había contado que una profesora negra se había despedido repentinamente para irse a otro trabajo, dejando sus clases sin profesor, y su pregunta era la siguiente: ¿no sabría él de alguien que pudiera sacarle del apuro? El tutor le preguntó a Matthews si estaba dispuesto a desplazarse a Wilmot en dos días para llenar el hueco, y dar una clase sobre la imaginería sexual en los últimos poemas de Langston Hughes.

Existía la posibilidad –continuó– de que se hicieran ciertas gestiones para conseguir que pudiera quedarse más tiempo. Lo único que tenía que hacer era ser flexible. Matthews no sabía nada de Langston Hughes. Había centrado su trabajo en los románticos ingleses, los cuales, por cierto, habían empezado a aburrirle mortalmente. Pero llegó a Wilmot a la mañana siguiente, y, después de pasarse dos días leyendo, dio la clase a un grupo de sorprendidos estudiantes negros a quienes no parecía importarles gran cosa el cambio de profesor siempre que *alguien* llegara a las nueve en punto de la mañana y les hablara de algo mientras ellos dormitaban o intercambiaban risitas. Al final el presidente del consejo de la universidad decidió que Matthews podía quedarse, e incluso aspirar a la titularidad si prometía seguir enseñando en el departamento de estudios afronorteamericanos, de forma que la facultad pudiera orillar el tener que contratar a otra mujer negra, lo que –según todo el profesorado– constituía indefectiblemente una fuente inagotable de problemas. Matthews consideró atractiva la oferta, y no le importaba especialmente la materia que tuviera que impartir. Opinaba que todo el mundo podía enseñar cualquier cosa. Y a Helen aquellas charlas le habían parecido enormemente interesantes, aunque dijo que nunca había conocido personalmente a muchos negros. No había tantos negros en Virginia Occidental.

–No tengo ni idea de dónde pueden estar esos sitios –dijo Matthews–. He leído sobre ellos, nada más. No son reales para mí. Nunca lo fueron.

–Pues no se hable más de la Experiencia Afronorteamericana –dijo Helen, volviendo a doblar el mapa.

–He dicho adiós a la enseñanza, ¿de acuerdo? –dijo Matthews, irritado–. Ya no soy profesor. Quiero una nueva vida.

–Lo que ahora quieres es *traducirte* a ti mismo a otra cosa, ya veo. –Helen era miope, y a veces pestañeaba tras los cristales de las gafas y abría sus grandes ojos azules al máximo como si pudiera ver mejor de ese modo. Cuando lo hacía daba la impresión de mirar algo situado sobre tu cabeza, y de sorprenderse mucho ante lo que veía. Te hacía sentirte incómodo en lugar de confortarte.

–Puede ser –dijo Matthews–. Puede que sea eso exactamente. Espero *ser traducido* a alguien mejor del que era antes.

–¿Qué es de tu hija? –dijo Helen intencionadamente.

Helen no sabía nada sobre Lelia; no la había visto en su vida, pero periódicamente, cuando quería hacer méritos ante él o sencillamente sacarle de quicio, le gustaba hacer gala de una susceptibilidad agresiva, cuasi maternal en todo lo referente a ella. Y esto siempre cogía desprevenido a Matthews, que consideraba a Helen odiosa en ese aspecto. Helen, pese a sus tres matrimonios anteriores, no tenía hijos, y Matthews pensaba que era su forma de expresar su desencanto ante tal desdicha y de hacer que los demás la compartieran.

–No tenemos por qué hablar de Lelia –dijo Matthews con desaliento, mientras buscaba con la mirada al camarero japonés-francés para pedirle la cuenta.

–Supongo que no. Tu hija no cuenta para nada en los grandes cambios –dijo Helen.

–Vive en California. Con Penny –dijo Matthews–. Y está bien. Es una chica normal de seis años, si es que se puede ser normal en California. Tiene unos padres que la quieren.

–¿Eso te incluye a ti? –Helen frunció los labios como si estuviera indignada con Matthews.

–Sí, claro que me incluye. Sin ninguna duda –dijo Matthews, que al cabo vio al camarero merodeando entre las sombras, cerca de la cocina, y le hizo una seña con la mano.

–Quería asegurarme –dijo Helen. Acto seguido se limpió la boca con la servilleta y empezó a mirar a su alrededor como Matthews.

En el restaurante no había más que otros dos clientes, sentados junto a la oscura pared opuesta. A través del ventanal se veía la estrecha rue Boulard, que a excepción de los coches aparcados aparecía desierta. Seguía lloviendo, y las farolas brillaban sobre el veteado pavimento.

–Todavía estoy con el *jet-lag* –dijo Helen–. Lo siento, cariño. –Sonrió a Matthews por encima de los platos vacíos y las pequeñas fuentes sucias. Y luego aspiró con fuerza por la nariz, como si estuviera a punto de llorar–. Me has traído a París. No quiero meterme contigo.

–Pues no lo hagas –dijo Matthews–. Yo estoy haciéndolo lo mejor que puedo.

Y eso era exactamente lo que estaba haciendo, se dijo a sí mismo Matthews, aunque nadie pareciera reconocérselo. Lelia era su hija y su problema, un problema del que ya se estaba ocupando.

–Lo sé, cariño –dijo Helen–. Tienes demasiadas cosas en la cabeza.

–Yo no diría eso –dijo Matthews. Lo que lamentaba era no haberse marchado inmediatamente después de la llamada de Blumberg. Ahora se sentirían mucho mejor en cualquier otro sitio.

–También soy culpable de eso –dijo Helen sin dirigirse a nadie en particular. Matthews no sabía a qué se estaba refiriendo. Seguramente Helen no había oído bien lo que acababa de decirle. Helen se había vuelto hacia el ventanal y miraba fija y pensativamente la lluvia parisiense–. Sí, lo soy –dijo–. Todos cometemos ese pecado.

Una vez hubieron vuelto al frío cuarto del hotel, Helen se desnudó rápidamente a oscuras, lo cual no era habitual en ella. Siempre se había sentido orgullosa de su rotundo cuerpo de corista, y prefería la luz. Pero en cuanto se metió bajo las mantas en la pequeña y gélida cama le pidió a Matthews que se metiera inmediatamente a su lado y que follara con ella hasta dejarla exhausta, cosa que Matthews hizo lo mejor que pudo, con las dos manos aferradas al endeble cabecero de la cama, un pie desnudo anclado en el rugoso ángulo de la pared y el otro literalmente sobre el suelo de baldosas, enredado con zapatos y calcetines mientras él bregaba en el aire quieto y sin calefacción del cuarto. Helen parecía presa de un progresivo y extraño delirio, y al mismo tiempo entonaba casi una salmodia: «con paciencia, con paciencia, con paciencia...», hasta que ambos hubieron terminado y quedaron tendidos y acurrucados uno contra otro para darse calor, mientras la lluvia golpeaba en los cristales y el viento silbaba en las calles y entre las copas desnudas del camposanto.

Más tarde –le había parecido oír el carillón de una torre cercana, cuatro campanadas–, Matthews se despertó y fue hasta la ventana envuelto en la colcha y con los calcetines de lana. Para su sorpresa, el viento y la lluvia habían cesado, y gran parte de la niebla de la tarde se había disipado, dejando el cementerio nítidamente iluminado por la luz de la luna, de forma que los edificios de apartamentos de seis plantas situados más allá de él se destacaban claramente bajo las inesperadas estrellas. Y, lo que era aún más sorprendente, el espectro de la gran torre de Montparnasse ocultaba el cielo de lo que –pensó Matthews– debía de ser el oeste. Si la noche hubiera sido más clara habría visto a lo lejos la Torre Eiffel (lo sabía por los mapas que había estudiado mientras escribía la novela).

En los momentos que siguieron al amor, mientras yacía escuchando el viento junto a Helen, entre las cálidas sábanas, supo sin el menor asomo de duda que jamás debería haber venido a París, o que debería haberse marchado tras la llamada de Blumberg, y que en cierto modo todo se había convertido ya en un fiasco, todo había estallado en mil pedazos. Le invadió el sentimiento de que sin duda «habría amado» París; habría amado París, sí, pero había pasado *algo* de lo que ni siquiera era consciente, algún error de novato, y todo se había ido al traste. Y no es que uno fuera normalmente consciente de la mayoría de las equivocaciones que cometía, o incluso que se abstuviera muy mucho de cometerlas. Los acontecimientos, los nexos y relaciones empezaban un día a no funcionar como debían sin razón aparente, y la vida comenzaba a deslizarse hacia situaciones desastrosas e insostenibles. También Helen se hallaba en tal trance; parecía ir perdiendo entidad de un modo que él no podía describir, sino sólo *sentir.* Helen le gustaba. La admiraba. Pero no debería haber viajado a París con ella. Había sido un error. Traerla no había sido sino el vano intento de Matthews de hacerla participar en su experiencia, y luego de volver a casa con tales vivencias convertidas en algo mejor. Pero la cosa sólo habría funcionado si la que hubiera venido con él hubiera sido Penny, ya que en un tiempo ambos habían estado tan íntimamente unidos que no eran sino dos partes de una sola persona. Pero eso había sido años atrás. Lo que a él le gustaba entonces, fuera lo que fuere, también le gustaba a Penny. Pero ahora todo eso pertenecía al pasado.

Ahora, allí en la fría ventana, mientras Helen roncaba en la cama y él se abrigaba los hombros con la colcha rosa, Matthews empezó a sentir de forma diferente, como si la luz de la luna nueva y las melladas estrellas hubieran configurado de un modo nuevo el mundo, y París, incluso en aquella noche helada y clara, pareciera mostrarse más acorde con lo que habría deseado (si es que en algún momento se había permitido desearlo). Una metrópoli enormemente pródiga; una superficie que traspasar; una hondura en la que sumergirse, incluso en la que habitar. Venir a París ahora, a su edad, con un propósito serio y maduro, podía significar exactamente lo que él había pensado: un vivo deseo de quedarse. Sólo que él no estaba allí para convertir su vivencia en una mercancía que podía llevarse a casa cuando volviera, sino para adaptarse a lo inesperado, a lo ya existente en el lugar. Helen había dado en el clavo a este respecto.

Ahora, no obstante, se preguntaba por la traductora. Madame de Grenelle. ¿Qué es lo que la había «fascinado» de su no muy buena novela? ¿Algún terrible fallo? ¿Una pequeña, cruel y embarazosa ignorancia? ¿Alguna vasta y sutil oportunidad perdida o mal estructurada que todos los lectores franceses hubieran visto inmediatamente y que ella tuviera intención de corregir? Aunque era éste, obviamente, el modo de ver del novelista: las cosas eran infinitamente mudables y mejorables y revisables y renovables..., y cada cara de ellas no era sino una faceta del gran todo que debía revelarse.

Matthews pensaba en Lelia sin regularidad, a rachas. ¿Qué hora sería en California? Si finalmente llegaba el momento de su comparecencia ante un tribunal de California, del que obtendría la custodia compartida de Lelia, urdiría una adecuada y capaz imagen de su persona. Conseguiría un acuerdo razonable de visitas. De vacaciones escolares. De Navidades. Sin embargo, Matthews no se sentía como cualquier padre de una hija de seis años a quien no ha visto en casi dos años por culpa de la intransigencia de la madre. De cuando en cuando, en la novela, confundía a Greta con Penny, e imaginaba a Penny muerta. Él la había inventado, y llegado al momento la hacía desaparecer.

Pero ¿era tan extraño que uno no viera a su hija dadas tales condiciones de relativa hostilidad? Una vida más estable y previsible sin duda era más conveniente para Lelia, incluso en California, pero Penny, extrañamente, parecía cada vez más crítica con él a medida que pasaba el tiempo. Como si Matthews estuviera perdiendo una oportunidad de la que ni él mismo era consciente. Pero al cabo las cosas se resolverían por sí mismas.

Al otro lado de la rue Froidevaux, en la esquina más apartada de la rue Boulard, en un edificio de apartamentos del mismo estilo del siglo pasado que el Hotel Nouvelle Métropole, se veía una única ventana iluminada. Pero era sólo el árbol de Navidad, cuyas pequeñas bombillas rojas y verdes y anaranjadas parpadeaban en la noche sin viento. No se veía ni un alma. El árbol se erguía solo en medio de la estancia, invisible desde la calle, como una especie de faro para nadie. Era muy posible, pensó Matthews, que allí vivieran unos norteamericanos que, lejos de casa, no pudieran prescindir del árbol. Los franceses, por supuesto, nunca se molestarían en ponerlo. Con «*Joyeux Noël*» les bastaba. Durante un largo momento, mientras los pies empezaban a dolerle y el frío se le colaba por entre los pliegues de la colcha, trató de fijar la mirada en las brillantes luces del árbol y de percibirlas con la nitidez suficiente como para imbuirse de su humilde ánimo festivo. Matthews siguió mirando y mirando, y al cabo de un tiempo no muy largo creyó haber conseguido su propósito.

A la mañana siguiente durmieron hasta tarde, casi hasta mediodía. Pero en su sueño Matthews había oído sonar y sonar campanas, y dos veces creyó notar que Helen se levantaba de la cama y vomitaba tras la puerta cerrada del cuarto de baño, y luego volvía a meterse –mojada y helada de frío– en la cama. Ahora hacía un frío más intenso en el cuarto. Matthews lo percibía con total certeza.

Cuando abrió los ojos, vio a Helen sentada en el sillón verde con tapicería de plástico, arropada con la colcha rosa de percal con la que él se había abrigado horas antes. Por eso tenía tanto frío.

–¿Cómo te sientes? –dijo bajo la delgada manta.

–Estoy bien –dijo Helen, como tratando de esquivar la pregunta. Llevaba puestos sus calcetines de lana rojos, y fumaba un cigarrillo. Matthews nunca la había visto fumar, aunque sabía que años atrás lo había hecho. El cuarto olía a humo, y también a sudor. Era este olor, además del frío, lo que había despertado a Matthews–. Supongo que cogí algo cuando salí a la calle con esa lluvia. Quién sabe. O me sentó mal la cena.

–¿Has vomitado? –preguntó Matthews.

–Mmmm... –murmuró Helen, echando humo por las ventanas de la nariz. Tenía las gafas puestas y el pelo enmarañado, como si hubiera estado sudando o tuviera fiebre. Estaba pálida y demacrada, y tenía un aire fatigado. Helen siempre parecía una persona grande y sana. «Una rubia grandota y avasalladora», solía decir de ella misma para describirse. Pero ahora parecía extenuada.

Una agradable luminosidad entraba por la ventana; una luz de un gris acerado, con salpicaduras amarillas de sol. Ya no llovía, pero había vuelto a soplar el viento en el Boulevard Raspail, más allá del gran león. Matthews imaginó el viento rizando con fuerza la superficie cristalina de los charcos. No le agradaría especialmente estar a la intemperie.

–Estaba pensando en lo de tener un traductor –dijo Helen–. En cómo sería la experiencia. No sé por qué se me ha ocurrido. Es una experiencia que jamás tendré. –Lanzó una bocanada de humo contra la ventana, y contempló cómo se pegaba al cristal y perdía consistencia y desaparecía.

–*A mí* no me van a traducir –dijo Matthews, aún debajo de las mantas–. Van a traducir mi libro. O puede que no.

–Exacto –dijo Helen, y se aclaró la garganta.

–¿Te apetece salir a ver París?

–Por supuesto. –Helen echó la cabeza hacia atrás y le dirigió una ceñuda y grave mirada de maestra–. No voy a quedarme aquí sentada teniendo París ahí fuera, justo al otro lado de la ventana. Nada de eso, René...

–Podrías no sentirte bien...

Si Helen le devolvía la colcha –pensó Matthews– podría olvidarse de París perfectamente pese a lo que había decidido en la madrugada. Estaba en París. Hiciera lo que hiciera, estaría bien. Quedarse en la cama, por ejemplo, y salir a cenar mucho más tarde. Sería *París* igualmente: tan París como la tumba de Napoleón.

–¿Qué harías si me muriese estando aquí? –dijo Helen.

–¡Dios! –dijo Matthews–. ¿Por qué dices eso? –La sola idea le había dejado conmocionado. Era, sin duda, el *jet-lag*. Había leído que era una especie de depresión a pequeña escala. Pura química. Y los fármacos que Helen tomaba sin duda la habían agravado–. Pensemos en cosas más agradables.

–¿Harías que me enterrasen? –dijo Helen–. ¿Tienes que tener un domicilio para ser enterrada allí? Aquí, quiero decir.

–No tengo la menor idea –dijo Matthews.

Pensó en pedirle a Helen que volviera a la cama para que le calentara, pero sabía lo que sucedería. Por enferma que pudiera estar, Helen siempre estaba dispuesta para el sexo.

–Hablo en serio –dijo Helen. Seguía fumando ávidamente, y le dirigió a Matthews una mirada de reprobación por no tomarse el asunto en serio.

–Te haría enterrar inmediatamente –dijo Matthews–. En el sitio mismo donde hubieras caído muerta, si eso es lo que quieres.

–Sí, eso querría que hicieras –dijo Helen–. Si muriera en este cuarto, por ejemplo, me gustaría que me enterrasen en el cementerio de Montparnasse. Con Baudelaire. O cerca de donde está enterrado, al menos. Leí algo sobre eso.

–Me ocuparía personalmente de ello.

–No es que haya leído a Baudelaire.

–*Les fleurs du mal* –dijo Matthews desde la cama.

–Eso es –dijo Helen.

Miraba pensativamente por la ventana. Matthews sabía que estaba mirando la ancha extensión de terreno invernal de aquel cementerio bello y sombrío. Para entonces ya habrían cubierto la fosa judía. En su estado de ánimo, a Helen no le convenía en absoluto ver una tumba abierta.

–¿Qué es lo que tú anhelas, Charley? –dijo Helen–. No es que yo anhele la muerte... –Helen aplastó el cigarrillo contra el surco metálico de la ventana y se quedó mirando la blanca colilla aún humeante.

–No sé de qué me estás hablando –dijo Matthews.

–Contéstame, ¿quieres? –dijo Helen–. Por el amor de Dios, pequeño profesor... Contéstame sólo a esta pregunta. Anoche dijiste que querías convertirte en alguien mejor. De acuerdo. ¿Qué querías decir? Aquí me tienes, en la oscuridad. Estamos teniendo una conversación seria.

–Me gustaría que las cosas no girasen tanto en torno a mí, supongo –dijo Matthews. Tenía frío; tanto como si la ventana del cuarto estuviera abierta.

Helen se volvió y, al mirarle, frunció el ceño de nuevo. Los párpados le cubrían casi totalmente los grandes iris azules. Se mordió el borde del labio inferior.

–¿Así que ésa es tu respuesta?

–Sí –dijo él.

Y era verdad. Sólo que no lo había sabido hasta entonces. Anhelaba ser menos el centro de las cosas. Se daba cuenta de que era eso lo que un país extranjero –cualquier país extranjero– podía ofrecerle a uno, algo que uno jamás podría obtener en el país propio. La idea del hogar patrio, de hecho, era la antítesis de tal sentimiento. En casa *todo* giraba en torno a ti, en torno a lo que poseías y a lo que te gustaba y a lo que todo el mundo pensaba de ti. Estaba harto de ello. No podía esperar, por supuesto, que Helen supiera valorar cabalmente esta idea, dado el estado de ánimo en que se encontraba. Pero no sabía qué otra cosa podía contestarle. Se limitó, pues, a asentir con la cabeza, aun sabiendo que era un gesto de seriedad muy poco convincente esbozado ridículamente desde la cama.

–También el cáncer te hace sentirte así –dijo Helen en voz baja, alzando la barbilla y apoyándola sobre el puño, casi tocando el cristal de la ventana. Matthews sólo alcanzaba a ver el cielo blanco, súbitamente atestado de vencejos. Los días eran muy cortos en aquella época del año–. Sientes que todo gira alrededor de ti constantemente.

–Me lo imagino –dijo Matthews, y sintió que de verdad era capaz de imaginarlo. Podía imaginárselo fácilmente.

–Seguramente por eso me gustas, Charley.

–¿Qué quieres decir? –dijo Matthews.

–Cuando estoy contigo no pienso mucho en mí. Casi nunca, en realidad.

–¿En qué piensas, entonces? –dijo Matthews.

–Bueno... –dijo Helen–. En casi nada. No en las mismas cosas, al menos. Pienso en lo que hacemos, en los sitios adonde vamos... Nada importante. Para mí es perfecto, en serio. Ahora pienso en París. Cuando piensas en París no tienes que pensar en ti misma, ni en lo que puede estar fallando en ti.

–Estaba pensando lo mismo –dijo Matthews.

–¿Sí? Estupendo, pues –dijo Helen–. Entonces encajamos bien el uno con el otro, ¿no te parece? –Le sonrió y se arropó más la barbilla con la colcha rosa.

–Supongo que sí –dijo Matthews.

–Uffff..., qué frío tengo –dijo Helen–. Es hora de ir a ver París. –Estiró una pierna hasta sacarla fuera de la colcha y tocó el suelo con la punta de los dedos–. No nos queda todo el tiempo del mundo. Tenemos que hacer que los momentos felices duren.

–Sí, es cierto. Tenemos que hacer que duren –dijo Matthews, y pensó que lo que decían era absolutamente cierto.

El tiempo era demasiado borrascoso y frío para ir a pie a cualquier parte. Helen habría querido caminar hasta la tumba de Napoleón, en los Inválidos, y luego hasta la Torre Eiffel (estaba muy cerca, dijo), y allí coger el metro hasta los Campos Elíseos, desde donde seguirían paseando hasta la Place de la Concorde. Una jornada de paseo, de ver París de cerca.

Pero en la primera manzana de la Avenue du Maine, Matthews se dio cuenta de que su ropa no era lo bastante gruesa para protegerles del viento y de la arenilla de la calle, y Helen admitió estar «demasiado entumecida» como para pasear grandes trechos. Así que esperaron tiritando en la cola de un taxi, en la entrada de la estación de metro de Montparnasse, hasta que consiguieron que uno les llevase directamente a los Inválidos.

Helen, una vez allí, parecía saber mucho sobre todos y cada uno de los aspectos relacionados con Napoleón, Luis XIV, la Iglesia con Domo y todos los edificios en cuestión. Napoleón –explicó– había fascinado a su padre toda su vida, allá en Virginia Occidental. En la casa paterna siempre había habido libros y planos de batallas y postales y retratos y bustos y objetos varios sobre Napoleón. El gran anhelo de su padre –contó Helen mientras se movían paso a paso, callada y reverentemente, bajo el domo poblado de ecos– había sido llegar a estar un día de pie ante aquella barandilla, contemplando desde arriba la tumba real de su ídolo, como ellos estaban haciendo en aquel momento y de manera idéntica a como lo había hecho el nefasto Hitler en 1940, y brindar a aquel gran hombre de Francia un homenaje más digno que el del Führer. Helen señaló los retratos de los cuatro evangelistas, y el de San Luis ofreciendo a Cristo la espada con la que derrotaría a los infieles. Sabía exactamente quién estaba enterrado con Napoleón (sus hermanos y su hijo, el Aguilucho), y que los restos del emperador se hallaban divididos en seis féretros, como los de los faraones, cada uno de los cuales de un metal precioso diferente. Y supo identificar las doce estatuas que circundaban la gran lápida de pórfido rojo como la Victoria Alada, que representaba al pueblo francés unido al fin por la muerte del gran caudillo.

Una vez en la calle, en el frío de la tarde, Helen alzó la vista y se quedó mirando el gran domo dorado. Se había quitado las gafas, y se puso una mano sobre los ojos como protegiéndose del sol, aunque no hubiera rastro de él en el cielo. A su espalda discurría la Avenue de Breteuil, llena de coches y autobuses que tocaban el claxon y dejaban en tierra hornadas y hornadas de turistas.

–Lo único que siento es que mi padre no esté aquí conmigo. O en lugar de mí –dijo Helen, con la mirada hacia lo alto–. Habría sabido apreciar tanto todo esto...

Matthews, con las manos en los bolsillos de la gabardina, estaba pensando en su novela. Se preguntaba si no debería haberla calificado de autobiográfica, sin más, y haber zanjado el asunto. Tendría que haberlo hecho, se dijo. No oyó lo que le decía Helen, pero intuyó que era algo sobre qué habría sentido su padre si estando en el ejército en Francia hubiera visitado aquel monumento no mucho después de que Hitler hubiera estado en él.

–Sé que significaba mucho para él –dijo Matthews, mirando a su alrededor. Estaba de nuevo desorientado; no tenía la menor idea de en qué *arrondissement* o en qué parte de París estaban.

–¿Sabes lo que quiere la gente cuando viene a París? –dijo Helen, sin dejar de mirar el reluciente domo, recortado contra el fondo blanco del cielo.

–No, no lo sé –dijo Matthews–. No tengo ni idea.

–Ser francés –dijo Helen, aspirando el aire por la nariz–. Los franceses son más serios que nosotros. Se preocupan más por las cosas. Tienen perspectiva respecto de lo importante y lo no importante. Así que no puedes convertirte en francés. Tienes que sentirte feliz siendo tú mismo.

Matthews apartó la mirada, y de pronto vio la colosal forma de la Torre Eiffel alzándose casi de un brinco en el cielo, mucho más gigantesca y grave pero también mucho más hermosa de lo que jamás había imaginado. Ninguna de las figurillas y miniaturas que la representaban llegaba nunca a mostrar lo airosa y bella que era. Era la cosa más maravillosa que había visto en toda su vida. Mejor que las cataratas del Niágara. Sólo las pirámides, pensó, eran quizá más bellas. Le sorprendió vivamente comprobar lo feliz que se sentía al verla.

–Venga, Helen... –dijo Matthews, cogiéndole la fría y entumecida mano con que sostenía las gafas. Creyó ver que había derramado unas lágrimas, y quería que dejara de llorar y se sintiera feliz–. Ahí tienes la Torre Eiffel –dijo en tono alegre–. Estaba escondida, pero ahí la tienes.

–Oh, Dios... –dijo Helen, mirándola–. Sí, claro que sí. Ahí está. Y me siento tan feliz viéndola. Me preguntaba si de verdad llegaría a verla.

–Yo también –dijo Matthews–. No estaba nada seguro de que llegáramos a verla.

–Qué afortunados somos –dijo Helen–. Es el milagro de Occidente.

–Sí, supongo que sí –dijo Matthews–. Sí, supongo que somos afortunados.

Y siguieron caminando.

El paseo hasta la Torre Eiffel resultó bastante más largo de lo que Helen había imaginado. Ello se debía –dijo, después de consultar la guía Fodor's– a un amplio recodo del Sena.

–Como en Nueva Orleans –dijo.

Nueva Orleans, dijo, era su ciudad norteamericana preferida.

Luego afirmó que se sentía mejor gracias al aire tonificante y frío, y que pensaba que, después de todo, el día podría desarrollarse como tenía planeado. Su «primer día en París»: paseo por los Campos Elíseos, visita al famoso lugar de las ejecuciones, visita al Louvre, travesía romántica en barco, búsqueda de un restaurante para una comida «incomparable».

Helen hablaba francés mucho mejor de lo que Matthews sospechaba, y, como se sentía mejor, entró en varias tiendas de la Avenue de la Bourdonnais y habló animadamente con los empleados, y luego con los vendedores de flores y de periódicos de las calles laterales que iban a dar al Campo de Marte. Y al hacerlo –pensó Matthews– se convertía en una suerte de espectáculo: una norteamericana alta y rubia, pálida, pechugona, con gruesas gafas, parloteando francés con franceses menudos con delantal que la miraban con fastidio, y que a veces sencillamente se daban la vuelta y no le hacían ningún caso. Era una grosería, sí, pero Matthews pensaba que no podía reprochárselo. Habían visto ya millares de Helens, y en la vida nada cambiaba.

La Avenue de la Bourdonnais, como pudo comprobar Matthews, rezumaba riqueza por los cuatro costados. Altos y elegantes edificios de apartamentos, grandes berlinas Jaguar y BMW a ambos lados del amplio bulevar jalonado de árboles, muchas personas paradas en medio de la acera, hablando por teléfonos móviles. Tal vez fuera una zona de diplomáticos, se dijo Matthews. Posiblemente no estaría lejos la embajada norteamericana, ya que a lo largo de la calle vio bastantes compatriotas tratando de actuar como si hablaran francés (su francés del bachillerato era demasiado pobre como para siquiera intentarlo). Aunque también los franceses parecían estar actuando. Eran como actores aficionados haciendo de franceses, y *sobreactuando*. No había nada natural en aquella escena parisiense.

Pero en todo aquello, concluyó, había también un lado bueno: cuando escuchaba la conversación que Helen mantenía con algún dependiente o vendedor de flores, y se esforzaba por desentrañar a partir de esta o aquella palabra lo que cualquiera de los dos estaba diciendo, casi siempre lo entendía todo mal, lo cual le permitía inventarse partes enteras e incluso la totalidad de una charla basándose en la interpretación errónea de un gesto de la mano o una expresión facial o cualquier otro elemento del (en apariencia) común lenguaje corporal, unido a algún vocablo que creía conocer pero respecto al cual también solía estar equivocado. El no entender lo que decía la gente, razonó Matthews, podía llegar a crear adicción. El tiempo que uno pasaba en otro país probablemente lo pasaba entendiendo mal la mayoría de las cosas, lo cual, a la postre, podía resultar una bendición, y el único modo de que uno pudiera sentirse normal y corriente.

En una pequeña tienda sin calefacción de la rue Marinoni en la que vendían curiosidades religiosas, Helen se puso a hurgar en unos cubos llenos de crucifijos de plástico de diferentes tipos y tamaños, y luego entre unas estampas enmarcadas de colores que representaban a Cristo en varios trances de dolor y súplica, y finalmente entre un montón de paños de cocina de diversos colores, con máximas piadosas en varios idiomas y estampados al modo de las sudaderas y las camisetas. Al cabo eligió uno de color rosa en el que se leía en letras blancas: LA GLORIA DE DIOS RESIDE EN MANTENER LAS COSAS OCULTAS.

–¿Qué quiere decir esto? –dijo Matthews–. ¿Es una broma?

–Cuando volvamos se la regalaré a alguien por Navidad –dijo Helen–. A alguna que esté engañando a su marido. –Estaba mirándose fijamente la palma de la mano, tratando de calcular el dinero necesario para pagar el paño de cocina. Ahora volvía a parecer exhausta. La joven dependienta china la miraba frunciendo el ceño–. Es un proverbio –dijo Helen, hurgando con el dedo entre las monedas–. Y querrá decir cosas distintas para cada persona a quien se lo regales. –Volvió a sonreír–. ¿No sientes que no eres el centro de todas las cosas? Porque, en efecto, no lo eres.

–No me parece que sea Navidad.

–Eso es porque no eres religioso. Y además porque estás mimado –dijo Helen–. A la gente mimada las cosas reales nunca le bastan. ¿No lo sabías?

–No creo que yo esté mimado –dijo Matthews.

–La gente mimada nunca lo cree. Pero lo estás. –Lo dijo con

dulzura, no para echárselo en cara; sólo en honor a una verdad que sabía todo el mundo y de la que ni siquiera hacía falta hablar–. No querer ser el centro de todas las cosas: eso es lo que la gente mimada *cree* que quiere –dijo–. Yo soy igual. Aunque no tan *mala* como tú. Pero no importa. No puedes evitarlo. Y te ha llevado hasta donde estás.

Volvió a sonreírle, y paseó la mirada por la pequeña tienda, llena de millares de estampas coloreadas de Cristo que les miraban con expresión de compasión y aquiescencia.

En el primer piso de la Torre Eiffel, a casi sesenta metros de altura, a Helen se le empezó a revolver el estómago de inmediato, y le flaquearon las rodillas, y le dijo a Matthews que toda aquella estructura de metal no hacía más que cabecear y bambolearse en el «viento de aquí arriba», y que jamás conseguiría llegar a la plataforma del segundo piso, a ciento quince metros, y para qué hablar del tercer piso, a doscientos setenta y seis metros, desde donde se divisaba un radio de setenta kilómetros y París podía contemplarse tal como era.

Se aventuró, sin embargo, hasta el gran ventanal inclinado que miraba hacia el norte y –según informaba el mapa de colores que había al pie de la gran vista panorámica– hacia el Arco del Triunfo, los Campos Elíseos y, más allá, aunque invisibles bajo el cielo bajo, hacia la iglesia del Sacré-Coeur y Montmartre.

–Montmartre es donde pintaban todos los artistas, incluido Picasso –dijo Helen, fijando la mirada en la gran parrilla parda de la ciudad invernal–. Siempre pensé que jamás llegaría a verlo. Y, la verdad, no me siento capaz de asimilarlo todo de golpe. Creo que no puedo.

La mayoría de los visitantes del primer piso eran alemanes, aquellos que según Blumberg iban a custodiar la ciudad junto con los norteamericanos hasta que los franceses volvieran «del calor». Matthews no entendía el alemán, pero admiraba a los alemanes por su próspero aspecto y por lo felices que parecían de volver a la ciudad que habían invadido un día. Se preguntó cómo habría digerido el padre de Helen ese pequeño «detalle».

Creía recordar un libro que había leído –o incluso «enseñado»– en el que dos hombres cogen un taxi para ir al barrio chino, cerca de Montmartre, y luego una orquesta toca en un club y un grupo de soldados estadounidenses bailan con unas chicas francesas. La enseñanza, a la postre, sólo valía para eso, pensó: para inmiscuirse en las vidas ajenas y para devaluar la vida realmente *vivida* hasta convertirla en un revoltijo indescifrable de días perdidos y experiencias dilapidadas. Se preguntó cuánta vida habría perdido ya, y por espacio de unos segundos trató de calcular cuántos días llevaba sobre la tierra, y cuántos más le quedarían por vivir, y cuántos había tirado al cubo de la basura. Llevaba ya calculados los días vividos –13.605– cuando la irritación le impidió continuar.

–Richard Wright –dijo.

–Mmmm... –murmuró Helen.

Helen se había mantenido en silencio durante largo rato, tratando de asimilar lo que veía a través de la ventana panorámica. Ahora había más alemanes pululando en torno, abriéndose paso a empellones y señalando lugares en el mapa y luego en la ciudad real que se extendía ante ellos en todas direcciones. Matthews oyó las palabras *die Bedienung.*[1] Imaginó que significaban algo admirable: el reconocimiento de un paraíso perdido para la patria. Fuera lo que fuese, a los alemanes les hacía reír. «*Die Bedienung*», dijo Matthews para sus adentros, y emitió el sonido ahogado tan caro a Blumberg.

–¿Qué has dicho? –dijo Helen.

–Acabo de recordar que una vez leí un libro en el que uno de sus episodios importantes transcurre en Montparnasse –dijo Matthews–. El autor era Richard Wright, creo.

Helen le miró como si no tuviera la menor idea del sentido que podía tener para él lo que estaba diciendo. Parpadeó tras los cristales de las gafas con aire preocupado.

–*Die Bedienung* –dijo Matthews, pero esta vez no emitió ningún sonido.

–¿Quién?

–Nada, nada –dijo Matthews–. No importa.

1. En alemán, «el servicio». *(N. del T.)*

–Este profesor... –dijo Helen, y volvió a fijar su atención en la urdimbre gris y parda de París, como si le incumbiera a ella gobernarla.

Cuando Helen volvió de los aseos de señoras de la Torre Eiffel, no lo hizo sola. La acompañaban un hombre y una mujer, y los tres celebraban ruidosamente alguna broma.

–Mira quiénes no tienen nada más que hacer que subir a la Torre Eiffel –dijo Helen a grandes voces.

Hizo como que perdía el equilibrio por el balanceo de la torre a causa del viento.

–Uaaaaa... –dijo, y volvió a reír. Ya no parecía enferma, sino feliz. Matthews lamentó ver a aquella gente. Uno puede arruinar toda una experiencia, pensó, si tropieza con alguien conocido. Probablemente perderá la sensación de hallarse a la deriva en un mar desconocido, que era la sensación que Matthews empezaba a experimentar.

–Estos son Rex y Carantoñas –dijo Helen.

–Carantoñas..., una mierda –dijo Carantoñas, poniendo los ojos en blanco y dirigiendo un guiño a Matthews.

–Es todo carantoñas –dijo Helen.

Los alemanes les miraban fijamente. Matthews lamentó de veras haberse encontrado con aquella gente.

–Éste es Charley –dijo Helen–. Charley es mi *amour impropre*. Mi *amour temporaire*, si preferís.

Matthews estrechó la mano de Rex, quien le informó, sin que Matthews le preguntara nada, de que él y aquella mujer eran amigos de Helen desde «los viejos tiempos de Pittsburgh».

–Somos norteamericanos –dijo Carantoñas, radiante.

–Vaya noticia –dijo Helen, dirigiéndole a Carantoñas, cuyo nombre resultó ser Beatrice, una mirada de sospecha–. Nos va a llevar esta noche a nuestra cena incomparable.

–Se ha decidido que sean las *Mesdames* quienes elijan dónde –dijo Beatrice.

Era una mujer extremadamente delgada, de tez bronceada en exceso, con pantalones negros ajustados hasta la pantorrilla, calcetines blancos muy cortos y zapatillas de ballet. Llevaba una holgada chaqueta negra de motorista, y a Matthews le pareció alguien salido de los años cincuenta. Alguien que se habría pasado años y años en bares y cafeterías, fumando montones de marihuana, leyendo montones de horrible poesía y, probablemente, emborronando ella misma montones de cuartillas. Ese tipo de personas que siempre resultaban ser unos auténticos pelmazos, con firmes y cretinas opiniones sobre cualquier tema propuesto. Matthews miró a su alrededor. Alemanes y japoneses –turistas de un eje de poder– se arremolinaban aquí y allá y no paraban de moverse en la plataforma panorámica. Su mirada recaló en la ciudad, la *Ciudad de la Luz*, un lugar en el que no le conocía nadie, un lugar provocador hasta la aparición de Rex y Beatrice. Sentía un leve mareo.

–Bea y Rex suben a la Torre Eiffel una vez al año –dijo Helen–. ¿No es romántico?

–Sí, lo es –dijo Matthews.

–Si no, hasta puede que se te olvide que estás en París –dijo Rex en tono solemne.

–Aquí uno podría pensar que está en Tokio –dijo Helen, echando una mirada a los compactos grupos de japoneses que se abrían paso hacia los ventanales, parloteando y preparando sus cámaras para lograr buenas fotos.

Rex miraba a los japoneses sin sonreír. Era un hombre grande, de tez harinosa y abultada panza, con botas de *cowboy* y un abrigo tres cuartos (Matthews recordó que, a este tipo de prenda, su padre solía llamarla «chaqueta de automóvil», y que cuando tenía diez años había tenido una idéntica a la de su padre). Rex se había hecho un trasplante de pelo que le había dejado una ordenada fila de finos tallos pilosos sobre la pulcra calva. Era un trasplante reciente, o tal vez no había tenido mucho éxito. Pero Rex parecía contento de haberse encontrado con Helen allí arriba, donde estaba feliz de estar, de todos modos. Rex, pensó Matthews, debía de tener la edad de Helen, y su aspecto era el de los varones de la edad de Helen a quienes no todo les ha ido a la perfección en la vida. Pesaría unos ciento veinte kilos. Bea, por su parte, no pasaba de los cincuenta.

–¿Eres escritor? –dijo Rex en tono festivo.

–No exactamente –dijo Matthews.

Entre el gentío de turistas un hombre, claramente norteamericano, se volvió y le miró directamente al oírle preguntar a Rex si era escritor. El hombre se preguntaba a todas luces si Matthews era alguien famoso, y en caso afirmativo de quién podía tratarse.

–Bea escribe poesía –dijo Rex.

–Qué maravilla –dijo Matthews.

Helen y Bea hablaban entre ellas en un aparte. Bea sacudía la cabeza como sorprendida, y luego sus ojos buscaron rápidamente a Matthews, y luego los apartó de él y siguió atendiendo a Helen. Alguna acusación, supuso Matthews, que Helen jamás habría formulado si no se hubieran topado con Carantoñas. De pronto un coro de voces, surgido de algún punto de la plataforma, empezó a entonar un villancico en alemán («*O, Tannenbaum...*»)[1], lo que convirtió el lugar, a cincuenta y siete metros de altura, en un absoluto caos.

–Tiene que ser una gran carga sentir esa especie de compulsión por la escritura –dijo Rex casi gritando.

–No, no lo es –dijo Matthews, tratando de hacerse oír.

–Yo nunca la he sentido –dijo Rex–. Nunca he sentido el apremio de escribir.

De pronto dejó de oírse el villancico, como si alguien con autoridad hubiera decidido que resultaba demasiado escandaloso.

–Me parece muy bien –dijo Matthews, en tono más normal–. Yo tampoco siento ese apremio.

–Diablos, sí, claro que está bien –dijo Rex con severidad (Matthews no entendía por qué)–. Lo que decida hacer una persona, bien está.

Rex tenía los grandes y tristes ojos castaños muy separados, a ambos lados de una ancha y tosca nariz que probablemente se había roto muchas veces en la vida. Rex parecía estúpido como un buey, y Matthews no quería cenar con él. Lo más probable, después de todo, era que Helen no se sintiera bien para salir a cenar aquella noche.

–Supongo que sí –dijo Matthews, y sonrió, pero Rex miraba a su alrededor buscando a los cantantes de villancicos.

1. «Oh, abeto...» *(N. del T.)*

Helen y Bea se unieron a ellos, y anunciaron que tenían ya un plan para la velada.

–Clancy's. Cenaremos en Clancy's –dijo Helen con viveza.

–Ya sé que no suena a francés –dijo Bea–. Pero ¿cuánta comida francesa seríamos capaces de comer? Os gustará, ya veréis.

–Lo que quiere Matthews es que sea «incomparable» –dijo Helen–. Pero come lo que yo le digo que coma.

–Así se habla –dijo Bea, y dio unos golpecitos en el hombro a Matthews.

A Matthews no le gustaba que le llamaran Matthews. A veces Helen lo hacía cuando había bebido demasiado, y entonces solía seguir llamándole así durante horas, También era cosa de Helen lo de las comidas «incomparables». Era su fantasía parisiense. No era una palabra propia de Matthews.

–Bueno, chicos, nosotros nos vamos –dijo Bea, agarrándose al gran brazo de Rex y pegándose a su costado. Matthews se sorprendió mirando el pelo trasplantado de Rex, aunque seguramente, se dijo, Rex ya estaría acostumbrado a que la gente se le quedara mirando–. Nos vemos a las ocho. No lleguéis *en retard* –dijo Bea, mientras ella y Rex se abrían paso entre el gentío.

–Bea es un barril de pólvora –dijo Helen.

–Ya veo –dijo Matthews.

Bea y Rex esperaban al ascensor. Bea les hacía señas con la mano a través de los fluctuantes grupos de turistas. Matthews no quería moverse hasta que desaparecieran de su vista; después, muy posiblemente, no volvería a verlos más.

–¿Tomas notas mentales para tu próxima novela? –dijo Helen–. Eso espero.

–¿Quién ha dicho que estoy escribiendo otra novela?

–No sé –dijo Helen–. ¿Qué más puedes hacer? ¿Vender sofás? Me da la sensación de que ahora es lo único que sabes hacer. Eso y que no te gusten las cosas.

–¿Qué es lo que no me gusta? –dijo Matthews, incómodo–. Me gustas tú.

–Sí, ya. Y los cerdos tienen orejas.

–Claro que los cerdos tienen orejas –dijo él–. Dos orejas. Cada cerdo.

–Alas. Eso es, quería decir alas. Los cerdos tienen alas..., ya me entiendes.

Matthews no la entendía en absoluto. Pero Helen ya había echado a andar hacia el ascensor. Bea y Rex ya no estaban. No iba a ser posible hablar de lo que le gustaba y no le gustaba. No en aquel momento. Lo que hizo, pues, fue echar a andar detrás de ella hacia el ascensor y luego hacia la calle.

En la atestada Quai Branly, al pie de la torre, Helen se detuvo en medio del viento racheado y volvió a alzar la mirada hacia el revuelto y neblinoso cielo, y comprobó que el chapitel de la torre se hallaba envuelto en sombras.

–No habríamos podido ver nada desde allá arriba, de todos modos –dijo Helen–. ¿No crees? Hemos disfrutado de la mejor vista posible.

–Sí, seguro que sí –dijo Matthews.

Al otro lado del populoso bulevar vieron el Pont d'Iéna, y el Sena, que apenas alcanzaban a vislumbrar. Habían pasado sobre él en el taxi que les había traído desde el aeropuerto, pero ahora, al hallarse más cerca del agua parda y revuelta y de un leve olor a rancio en la crecida invernal, Matthews tuvo la sensación de que aquella agua confería a toda la ciudad cierto aire de amenaza, pero probablemente no era una sensación atinada y se trataba tan sólo de algo momentáneo. Con todo, el que París pudiera resultar amenazador era sin duda una sensación novedosa: una ciudad con tal río por fuerza había de verse impregnada de todo su carácter. Pensó en comentárselo a Helen, pero temía que no le interesara.

Cuando llevaban unos diez minutos caminando por el *quai*, y hubieron llegado hasta el Pont de l'Alma, donde la guía Fodor's les aconsejaba cruzar el río a fin de buscar los Campos Elíseos y el Arco del Triunfo –lo que satisfaría el deseo de Helen de un paseo épico–, Helen se sentó en un banco de hierro, echó la cabeza hacia atrás, aspiró profundamente y espiró con ruido.

Era, pensó Matthews, su forma de asimilar las cosas que estaba viendo.

Matthews, que seguía de pie, se puso a mirar a través del agua el Trocadero y el Palais de Chillot, nombres que había visto en la guía Fodor's y que ahora podía ubicar, aunque sin información alguna sobre lo que podía desarrollarse en cada uno de ellos o incluso a qué debían su celebridad. Parecían elementos levantados para una feria mundial, construcciones a las que la ciudad había tenido luego que encontrar un uso, como era el caso del Shea Stadium de Nueva York. Errores, en suma. A lo largo de toda la línea del horizonte de París podían verse siluetas de enormes grúas. Durante el trayecto en taxi, Matthews había contado diecisiete en un gran espacio de terreno arrasado.

Ahora sentía, sin embargo, que lo que hacía era *acompañar* a Helen, que era ella quien estaba al mando; mientras que antes, incluso el día anterior, era *su* viaje a París y Helen se limitaba a oficiar de acompañante. Pero ahora –al menos aquella tarde– ella se había apropiado de las cosas y las había acomodado a sus deseos, y Matthews se sentía asombrosa, incómodamente *joven*, mucho más joven que los meros ocho años que le separaban de Helen. Pero ella se sentía más vitalmente implicada que él. ¿Cómo era posible eso?, se preguntaba Matthews.

–Estoy agotada –dijo Helen–. No puedo dar ni un paso más. He tenido demasiadas emociones. –Se había quitado las gafas, y se estaba metiendo una pastilla en la boca.

–Podemos coger un taxi hasta la Place de la Concorde –dijo Matthews–. Estará bien ver el sitio donde pasaban a la gente por la guillotina.

–Puedo pasarme sin verlo –dijo Helen–. Estoy entumecida, y me siento mareada. Me ha entrado como un mareo en la Torre Eiffel. Pero me alegro de haber subido, de veras. –Tragó la pastilla con dificultad–. Ahora creo que debo irme a casa.

–¿A casa de Virginia Occidental?

–De momento sólo al hotel –dijo Helen–. Tengo que echarme un rato. Estoy débil. –Los coches, las motocicletas y los autobuses pasaban con estruendo ante ellos a todo lo largo del *quai*–. Siento haber sido estúpida –dijo, de nuevo con la cabeza hacia atrás, mirando fijamente el cielo blanco.

–No has sido demasiado estúpida –dijo Matthews–. Lo único

que has dicho es que no me gustabas mucho. Pero no es cierto. Me gustas muchísimo. Aunque no me resulta nada fácil estar ahora aquí.

–Lo sé. Aunque se supone que debería serte fácil –dijo Helen. Con la yema de un dedo se tocó el pequeño surco que las gafas le habían dejado en la nariz–. Se supone que es el gran momento de tu vida. Se supone que te mueres y te vas al cielo, todo en el mismo día.

–Deberíamos estar ya acostumbrados a lo que *se supone* que tiene que pasar –dijo Matthews.

–Hablas como un hombre que está infelizmente separado de su primera mujer –dijo Helen, y sonrió sin dejar de mirar hacia lo alto–. O sea, resentimiento retrospectivo. Deberías ver el lado luminoso de las cosas.

–¿Dónde está ese lado?

–Oh, déjame pensar –dijo Helen casi ensoñadoramente–. ¿Qué decía ese lema..., mi pequeño proverbio?

–«La gloria de Dios reside en mantener las cosas ocultas.»

–Eso es –dijo Helen–. ¿Y no querrá decir: «Tómate dos pastillas y llámame por la mañana», dijo el Señor?

–Puede ser –dijo Matthews–. También podría querer decir que por qué no te callas la boca.

–¡Vaya, hombre! ¿Por qué no te callas tú? –Helen le sonrió con dulzura. Matthews seguía de pie en la fría acera, con las manos en los bolsillos del abrigo y la cabeza desnuda frente al viento–. No te lo tomes a mal.

–No, no me lo he tomado a mal –dijo Matthews, y en medio de la atestada avenida que bordeaba el Sena se puso a hacer señas con la mano para llamar a un taxi.

En el hotel, nada más llegar, se echaron en la cama y se durmieron profundamente, y Matthews no despertó hasta después de que hubiera oscurecido, de forma que cuando sus ojos se toparon con las densas sombras no supo precisar dónde estaba ni qué día era ni, por espacio de un instante, quién era aquella mujer que respiraba mansamente a su lado. El aire, a su alrededor, estaba lleno de vapor, y él estaba sudando, y percibía el calor de la espalda desnuda de Helen. Siguió allí quieto durante largo rato, como si un gran peso de sueño y fatiga descansara sobre su pecho, y al cabo dejó que el peso lo volviera a sumergir en la oscuridad, como si la oscuridad del sueño fuera mejor que la oscuridad de lo desconocido.

En el segundo sueño soñó vívidamente. Estaba sentado en lo que parecía un velador de acera de un típico café parisiense (algo que jamás había hecho hasta entonces), y al mismo tiempo se observaba desde fuera. Llevaba un grueso abrigo negro y una bufanda roja y una boina negra de acanallado aspecto, y hablaba con alguien a una velocidad de vértigo. No lograba, en el sueño, ver con quién estaba hablando, pero parecía darse por descontado que se trataba de Penny. Se miró el dedo anular y vio que aún llevaba la alianza.

¡Y hablaba en francés! Las palabras (todas ellas ininteligibles) fluían de su boca con la misma naturalidad que de cualquier boca francesa, y a un ritmo trepidante. Nadie –fuera quien fuera la persona con quien estuviera hablando– decía nada a modo de respuesta. Así que era sólo él, Charley Matthews, el que hablaba y hablaba sin tasa en un perfecto francés que milagrosamente sabía articular pero cuyas palabras, en su desdoblamiento como observador, no entendía en absoluto.

El sueño, en su cadencia propia, pareció continuar y continuar hasta que de pronto despertó con la sensación de haberse rescatado a sí mismo de alguna suerte de carrera sin fin, sin ganadores, y se sintió exhausto, y el corazón le golpeaba con fuerza dentro del pecho, y le dolían las piernas, e incluso se le habían entumecido los hombros, como si aquel profundo sueño fuera realmente un gran peso que se hubiera visto obligado a cargar durante días.

La fluorescente y mezquina luz cenital del cuarto estaba ahora encendida, y durante largo rato Matthews permaneció tendido en la cama, desnudo y con la mirada fija en la pálida lámpara, como si ésta constituyera para él una fuente de seguridad y confianza, pese a seguir sin saber cabalmente dónde estaba ni por qué.

–No sigas durmiendo eternamente –oyó que le decía Helen.

–¿Por qué no?

–Porque no podrás dormir luego. Tienes que despertarte ahora si quieres dormir más tarde.

Matthews levantó la cabeza y se miró del pecho a los pies. Helen estaba de pie en la puerta del cuarto de baño, con una toalla alrededor de pechos y cintura y otra arrollada a la cabeza. Se estaba secando el pelo a la luz más viva del baño. Allí en el umbral, tenía un aire grande e imponente. «Junesca», era la palabra que empleaba a veces para referirse a sí misma. Y era tal actitud y personificación lo que le permitía pensar que en general la gente no podía «manejarla», y que para la mayoría de los hombres era sencillamente «demasiado». Matthews se quedó mirándola y pensando que el aroma a jabón de flores de la ducha dominaba ahora sobre el olor a sudor de antes.

–No hemos comido en todo el día –dijo Helen–. ¿Te has dado cuenta? Y no digo que tenga hambre.

El pensamiento de Beatrice y Rex volvió a ocupar con sombríos tintes la cabeza de Matthews.

–¿Hemos cancelado la cita con tus amigos, o lo he soñado?

–Lo has soñado –dijo Helen, y ladeó la cabeza para que el pelo largo y claro le cayera hacia un costado y poder así secarse las zonas no expuestas al aire.

–Pues tendríamos que haberlo hecho –dijo Matthews–. Preferiría morirme aquí mismo antes que ir a cenar a..., ¿cómo era...?

–Clancy's –dijo Helen. Aspiró profundamente y suspiró–. No tienes que venir conmigo si no quieres.

–Si tú vas, yo también –dijo Matthews–. ¿Qué tal te sientes?

–Me siento maravillosamente bien –dijo Helen–. He decidido que lo que voy a hacer en cuanto pueda va a ser leer tu libro.

–¿Mi libro? –dijo Matthews.

–Sí –dijo Helen–. *Ton livre.*

–No te gustará –dijo Matthews–. No le gusta a nadie más que a los franceses.

Era su primer pensamiento lúcido, y lo que acababa de anunciarle Helen no le agradó en absoluto. Helen siempre había actuado como si su libro y el hecho de que lo hubiera escrito no fuera sino algo meramente divertido –cuando no una anomalía embarazosa y ridícula–, algo a lo que no merecía dedicarle ningún tiempo. Una suerte de afición absorbente, sí, pero sin valor alguno. Su reflexión al respecto –formulada incluso ante los padres y la hermana de Matthews en Cleveland– era que no tenía intención de leer *El aprieto* porque temía que o bien le gustara enormemente –en cuyo caso Matthews pasaría sin remedio a cohibirle–, o bien le resultaría enormemente detestable, en cuyo caso no podría volverle a tomar en serio y su relación se iría al traste. (A él Helen le había confesado que de temer algo sólo temía lo segundo.)

Ello le había venido de perlas a Matthews, ya que en los últimos meses de escritura de *El aprieto*, y no mucho después de haber iniciado su relación con Helen, había incorporado a la trama un personaje inspirado –siquiera en parte– en ella: una rubia ceniza, de rompe y rasga, alta y de generosa «delantera», cuyos rasgos había exagerado hasta convertirla en una mujer chillona y chabacana que usaba pantuflas, se ponía vestidos con aberturas laterales hasta el muslo y hablaba a grandes voces y sobre temas groseros, pero a la que el protagonista se aferra –pese a no tener nada en común salvo el sexo– tras verse abandonado por su esposa. En la mente de Matthews, el personaje aquel no era Helen Carmichael: sólo dos o tres detalles superficiales se ajustaban en rigor a su persona. Y en ningún caso pretendió Matthews que aquella mujer de ficción pudiera equipararse en algo a Helen o fuera en absoluto su retrato.

Pero cómo hacérselo comprender a Helen... Helen poseía sólidas certezas sobre la naturaleza e integridad de su persona, pero al mismo tiempo dedicaba un considerable esfuerzo a escudriñar como con un potente e implacable foco la tierra de nadie a su alrededor, en busca de posibles adversarios y «descreídos». Por otra parte, no tenía nada de estúpida (aunque en el ámbito de la lectura sus gustos no fueran más allá de los grandes éxitos de ventas y las macabras historias policiacas). En el personaje de Carlette vería sin duda una imagen no especialmente halagadora de sí misma, y se pondría hecha una furia. Perspectiva que a Matthews no le apetecía lo más mínimo afrontar en mitad de un caro y ya casi malogrado viaje a Europa.

Y no la censuraría por ello (en caso de que llegara al episodio de Carlette). La gente, con toda probabilidad, no albergaba pensamientos demasiado amables respecto a verse reflejada en las obras de ficción de los demás. Era una cuestión –se daba cuenta– de poder y autoridad: verse «usurpado» o «robado» abiertamente por otro, con fines –en el mejor de los casos– no más aviesos que la mera indiferencia. Y era así como sin duda vería las cosas Helen. De modo que Matthews concluyó que, si podía, intentaría ahorrarle a Helen tan penosa experiencia disuadiéndola de leer *El aprieto* en los días venideros.

–Estoy segura de que no va a gustarme –dijo Helen, después de desaparecer en el interior del minúsculo cuarto de baño. Matthews le oyó desenroscar la tapa de un frasco, y luego dejar caer algo en el interior de un pastillero–. Pero he pensado que quizá pueda decirme algo interesante sobre tu persona.

–No soy muy interesante –dijo Matthews. Seguía con la mirada fija en la lámpara fluorescente del techo, que daba una luz tenue y trémula de color verdoso. Se cubrió con la manta hasta la cintura, aunque en el aire seguía habiendo vaho.

–Seguro que no lo eres –dijo Helen. Abrió el botiquín, y volvió a cerrarlo–. Lo que quiero es descubrir al Charley Matthews *real*. El hombre que hay detrás de todo este asunto. Detrás de eso que los franceses consideran tan emocionante. Puede que seas profundo y que yo no lo sepa. –Helen asomó la cabeza por el hueco de la puerta y le dirigió una sonrisa malévola–. ¿Sabes? Profunnndo... –dijo–. Eres profunnndo.

–No soy en absoluto profundo –dijo Matthews, sintiéndose atrapado.

–No, ya lo sé –dijo Helen, desapareciendo una vez más.

Reapareció casi al instante, en combinación. Se le había secado casi el pelo. Dio unos pasos por la pequeña y atestada habitación, se agachó ante su maleta azul, que estaba abierta en el suelo, y se puso a buscar la ropa que iba a ponerse.

Matthews se había vuelto de costado en la cama, y estaba a punto de decir algo sobre la absoluta inanidad de su novela cuando reparó con sorpresa en que Helen tenía un enorme cardenal –morado y negro y con cierta tonalidad amarillenta– a media altura del muslo izquierdo. Y otro –advirtió al fijarse con más detenimiento– en el derecho, un poco más abajo de las bragas, justo donde la nalga iniciaba el terso abultamiento que a él tanto le gustaba.

–Dios, ¿qué diablos son esos moratones? –dijo, y se incorporó sobre un codo para poder verlos de más cerca–. Parece que te has caído de un jodido camión.

–Gracias –dijo Helen, aún hurgando en sus ropas.

–¿Cómo te los has hecho?

–No lo sé. –Helen dejó de mover las manos, interrumpió la búsqueda durante un instante y levantó la mirada hacia la ventana, un perfecto espacio negro que parecía impedir cualquier fuga de luz del cuarto. Inspiró pausadamente, y espiró el aire aspirado–. Puede que sea mi medicina –dijo, y sacudió la cabeza. Hincó una rodilla en el suelo y siguió buscando qué ponerse–. Tendrías que empezar a vestirte si piensas venir conmigo.

–¿Te han aparecido así, sin más? –dijo Matthews. Aquellos cardenales le habían dejado anonadado. Eran como grandes y sombrías pinturas expresionistas, o como nubarrones de tormenta.

–¿Qué dices que me ha aparecido?

–Esos cardenales.

–Sí. Sin más.

Por espacio de un instante pareció que iba a mirarse más abajo de la cadera y del dobladillo de la combinación, donde tenía uno de los cardenales, pero en el último momento desistió.

–¿Los has tenido otras veces? –dijo Matthews, sin levantarse de la cama–. No te los había visto nunca.

–Oye, ¿y qué diablos importa? –dijo Helen, sumamente irritada–. Tengo un maldito cardenal. ¿Y qué? ¿Qué quieres que haga?

–¿Te duelen?

–No. No me duelen. Si no me los hubieses mencionado como si estuvieras viendo algún monstruo de feria, yo ni habría pensado en ellos. Así que olvídate del asunto.

–¿Quieres que te vea un médico?

Matthews tenía entendido que ese tipo de misteriosos cardenales eran síntoma de algo serio. Uno no se hacía cardenales de ese tipo –tal vez tenía más en otras partes del cuerpo– tropezando con la cama o con un sillón. Tal vez estuvieran relacionados con el cáncer que había padecido. Quizá estaba enferma de nuevo, y el hecho de que aquella mañana se hubiera sentido entumecida y débil, y algo mareada por la tarde, acaso podría interpretarse como una recaída. Probablemente ella lo sabía ya, y no había querido que le impidiera disfrutar del viaje.

–Iré al médico cuando volvamos –dijo.

Se estaba poniendo una de sus faldas cortas de firma, la de color melocotón; se la encajó en las caderas y la dejó caer, y Matthews dejó de ver los cardenales.

Era evidente que Helen sabía lo que estaba pensando Matthews. Y Matthews comprendió que, dado que ella había dicho que no quería que la viera ningún médico, no debía decir nada más por el momento. Aunque ¿dónde iban a encontrar un médico en la rue Froidevaux, a las siete de la tarde, la semana anterior a Navidad? Recordaba las relucientes placas de latón en las fachadas de las pudientes casas de piedra rojiza de la Avenue de la Bourdonnais: «Dr. fulano de tal, *chirurgien*». Uno no podía tener acceso a esos tipos a las siete de la tarde. Se habrían ido todos de París, y en aquel preciso instante estarían sentados ante una alegre y copiosa mesa junto a una cálida playa oceánica con palmeras mecidas suavemente por la brisa. Para que te visitara un médico en aquellas circunstancias sería necesario llamar a una ambulancia, y que te sacaran en camilla por el vestíbulo del hotel. Y eso si tenías suerte.

–¿Estás segura de sentirte bien como para ir a esa cena? –preguntó Matthews.

–Me siento de maravilla –dijo Helen.

Se estaba metiendo un jersey de color melocotón, a juego con la falda, por encima de la tupida cabellera. A Helen le gustaba casar los colores de su atuendo, desde los zapatos al tono de las medias, y a veces hasta la barra de labios y la sombra de ojos. Ponerse cosas a juego le hacía sentirse bien. Matthews empezó a levantarse de la cama, entumecido por el sueño reciente pero aliviado por tener que preocuparse más por la salud de Helen que por el hecho de que leyera o no su novela. La salud de Helen era importante, y trataba de centrar su atención en ella.

–¿Crees que estoy guapa para París? –dijo Helen.

Estaba en medio de aquel cuarto barato, sobre sus zapatos de tacón alto de color melocotón, y los cristales de sus gafas captaron un destello de la débil luz de la lámpara.

–Estás guapísima –dijo Matthews, tapándose con la manta. Le sonrió animadamente–. Tendré sumo placer en llevarte a cualquier sitio. –Y añadió para sí: «Excepto a Clancy's.»

–¿Lo dices en serio?

Matthews captó en su voz un ligero rastro del acento de Virginia Occidental. Vio que sus ojos estaban muy abiertos, como si lo que le acababa de decir la hubiera sorprendido.

–Muy en serio –dijo.

Pensó en rodearla con sus brazos, pero estaba ya vestida y lista para salir, y él seguía desnudo.

–Me gustaría tomar champán en este mismo momento –dijo Helen.

–Pues lo vas a tomar. –Empezó a moverse hacia su maleta–. Tomaremos champán en Clancy's.

–Lo quería cuando lo he dicho. Ya se me ha pasado. Ha sido sólo un momento: me parecía que tenía que ser fantástico tener en la mano una copa de champán.

–Verás cómo vas a tenerla en un abrir y cerrar de ojos –dijo Matthews.

–Oh, sí, seguro que sí –dijo Helen, sonriéndole. Luego se volvió y se puso a mirar por la ventana oscura, mientras Matthews se preparaba para salir.

Clancy's era un restaurante grande y ruidoso y profusamente iluminado situado en una semiesquina de la rue de Saint-Antoine, cerca de la Bastilla, en la zona –afirmaría Rex con regodeo– «más francesa» de París. Cuando Helen y Matthews llegaron, él y Beatrice se habían tomado ya una botella de champán y habían pedido otra.

–Aquí preparan los mejores Martinis del mundo –dijo Rex a grandes voces, poniéndose de pie y dándole a Matthews un fuerte y efusivo apretón de manos–. Pero odio beber ginebra con el estómago vacío. ¿No te parece, Bill?

–Pensamos que no os molestaría que os cogiéramos una pequeña ventaja alcohólica –dijo Beatrice, sonriente y visiblemente ebria.

–Yo también tengo cuerpo de copas –dijo Helen, tomando asiento e incorporándose al estado de ánimo reinante–. Gana el que más se emborrache. Siéntate, Bill –dijo–. En eso consiste esta competición. Por si no te habías dado cuenta.

Rex empezó a explicar que un par de norteamericanos, pilotos de la Pan Am, «dos tipos que se llamaban Joe y eran de Kansas City», se cansaron de no encontrar los maravillosos bistecs a los que estaban acostumbrados y decidieron retirarse anticipadamente y montar un negocio de hostelería para la gente como ellos, gente varada en París y con sus mismos gustos y necesidades. Encontraron este sitio, lo iluminaron a conciencia y le dieron el ambiente que veis con un montón de viejas fotografías en blanco y negro (Babe Ruth consiguiendo un *home run*, Rocky Marciano dejando K.O. a un negro, etc.). Lo demás era historia. Desgraciadamente, los dos pilotos habían muerto de sida, explicó Rex, muy serio, pero el negocio lo seguían regentando unos cuantos miembros leales de su familia, incluida la ex mujer de uno de ellos. Aquel local era –según él– el secreto mejor guardado de la ciudad, y normalmente se consideraba el cuartel general extraoficial de la comunidad extranjera, un lugar donde podías relajarte y ser tú mismo y emborracharte en paz, exactamente como en la madre patria. Por desgracia empezaba a estar hasta los topes de clientes, e incluso lo frecuentaban ya algunos franceses, aunque los colocaban siempre en las peores mesas.

En el trayecto en taxi camino de Clancy's, Matthews, que había situado uno de los pasajes de *El aprieto* exactamente donde la rue de Saint-Antoine desembocaba en la Place de la Bastille, justo enfrente de un gran teatro de ópera, reparó en que la populosa y vivamente iluminada glorieta que acababan de atravesar era idéntica a como la había imaginado, si bien él había hecho factible ir a pie hasta el Sena en menos de cinco minutos, lo cual era a todas luces imposible.

Rex Mountjoy contó que se dedicaba al negocio de las piezas de maquinaria agrícola. Los fabricantes norteamericanos tenían la sartén por el mango en el mercado de las grandes máquinas agrícolas, explicó Rex, pero su talón de Aquiles residía en que sus «productos y servicios» eran un punto demasiado caros, con lo que se estaban cavando su propia tumba. Su cara grande, de pesada papada y gruesos párpados, se había vuelto aún más solemne al hablar de sus asuntos. Desde el departamento de piezas industriales de la sede de una gran empresa con una elevada cuota de mercado, a miles de kilómetros allende el océano, Rex había detectado una brecha a través de la cual un aventurero inteligente podía conseguir piezas restauradas en los Estados Unidos, venderlas en el mercado minorista francés, aún en pañales, y sacarse un buen pellizco. No esperaba que la cosa le durase más de dos o tres años, justo el tiempo necesario para que los competidores de la Unión Europea descubrieran lo que se traía entre manos y algún burócrata de Bruselas dictase una norma *ad hoc* que prohibiera exactamente lo que él estaba haciendo.

–Pero aquí me tenéis al pie del cañón –dijo Rex, poniendo sus enormes manazas alrededor de un Martini y saboreando las sencillas mieles del éxito–. Los franceses odian trabajar. Así de simple –dijo, pasmosamente–. Libran una última batalla contra la ética del éxito. Si se te ocurre una buena idea, lo que tienes que hacer es venirte aquí y ponerte a venderla en la calle.

–Un buen consejo –dijo Matthews.

Había pedido una copa de Pouilly-Fuissé, que Beatrice enseguida empezó a llamar «coñito necio».[1] Beatrice y Helen habían vuelto a enfrascarse en una viva conversación privada, y de cuando en cuando alzaban la vista para referirse al «coñito necio» de Matthews (Helen con una chispeante sonrisa que a Matthews se le antojó encendida y febril).

–Tómate otro «coñito necio», Bill –dijo Helen prácticamente a gritos. Luego se echó a reír ruidosamente, con la boca muy abierta. Matthews pudo verle la lengua, ancha y plana y de color café con leche (un color que, como sabía Matthews, los médicos asociaban con enfermedad). La lengua (había dicho siempre su madre) cuenta la historia de tu salud. Y la lengua de Helen no contaba ninguna historia alentadora.

1. Por la similitud fonética, según ella, entre Pouilly-Fuissé y *foolish pussy*. *(N. del T.)*

Rex –no dejó ninguna duda al respecto– era quien se encargaba de pedir lo que tomaría cada cual, que consistió en más Martinis, unas enormes ensaladas de lechuga repollada, tomate y rodajas de cebolla maceradas en vinagre blanco, y unos gigantescos bistecs con dos patatas Idaho asadas, todo ello en fuentes separadas. Trajeron un conjunto de aderezos y los pusieron en medio de la mesa sobre una bandeja giratoria: mantequilla, nata agria, cebollinos, beicon frito desmenuzado, salsas para carne, rábano picante, mostaza y *ketchup*, amén de tres botellas –previamente oreadas– de Côte du Rhône. Rex anunció que si alguien quería algo más, sólo tenía que pedirlo, siempre, claro está, que no fuera *poulet* ni *haricots verts*.

–En serio. Si no me como un par de éstos a la semana, me entra una jodida anemia –dijo Beatrice, atacando con el cuchillo la carne roja y sosteniendo el tenedor como si fuera un calzador. Llevaba el mismo conjunto negro de aire bohemio que Matthews y Helen le habían visto en la Torre Eiffel. Y dado que estaba borracha y parecía irritable, era la viva estampa, precisamente –pensó Matthews–, de una persona anémica.

Rex, en cambio, parecía ir poniéndose más y más contento y mucho más sociable a medida que caía la tarde y se adentraban en la noche. Iba vestido como alguien que va a ver un partido universitario de fútbol americano: un gran suéter cerrado de color rojo sobre una camisa a cuadros verdes y unos pantalones de pana marrones, prendas que Matthews no había podido verle horas antes a causa de la «chaqueta de automóvil». Se había peinado el pelo trasplantado de forma que ya no le daba un aire tan grotesco, aunque su frente y sus grandes cejas seguían adoptando expresiones alternativamente tiernas y ligeramente enfadadas.

–Debe de ser una gran carga sentir esa especie de compulsión por la escritura –dijo Rex en tono de confidencia, con la boca llena.

–No, no lo es –dijo Matthews, tratando de comer el bistec y de atender visualmente a Rex. El nivel de ruido del recinto subía y bajaba como una marea. Constantemente entraban nuevos clientes en el comedor, gente que los presentes ya conocían, y a su paso se alzaba un clamor de salutación que instantes después remitía.

Todo el mundo hablaba en inglés a grandes voces, aunque Matthews y Rex lograban entenderse en medio del fragor acercándose más el uno al otro. Rex utilizaba una loción mentolada para después del afeitado que a Matthews le resultaba familiar (también su padre solía usarla, como la chaqueta para viajar en automóvil).

–Supongo que en tu familia serán todos escritores –dijo Rex.

–No. Se dedican al negocio de los muebles, en Cleveland –dijo Matthews–. Sólo he escrito un libro, y creo que no demasiado bueno. Así que en rigor no puede decirse que sea escritor. Aún no, al menos.

–Ya –dijo Rex–. Se trata simplemente de expresarse, supongo.

–Rex puede rastrear los orígenes de su familia hasta Adán y Eva –dijo Beatrice. Había estado hablando con Helen, pero sin perder ápice de lo que decían sus parejas. El tema del árbol genealógico, estaba claro, era algo que le gustaba sacar a colación para meterse con Rex.

–Tiene envidia de que mis padres tengan apellidos –dijo Rex. Frunció los labios hacia afuera y le lanzó a Beatrice un pingüe e insolente beso.

–Ya. Como Zigolowsky y Prdozilewcza..., esos que no necesitan muchas vocales. Mountjoy es su nombre «artístico». Aunque no creo que haya necesidad de decirlo.

El maremágnum sonoro iba y venía, y en alguna parte –al parecer en el propio comedor donde cenaban– empezó a ladrar un perro. Los integrantes de una mesa situada cerca del gran árbol de Navidad salpicado de blanco se echaron a reír.

–Gordon –dijo alguien–. Ven aquí, Gordon.

Se oyó otro vivo ladrido, y luego un súbito y fuerte gemido de dolor.

–Franceses... –dijo Rex, girando con esfuerzo el enorme cuello para descubrir a los culpables–. Sí, señor, ahí los tenéis... –dijo–. Ya los veo. Cuatro franceses con su jodido chucho.

–Gordon... Increíble –dijo Beatrice con cara de asco.

A la viva luz del restaurante Matthews advirtió que el cutis de Beatrice era mucho más áspero y coriáceo de lo que había imaginado. Se preguntó qué edad tendría. Y de nuevo se sintió ridículamente joven, pese a tener treinta y siete años y una ex mujer y una profesión abandonada a sus espaldas, y una hija a quien veía raras veces. Rex y Beatrice, y hasta cierto punto Helen, le daban la sensación de tener la edad de sus padres, y de ser, como sus padres, absolutamente inaccesibles.

–La ONU es una auténtica mierda. Lo tengo claro –estaba diciendo Rex en respuesta a algún comentario de Helen sobre la necesidad de que las naciones se llevaran mejor de lo que se llevaban. Helen era una firme defensora de la ONU.

–Oh, no le dejéis empezar con lo de la ONU –dijo Beatrice, poniendo los ojos en blanco. Dio un gran sorbo a su Martini y añadió–: O con lo de la Unión Europea. Otro de sus temas preferidos.

–Sí. No me dejéis hablar de eso –dijo Rex, metiéndose un tenedor lleno de lechuga en su enorme boca y respirando sonoramente al mismo tiempo.

–Charley lo sabe todo sobre los negros. De los que se vinieron a vivir a París, al menos –dijo Helen–. Ha sido profesor. Puede decirte quién escribió tal y tal cosa y dónde vivió y por qué, todo ese tipo de detalles. Y no tiene ningún aspecto de negro, ¿verdad?

–Nunca se sabe –dijo Beatrice–. No son como los franceses, que se les ve a la legua que son franceses.

–Me pareció oírte decir que eras novelista –dijo Rex, con la cabeza baja, tratando de montar una tajada de carne sobre un gran trozo de patata con intención de engullírselo todo a un tiempo.

–No, yo no lo he dicho –dijo Matthews, sacudiendo la cabeza.

–¿Quién lo ha dicho, entonces? –dijo Rex, levantando el tenedor cargado hacia la boca.

–¿Y qué importa eso? –dijo Beatrice.

–Charley es un novel-*mínimo*[1] –dijo Helen, con ojos inflamados–. Aún no he leído su *roman*. Pero voy a hacerlo. Quiero ver si salgo en ella. Parte se desarrolla en París.

–No sales en ella –dijo Matthews, con prisa por apurar su plato pero sin la menor idea de lo que iba a hacer cuando terminara. Helen debía de tener dolores, pensó Matthews. Por eso actuaba

1. Juego de palabras entre *-list*, de *novelist* y *least* («lo menos, lo mínimo»). *(N. del T.)*

así, por eso se la veía voluble y agitada: solícita en un momento dado, lista para saltar contra él al siguiente. Además estaba borracha, y sin duda tomaba analgésicos.

–¿Sale Josephine Baker? –preguntó Beatrice, mientras seguía comiendo.

–Me lo estaba preguntando yo también –dijo Helen.

–No –dijo Matthews–. Todo es inventado. No hay gente real en el libro.

Todo lo que decía le parecían necedades. Deseó poder callarse, acabar la cena y volver al hotel con Helen.

–Pensaba que de esas cosas sólo daban clases los negros –dijo Beatrice–. Claro que llevo tanto tiempo aquí que se me ha olvidado todo lo que pasa en casa.

–No era muy normal que las diera un blanco, no –dijo Matthews.

–¿En serio? –dijo Rex.

–Le estamos poniendo en un apuro a Charley –dijo Helen.

–No pasa nada –dijo Rex–. Luego me toca a mí.

Gordon, de pronto, dio tres agudos ladridos cerca del árbol de Navidad. Varios clientes chillaron, y acto seguido rieron. Luego todo el mundo oyó un fiero bufido felino. Luego se armó un revuelo de arañazos y gruñidos, y algo rozó a toda prisa las piernas de Matthews por debajo de la mesa, seguido velozmente de otro «algo». Los franceses –hombres menudos y mujeres con suéters de tonos pastel y elegantes *blazers*– parecían vagamente consternados. Uno de los hombres se levantó y se abrió paso entre las mesas en dirección a la esquina por donde parecía haber escapado Gordon. Su expresión no era de sorpresa, sino de enfado.

Rex, al verle pasar a su lado, le miró con gesto airado.

–Lo siguiente van a ser monos –dijo en tono amenazador–. Y luego loros. Este sitio se está yendo al infierno.

–Ahora todo el mundo va a Praga –dijo Beatrice–. París está acabado. Me gustaría haber aprendido checo en lugar de francés.

–O a Budapest –dijo Rex, pronunciando Budape*sh*t, como los ex colegas de Matthews en el Wilmot College–. Oye, es un sitio donde podrías ganar pasta... Deberías intentar que te publicaran los libros en Hungría. ¿Cuál era el título de la...?

–Es el París del Este –dijo Beatrice.

–¿Qué? –dijo Rex, apartando el plato vacío.

–Praga –dijo Beatrice.

–Ah, sí. He estado en Praga. Y me bastó con esa vez.

–Mirad al prototipo del macho –dijo Beatrice refiriéndose a Rex.

–Ya, pero soy un hombre con el que se casa sólo una mujer –dijo Rex.

Matthews fingió no haber oído la pregunta de Rex sobre el título de su novela. No quería oírse pronunciando aquellas palabras, aunque sólo fuera por temor a lo que Helen pudiera decir al respecto. De hecho no quería oírse diciendo nada de nada. No había comido más que medio bistec. Helen ni siquiera había tocado el suyo. Beatrice y Rex habían dejado los platos limpios. Matthews se preguntó si Helen y él no podrían disculparse e irse. Podían echar la culpa al *jet-lag*.

El francés del jersey rosa y ancho fular volvía hacia su mesa con un pequeño caniche pardo en brazos. El animal jadeaba como si estuviera exhausto, y sacaba la pequeña lengua hacia un costado. El francés sonreía como si toda la clientela de Clancy's se hubiera puesto contenta de volver a ver a Gordon. Fuera, tras el impoluto cristal del gran ventanal de la fachada, empezaba a nevar.

–¿Sabíais que Helen era una magnífica bailarina? –dijo Rex, pasándose la manaza por el cráneo, por entre los injertos de pelo–. Iba camino de debutar en el Radio City.

–O con June Taylor, en todo caso –dijo Helen–. Estaba en la tele cuando yo era una chiquilla. –Sonrió y sacudió la cabeza, como si la idea le resultara divertida–. Cuando vivía en Pittsburgh.

–¿Y qué pasó? –quiso saber Beatrice.

–Helen era capaz de seguir bailando hasta caer rendida –dijo Rex, poniendo las manos encima de la mesa. Luego enlazó los dedos y se quedó con la mirada fija en ellos. No prestaba la menor atención a Beatrice.

–Todos éramos capaces de hacerlo en aquel tiempo –dijo Helen. Parecía a punto de echarse a llorar–. Estoy cansada. Es el maldito *jet-lag*. Lo siento.

–Éstos dos eran únicos bailando –le dijo Beatrice a Matthews a modo de explicación–. Por si te lo estabas preguntando.

–Mientras duró –dijo Helen, con los ojos brillantes tras los cristales de las gafas.

–Mientras duramos –dijo Rex.

–Y siempre hacen lo mismo –dijo Beatrice–. Se emborrachan y se dejan ganar por la nostalgia. Y lo que yo hago entonces es marcharme.

–No te marches ahora –dijo Helen, sonriéndole con ternura.

–*Turkwoz* –le oyó Matthews decir a alguien en una mesa cercana–. Era *turkwoz* egipcio, el mejor de los mejores. Mucho mejor que esa porquería norteamericana.

Rex se volvió para ver quién había dicho aquello. Se había desentendido de la conversación unos instantes, y pensaba en los días en que bailaba con Helen en el lejano Pittsburgh.

–Era otra época –dijo Beatrice en tono solemne–. Fue mucho antes de que yo entrara en escena.

–No creo en épocas –dijo Helen–. Creo que todo es un *continuum*. Ahora y entonces. Mujeres y hombres.

–Bien dicho. ¡Bravo! –dijo Beatrice, y se levantó para ir «a ver cómo iban las cosas en el aseo de señoras».

–Matthews aún no se ha divorciado –dijo Helen–. Y tiene una hija a la que apenas ve. No creo que se quiera divorciar, la verdad. Y la verdad siempre acaba por saberse. Pero creo que necesita divorciarse. Necesitas divorciarte, Charley.

–Helen siempre tiene montones de opiniones –dijo Rex.

Los camareros estaban retirando los platos de la mesa.

–Me doy cuenta –dijo Matthews.

–¿No hay que ser bastante obsesivo para ser escritor? –volvió a preguntar Rex.

–No, no lo creo –dijo Matthews–. Y tampoco creo que yo lo sea.

–¿No? –dijo Rex–. Es curioso. Yo pensaba que se necesitaba serlo. Ya ves lo poco que sé sobre el asunto. Sobre cualquier asunto.

En el trayecto en taxi camino del hotel, a lo largo de los Boulevards Saint Marcel y Arago, estaba nevando. Los grandes y pesados copos de nieve no parecían caer sino quedar suspendidos en torno a los halos amarillos de las farolas, como apuntalados por la oscuridad y por el rojo de los pilotos traseros de los coches.

Se habían despedido de Rex y Beatrice en la semiesquina nevada de la rue de Saint-Antoine, junto a la entrada del restaurante. Al final habían decidido no tomar postre. Helen dijo que no aguantaba más, que era apenas su segundo día en París, que no tenía el estómago muy bien. Comida sustanciosa. Exceso de bebida. Se hizo alusión también a la traductora de Matthews. Y a la necesidad de dormir.

Beatrice y Rex parecían mirar a Helen como asombrados de que fuera como aún seguía siendo, mientras ellos habían «ido hacia adelante» para llegar a ser lo que, a ojos de Matthews, no había duda que eran: un don nadie en los negocios y un malhumorado fiasco de la contracultura, respectivamente. Helen, pensaba Matthews, era infinitamente mejor siendo Helen que ellos siendo Rex y Carantoñas.

Helen, de pie en la nevada acera con su conjunto de color melocotón y sus zapatos de tacón alto, les había dicho adiós mientras miraba cómo su taxi se perdía en dirección a las luces de la Bastilla, hacia dondequiera que vivieran en las afueras de París, más allá de Montreuil. En el interior de Clancy's, la fiesta continuaba.

–Estuve enamorada de Rex –dijo Helen, metiéndose una pastilla en la boca. La había sacado después de hurgar con dificultad dentro del bolso–. Dios, la memoria es algo terrible. ¿Quién la inventaría...? Me gustaría ponerle las manos encima.

Cuando el taxi pasó junto a la estatua del león, situada en medio de la Place Denfert-Rochereau, Helen miró los lujosos y antiguos edificios de apartamentos del Boulevard Raspail, y de pronto dijo:

–¿Crees en algún tipo de espiritualidad, sea cual sea, Charley?

–¿Como cuál? –dijo Matthews–. ¿Como la de la iglesia? Nosotros éramos protestantes. Dábamos dinero en los oficios.

–No me refiero a la iglesia –dijo Helen con voz lánguida–. Yo también iba a la iglesia. Pero no es lo mismo que la espiritualidad.

Me refiero a una convicción sobre la existencia de algo bueno que no puedes ver. Ese tipo de cosas.

Matthews pensó en Lelia. Extrañamente, le vino de pronto a la cabeza. Llevaba sin verla más de año y medio, y no sabía exactamente cuándo volvería a verla. El futuro de su hija era algo en lo que sí creía, por mucho que en la actualidad no estuviera haciendo nada al respecto. Pero no quería decírselo a Helen. Lo utilizaría contra él, como ya había hecho otras veces.

–Sí, creo en algo –dijo al cabo.

–¿Sí? ¿En qué? –preguntó Helen. Trazó un pequeño arco con el dedo en el cristal empañado del taxi, y se quedó mirando el cielo lleno de copos de nieve.

–¿En qué? –dijo Matthews–. Bueno. Creo en la idea del cambio. Creo que las cosas cambian a mejor. Siempre que pueden. A veces pensamos que no pueden, y ahí es donde entra la fe. –No sabía por qué había dicho aquello, y de aquella forma concreta, como si se lo estuviera explicando a un alumno. Pero no sonaba mal, y ahora que lo había dicho se sentía satisfecho de que además fuera verdad. Le habría gustado que lo hubiera oído Penny. Le habría venido bien.

–Sí, muy bien –dijo Helen en el instante en que el letrero de neón azul del Nouvelle Métropole se materializó en la noche ante sus ojos–. No era a eso a lo que me refería, pero es lo que has dicho. Así que lo acepto. Es vago, impreciso. Pero también tú eres un poco impreciso.

–Puede que lo sea –dijo Matthews–. Es posible.

–¿Y qué más da, no crees? –dijo Helen, mirándole y dirigiéndole una sonrisa no demasiado amistosa.

–Sí –dijo Mathews en el oscuro asiento del taxi–. Así es: qué más da.

En el cuarto del hotel el aire era otra vez frío y olía a humedad. Era ya muy tarde, y habían apagado la calefacción. La cama era el único lugar donde podían estar calientes. Probablemente París no era siempre tan frío en esa época del año, pensó Matthews.

Helen entró en el cuarto de baño y cerró la puerta y echó el pestillo. Matthews oyó correr el agua de la bañera, y luego, varias veces, el ruido de la cisterna, y al cabo le pareció oír que vomitaba, pero quizá eran sólo toses. Helen no había comido nada, y, dado que estaba tomando medicamentos contra el cáncer, era posible que la conjunción de ambas cosas le hubiera producido náuseas. Tenía dolores, estaba seguro. Helen actuaba como si el dolor fuera un compañero inseparable. El cáncer *implicaba* dolor, y aquellos cardenales en los muslos se debían sin duda al cáncer que había padecido y del que –bastante comprensiblemente– no quería hablar.

Matthews no sabía muy bien qué hacer consigo mismo en aquella pequeña y fría habitación. Cierta temerosa tensión había germinado en su interior, y la importancia (¿podía llamarla de otro modo?) de Helen en el estado global de cosas había eclipsado su propia importancia. Se sentó en la cama y trató de imaginar la entrevista que pronto mantendría con su traductora, pero nada le resultaba lo bastante interesante como para conseguir distraerse. Trató de pensar en Penny y Lelia disfrutando de un día feliz. Era Navidad. ¿Qué tal sería la Navidad en la Bay Area? Pero tampoco eso le dio resultado. A Helen seguramente le estaba sucediendo algo grave, y eso era lo único que importaba. Lo mejor que podía hacer era admitirlo, y confiar calladamente en estar equivocado.

Se levantó y trató de mover su maleta a fin de hacer sitio para que Helen no tropezara al salir del cuarto de baño y pudiera ir directamente hacia la cama. Para hacerlo, primero tenía que cerrarla; pero incluso cerrada tendría que ponerla encima de la de ella, lo cual daría al cuarto una apariencia más ordenada, aunque a costa de hacer inaccesibles ambas maletas. Para poder abrirlas y tener acceso a ellas era necesario ponerlas en el suelo, una junto a otra, y entonces no había manera de llegar al televisor o al cuarto de baño. Al final se decidió y puso su maleta encima de la de Helen, por mor de hacer las cosas más cómodas.

Sin embargo, no quiso meterse en la cama. Helen no estaría en absoluto para travesuras sexuales, pero esperarla dentro de la cama quizá sugeriría que él sí lo estaba, lo que podría causar problemas de naturaleza impredecible. Helen había hecho recientemente algunos desagradables comentarios acerca de lo entusiastamente dispuesto que él siempre estaba para el tipo de sexo en que ella era una experta: el «sexo de adultos», como ella lo llamaba; otras veces lo llamaba «sexo sin necesidad de andar cogiéndose de la mano». Pero posiblemente él no se prestaba a tal sexo tan entusiastamente como ella imaginaba. Las mujeres, quién sabe por qué, parecían haberse vuelto sexualmente insaciables. Una profesora de Económicas del Wilmot College con la que había tenido una aventura en la primera semana de desconcierto después de que Penny le abandonara, había expresado su necesidad de que follara con ella todo el tiempo, incansablemente, lo que a Matthews, la verdad, no le había agradado demasiado. Le había hecho sentirse inseguro. No hubo *encuentro* humano; ni siquiera deseo de que lo hubiera. Negarle algo a aquella mujer habría sido considerado por ella un feroz insulto. Las mujeres siempre habían podido decir «No», o «Vayamos un poco más despacio», o «No estoy preparada»..., lo que en su caso juzgaran conveniente. Y a los hombres se les pedía que les pareciese bien. Y ahora los hombres no podían decir esas mismas cosas sin que a las mujeres les «reventara» oírlo. Así que, si se metía en la cama, Helen seguramente se metería con él por querer sexo cuando era obvio que ella no estaba interesada, y puede que lo hiciera aunque él tampoco estuviera interesado. Claro que también cabía dentro de lo posible que *sí* estuviera interesada (cardenales, dolores, *jet-lag*, náuseas, cáncer..., qué más daba). Podía tomarlo como una especie de analgésico. Era otra razón, se dijo Matthews, para esperar fuera de la cama aunque estuviera cansado y tuviera ganas de dormir.

Fue hasta la fría ventana y se quedó mirando la noche. Podía sentir a un tiempo el frío del exterior y el calor residual del radiador embutido bajo el alféizar de la ventana. Fuera, sin embargo, el aire era todo nieve y negrura. Podía ver la Torre Montparnasse, con la mayoría de las ventanas de las oficinas iluminadas. Era la hora del personal de la limpieza. Pero la Torre Eiffel seguía sin verse desde donde él pensaba que debía verse. Eclipsada por la nieve. Y posiblemente cerrada al público, aunque en realidad era el momento mejor para visitarla, cuando la Ciudad de la Luz se hallaba totalmente iluminada. Volvería sin falta a la Torre Eiffel cuando todo aquello terminara.

Sólo unos cuantos coches circulaban por la rue Froidevaux. No es que fuera tan tarde –apenas era medianoche–, sino que nadie quería conducir por París con aquella nieve. Un coche de policía pasó despacio por delante del hotel, con la luz azul encendida, sin ninguna emergencia que atender. Alguien en un *scooter* aparcó junto al bordillo y entró directamente en el hotel. Seguramente era el tipo que había armado aquel escándalo contra los moteros la noche anterior, pensó Matthews. El turno de noche.

A la derecha de la calle vio aparecer a un hombrecillo que se acercaba a pie, probablemente desde la rue Boulard, con lo que parecía un hatillo-cama o un saco de dormir al hombro, un hombrecillo con botas, con un largo abrigo, sin sombrero ni gorra. Cruzó la rue Froidevaux en dirección a la hilera de falsos plátanos, y fue bordeando el muro del cementerio hasta perderse casi de vista entre los círculos amarillos de las farolas. Se detuvo, encendió un cigarrillo, expulsó el humo, se volvió y miró a derecha e izquierda de la calle casi desierta, y finalmente avanzó pausadamente hacia el muro, se aupó el hatillo para ajustárselo mejor al hombro, echó una última mirada en torno y, con pericia aunque sin precipitarse, escaló el muro, saltó dentro del cementerio y desapareció de la vista desde ese lado de la calle.

Matthews pegó la nariz al helado cristal y se quedó mirando el interior del cementerio, de tupida vegetación y tan atestado de lápidas blancas de piedra y de cuidadas capillas funerarias que daba la sensación de que no cabía ni una más, aunque la noche pasada Matthews había sido testigo de que habían abierto una nueva fosa para un entierro judío. Una tumba perdida entre las otras, nevada, en medio de la negra oscuridad, cuyo emplazamiento Matthews ya no fue capaz de precisar.

Esperó a que el hombrecillo volviera a hacerse visible, buscando con la mirada todo el cuadrante de lo que suponía el sector judío, cercano al punto por donde había saltado el hombrecillo. Pero no vio a nadie. El hombrecillo había entrado con sigilo en el cementerio y había desaparecido. Aunque por fuerza había de estar entre las sombras de la parte interior del muro. Dentro habría un guarda, un servicio de vigilancia encargado de impedir ese tipo de infracciones, sin duda castigadas con multas.

Pero poco después detectó un movimiento, una fluctuación, una sombra más oscura entre las más claras y planas de los panteones. Un zigzag. Matthews apenas pudo percibirlo, pues se produjo demasiado a la derecha de donde se había colado el intruso, justo al otro lado del muro del punto de intersección de la rue Froidevaux con otra calle más pequeña y –para Matthews– anónima. Fue apenas una oscilación, una leve interrupción en la luminosidad de la nieve. Pero volvió a producirse, y entonces Matthews vio al hombre –o acaso a otro distinto– con su hatillo al hombro. El hombre se movía deprisa, y se agachaba, y desaparecía tras un panteón abovedado, y salía corriendo por el otro lado y volvía a esconderse; tropezó una vez –o al menos eso le pareció a Matthews–, y anduvo a gatas por el suelo hasta conseguir ponerse en pie, y se precipitó primero hacia un lado y luego hacia otro como si algo, algo que él no alcanzaba a ver, estuviera persiguiéndole, tratando de echarlo del cementerio, o algo peor.

Matthews siguió observando el incidente con la nariz pegada al cristal helado de la ventana, hasta que el hombre, que seguía corriendo y resbalando y agachándose a lo largo del muro del cementerio, fue haciéndose casi invisible en la negrura y en la nieve. Pero entonces, repentinamente, el hombre se detuvo ante uno de los elevados y puntiagudos panteones, idéntico a otros muchos. Se volvió y, como había hecho antes en la calle, miró a derecha e izquierda, abrió con cuidado la pesada verja de hierro, entró y cerró a su espalda y volvió a quedar envuelto en sombras.

–¿Qué hora es en California? –preguntó Helen.

Seguía en el cuarto de baño, de pie ante el pequeño espejo, mirándose detenidamente. Matthews no le había oído abrir la puerta.

–No lo sé –dijo–. ¿Por qué?

–Creí que estabas ahí en la ventana pensando en tu mujer y tu hija.

–No –dijo Matthews, volviéndose hacia ella desde el otro extremo del recién despejado cuarto–. Estaba mirando cómo un hombre se colaba en el cementerio.

–Pues es una novedad. Lo que la mayoría de la gente quiere es salir –dijo Helen. Se había puesto un pijama de una especie de seda rosa, con ribetes oscuros, que Matthews jamás le había visto antes. Normalmente dormía desnuda. Acercó la cara al espejo y abrió la boca para mirarse dentro de ella–. Mmmm..., mmm... –dejó escapar al cabo.

Matthews quería mostrarse agradable con Helen, que era sin duda lo que ella quería. Sintió lástima de ella. Y pensó que debía sentir lástima también de él. Lástima de los dos.

–Me gustaría hacer el amor –dijo Helen, sin dejar de estudiarse en el espejo–, pero estoy demasiado cansada.

–No te preocupes.

–Tienes un vale para otro día –dijo–. Un vale de «suspendido» por la lluvia, o por la nieve.

–Muy bien –dijo Matthews.

–Me he puesto un pijama para que no tengas que verme estos horribles moretones. –Suspiró ante su imagen reflejada en el espejo–. Tengo más.

–Está bien –dijo Matthews.

Fuera, en alguna parte del cielo, oyó el sordo fragor y el agudo silbido de un gran reactor que se alzaba en la noche nevada. Alguna extraña condición del aire debía de traer hasta allí aquel estruendo lejano. Pero sabía que aunque mirara no iba a ver nada. Tenía la sensación de que él y Helen, en aquel instante, podían estar casi en cualquier parte.

–Me habría gustado ir a bailar –dijo Helen–. Soy muy buena bailarina. Nunca hemos bailado juntos. Deberíamos hacerlo, al menos una vez.

–¿No podríamos ir luego?

–Oh. Sí, quizá... –dijo–. ¿Te acuerdas de lo que he dicho antes sobre las épocas? Eso que no le ha gustado nada a Bea. Era verdad, ¿no crees? Que no existen las épocas. Que no hay más que un tiempo, sólo uno.

–Nunca he pensado en ello –dijo Matthews, mientras el avión seguía su sonoro curso en el cielo, cada vez más lejos.

Helen salió del cuarto de baño descalza y fue hasta la ventana donde estaba Matthews, y se puso a mirar hacia el exterior. Olía a calidez, a fragancia. Las puntas de su pelo seguían mojadas. Matthews se sintió feliz de poder rodear con el brazo sus huesudos hombros y atraerla hacia sí con delicadeza.

–Estoy en el umbral del cambio vital. Y además tengo cáncer –dijo Helen en tono neutro–. Supongo que una de las dos cosas tendría que darme de vez en cuando algún respiro.

No le devolvió el abrazo a Matthews, no pareció siquiera notarlo. Se limitó a contemplar el manso espectáculo flotante de la nieve. Se limitó a quedarse allí a su lado, sin más.

Pero, por espacio de un instante, Matthews se sintió aturdido, anonadado. Y, si no hubiera tenido a Helen en sus brazos, se habría puesto a gritar. Una queja. Una objeción. Un recuento de votos. ¿Cómo iba a parecerle importante cualquier otra cosa ahora? Sus preocupaciones, sus esperanzas, sus tribulaciones en la vida, todo cedía en importancia ante lo que ella acababa de decir. Podría haber dicho incluso cualquier otra cosa menos vital para ella, y habría eclipsado igualmente de un plumazo sus preocupaciones. ¿En qué consistiría aquella cualidad suya?, se preguntó Matthews. ¿En cierta aptitud para lo dramático? ¿En un talante que no admitía resistencias? ¿En una certidumbre que superaba cualquier otra certidumbre? Fuera lo que fuere, él carecía de ello, no había duda. Al menos en la proporción en que lo poseía ella.

Pero el resultado fue que se sintió embargado por un gran cariño hacia ella, mucho más intenso que el que había sentido en todo el año que la llevaba conociendo, incluido el principio, cuando era alumna suya y follaban en la vieja casa de Hickory Lane de Matthews y todo era excitación y sudor y denodados empeños mutuos. Ahora le gustaba más de lo que sin duda jamás llegaría a gustarle. Helen ponía las cosas en su justa perspectiva respecto a lo importante y lo no importante, y creaba una prioridad –un patrón de referencia– partiendo de su propia vida. Y Matthews, entonces, se dio cuenta de que su deseo de dejar de ser el centro de las cosas se estaba cumpliendo al fin, y sintió un enorme alivio.

–Mira, hay un pequeño árbol de Navidad –dijo Helen. Estaba mirando la ventana del apartamento de la otra acera de la rue Froidevaux–. ¿No íbamos a componer una canción? Navidad en París, du-duaaa, du-duaaa... Tú ibas a escribir la letra.

–Lo haré mañana –dijo Matthews.

El pequeño triángulo oscuro del árbol, con sus luces anaranjadas y rojas y verdes titilando en la negrura de la noche, a través de la nieve, se recortaba limpiamente en la ventana de aquella cuarta planta. Contemplarlo proporcionaba una fugaz vislumbre del más puro de los placeres.

–Creo que tienes miedo de mí. Pero ahora por otro motivo –dijo Helen.

–No, estás equivocada –dijo Matthews, seguro de lo que decía–. No tengo miedo de ti en absoluto.

La atrajo más hacia sí, sintió la seda que le cubría los hombros, acogió el aroma cálido y levemente acre de su cuerpo. Ahora habría hecho el amor con ella. Habría sido muy fácil.

–Bueno, entonces ¿qué es lo que sientes? –dijo ella–. Por mí, me refiero.

–Te amo –dijo Matthews–. Eso es lo que siento.

–Oh, no saques eso ahora –dijo Helen. Matthews la sintió flaquear, como si lo que acababa de oír fuera una suerte de insulto–. Piensa otra cosa. Piensa algo mejor. Lo que has dicho no entraba en nuestro trato.

–Entonces no sé qué decirte –dijo Matthews, y era verdad.

–Bien, entonces no me digas nada –dijo Helen–. Comparte conmigo, en silencio, los momentos felices. Deja las palabras al margen.

–Se supone que soy bueno con ellas.

–Lo sé –dijo Helen, sonriéndole sin demasiado entusiasmo–. No se puede ser bueno en todo siempre, supongo.

Le besó en la mejilla, echó una rápida mirada a la noche nevada y se fue a la cama.

Matthews volvió a dormirse profundamente. Se abismó en un sueño en el que no había nada, un sueño semejante a la muerte. Al cabo de cierto tiempo, sin embargo, supo que estaba dormido, y lo único que deseó fue seguir estándolo. Fue consciente de que Helen se levantaba de la cama, se le caía algo en el suelo del cuarto de baño, decía algo –o tal vez era una risa– y se volvía a la cama.

Matthews durmió hasta que sintió ganas de ir al baño y se levantó. Cuando terminó, se acercó a la pequeña ventana que comunicaba con el hueco de la ventilación. Vio que había dejado de nevar, y que la luz de la luna volvía a ser intensa. La ventana daba a las traseras de los edificios, y una corriente de aire hacía que una plancha suelta de hojalata o acero vibrara suavemente más abajo. A través del espacio abierto, al otro lado, vislumbró un apartamento iluminado en el que cuatro personas –dos hombres y dos mujeres, por supuesto–, estaban sentados en sendos sofás, hablando y fumando y bebiendo cerveza en vasos. La luz era amarilla, y la pieza contigua a la sala estaba también iluminada. En ella había una cama con abrigos encima, y en el lado opuesto una cocina en la que se veía luz, y en la ventana un macetero de lo que parecían ser geranios. ¿Qué hora será?, se preguntó. Esa gente se quedaba hablando hasta tan tarde... O puede que él no hubiera dormido tanto, sino sólo profundamente. Estaba seguro, sin embargo, de que pronto vería cómo una de las parejas se levantaba y se marchaba, y cómo acto seguido la otra se ponía a ordenar un poco la casa y se preparaba para irse a la cama. Sería interesante observarles. No ver cómo se desvestían o hacían el amor o discutían o se peleaban o se abrazaban, sino sencillamente verles hacer las cosas ordinarias, cotidianas, las rutinas de la vida. Sería tan revelador... A lo largo de los años –tenía la certeza– otros habían hecho lo que él estaba haciendo ahora: «espiar» –acaso a aquella misma pareja– y «robar» lo observado a aquellas altas, indeterminadas horas de la madrugada, y sentirte desolado. Eufórico. Furioso. Desconcertado. Y luego volverte a la cama, en cierto modo satisfecho. Estaba compartiendo aquella experiencia con otros. Probablemente con Langston Hughes –¿por qué le venía a la cabeza el nombre de aquel escritor en ese momento?–, pero también con muchos otros. Lo habían hecho allí en París, en aquel cuarto de baño. Lo único que él debía hacer era *estar* donde estaba, y *compartirlo*.

Volvió a la oscuridad del cuarto. Se sentía como eufórico, sin ganas de volver a acostarse, aunque tenía frío. Le llegó de alguna parte un aroma que no había percibido nunca antes, como de un guiso enjundioso y bien condimentado. Creyó oír una voz que reía y un sonido como de cartas barajadas. El cuarto estaba bañado por la luz de la luna, y el aire era liviano y luminoso. Se sentó en la silla y se puso a mirar los cuadros de motivos árabes, y luego se levantó y los estudió más detenidamente, desde cerca: camellos, un oasis, hombres sentados hablando. Todo encajaba perfectamente. Los dibujos eran más delicados de lo que había imaginado. Había pensado que aquel cuarto era una especie de pozo, un agujero, un sombrío y barato reducto último. Pero ahora tenía mejor opinión de él. Podía quedarse. Si Helen seguía viaje a alguna parte, o volvía a casa, podía prolongar su estancia un mes. Las cosas podían cambiar. El hotel, en otras circunstancias, tomaría otro carácter. Podría hacer que le subieran una mesa y trabajar allí, aunque aún no tenía ninguna idea en mente (Madame de Grenelle podría serle de gran ayuda a este respecto). Aunque no podía saber si sería capaz de escribir hasta intentarlo. Había visto fotos de cuartos de artistas famosos –casi siempre de París–, y todos eran mucho peores que aquella habitación del Nouvelle Métropole. Infinitamente peores. Y sin embargo, en su momento, le habían parecido perfectos, lugares en los que a uno le habría gustado estar, los únicos lugares en que tal novela o tal poema habrían podido concebirse. Uno confiaba en su instinto. Eso era todo. Trató de pensar en la frase que de cuando en cuando le rondaba la cabeza. ¿De qué obra era? Ahora no lograba recordarla literalmente, ni quién la había escrito.

Miró a Helen dormida. Se acercó y se inclinó sobre ella, puso el oído cerca de su cara para cerciorarse de que seguía allí, para oír su respiración, breve y poco profunda. Helen tomaba píldoras. Y las píldoras podían jugarle una mala pasada. Encontraría un médico por la mañana. Miraría en la guía telefónica.

Helen –pensó– se equivocaba al negarse a que le dijera que la amaba. Era lo que él sentía en aquel momento, y tendría que haber podido expresarlo. El amor nunca era inapropiado; no hacía ningún daño. Y no era, desde luego, aquella cosa «espiritual» sobre la que le había preguntado. No, nada de eso. Si entonces él hubiera respondido «el amor», ella se habría echado a reír a carcajadas.

Abajo, en la calle, se oyó un violento ruido, como si algo hubiera reventado y al hacerlo hubiera producido aquel estruendo. Matthews no había oído nunca nada semejante. Volvió a sentarse, muy quieto, y mientras se mantenía a la espera de otro posible ruido, continuación del anterior, sus pensamientos cesaron.

Helen seguía en la cama, echada sobre un costado, inmóvil, pero tenía los ojos abiertos. Le estaba mirando.

–¿Por qué estás despierta? –dijo Matthews en voz baja. Se arrodilló junto a ella y le tocó la mejilla, y comprobó que la tenía fría.

–¿Qué haces? –dijo ella sin moverse, con voz casi inaudible. Y luego suspiró.

–Estoy aquí sentado –dijo él.

–Mañana va a ser un día extraño, ¿verdad?

–Nada de eso. No te preocupes de mañana –dijo él.

–¿Estás durmiendo? –dijo Helen, y cerró los ojos.

–Sí –dijo Matthews–. Estoy durmiendo.

–Deberías dormir –dijo Helen, y volvió a deslizarse hacia el sueño en ese mismo y frágil instante.

Matthews volvió a sentarse y aguzó el oído unos segundos por si volvían a llegarle otros ruidos de la calle. Una sirena o un claxon, algo que sirviera de contrapunto al primer ruido, el estruendo de unos minutos antes. Oyó un coche en la calle nevada: patinaba brevemente, frenaba, reanudaba la marcha. Y luego se fue a la cama, y mientras se metía en ella recorriéndola desde el pie, a lo largo de la pared enlucida, pensó que le iba a ser imposible conciliar el sueño en aquel momento, porque el corazón le latía con fuerza y porque muy probablemente, como había dicho Helen, les esperaba un día harto extraño.

Cuando despertó eran las diez y media de la mañana. La luz que entraba por la ventana era más viva de lo normal. Un haz amarillo incidía sesgadamente sobre las baldosas y llegaba hasta su camisa, que descansaba en el suelo, donde la había dejado la noche anterior.

Se puso los pantalones y fue hasta la ventana. Le esperaba –pensó– una vista enteramente nueva de París. Ya no hacía tanto frío en el cuarto. Había dormido bien, y el tiempo necesario.

No se había equivocado. La nieve de la noche pasada había

desaparecido casi por completo: quedaban unos cuantos trechos irregulares de nieve en el cementerio, y algunos restos encima de un par de coches aparcados en la calle. Pero, por lo demás, todo parecía súbitamente primaveral: los troncos de los falsos plátanos tenían una textura oscurecida y húmeda, el terreno estaba empapado, una leve bruma se alzaba de las lápidas al incidir sobre ellas el sol. Todo hacía que el cementerio pareciera un parque. No se veía ni rastro, como es lógico, del hombre que había dormido en el panteón. Matthews no pudo identificar el panteón, y pensó que quizá todo había sido un sueño. Había bebido mucho en la cena. Hasta Rex y Beatrice se le antojaban producto de su imaginación, malos sueños que mejor haría en olvidar.

Helen yacía absolutamente inmóvil, con la cabeza bajo la almohada. En las mantas no se percibía la menor señal de que estuviera respirando. Por segunda vez –¿o era la tercera?–, Matthews se inclinó junto a ella para escuchar. La respiración de Helen era fuerte y profunda. Seguramente dormiría hasta la tarde. Estaba muy débil, se dijo Matthews. El descanso le vendría de perlas.

¿Qué iba a hacer él hasta entonces? ¿Leer una de las novelas policiacas de Helen? ¿Sentarse junto a ella y leer mientras la ciudad se caldeaba y se hacía (quizá sólo fugazmente) más agradable? Sería un gran error. Se parecería demasiado a lo que suele hacerse en un hospital: esperar a que el paciente despierte de una operación. Pero aquí no había habido ninguna operación. No había habido nada. Probablemente no era más que el *jet-lag*. O quizá Helen, en plena menopausia, exageraba los síntomas. Algo involuntario. Le había sucedido a su madre, y a su padre casi le había vuelto loco el tener que soportarlo. Luego, un buen día, todo había terminado. Matthews no sabía con certeza si Helen tenía cáncer o padecía dolores. Eso sólo podía saberse después de realizadas unas pruebas, después de ver los resultados. Estaban los cardenales, sí, pero podían deberse a otras causas (y no es que creyera que ella mintiera al respecto).

Que le dejara dormir hasta que se sintiera mejor: eso es lo que él querría si estuviera en su lugar. Hasta entonces, y por primera vez, podría pasear solo por las calles de París, y vivir la experiencia de la ciudad como era preceptivo: de cerca, de modo inmediato.

Tardó media hora escasa en ducharse y vestirse. Cogió la guía Fodor's, cerró las cortinas para impedir el paso de la deslumbrante luz de la mañana y dejó una nota a Helen pegada con pasta de dientes al espejo del cuarto de baño: «Helen: volveré a eso de la una. No te levantes de la cama. Luego daremos un paseo en barco. Con amor, Charley.»

En la rue Froidevaux la mañana era primaveral, y la luz –acuosa y densa– un nuevo y cálido elemento en la brisa que se percibía como algo espurio y efímero pero que había redimido el día. Matthews tenía pensado pasear en una dirección cualquiera hasta encontrar una tienda de juguetes, algún comercio francés de juegos infantiles donde encontrar algo impensable para los niños norteamericanos, y comprarle un regalo de Navidad a Lelia. Semanas atrás había llenado varias cajas con manidos juguetes norteamericanos comprados en un centro comercial. Pero algo típicamente francés sería otra cosa, un regalo absolutamente fuera de lo normal. No sabía si Lelia se había enterado de que estaba en Francia, si se lo había dicho la última vez que hablaron, después del día de Acción de Gracias.

Consultó la Fodor's y elaboró un plan: bajaría a pie por el Boulevard Raspail, torcería a la izquierda y seguiría hasta más allá del Boulevard de Montparnasse –arterias famosas que conocía de sus búsquedas en el mapa durante la redacción de *El aprieto*–, y luego enfilaría la rue Vavin en dirección al Jardín de Luxemburgo. En su recorrido por esas históricas calles parisienses esperaba encontrar alguna tienda del tipo que buscaba, y en cuanto comprara algo podría seguir su itinerario y acabar volviendo al Nouvelle Métropole hacia la una de la tarde. Entonces vería cómo se encontraba Helen. Su estado tal vez aconsejara acudir a un médico, aunque esperaba que no fuera necesario.

Se preguntó si Helen tendría un ejemplar de su novela entre sus cosas. Había planeado hacer un rápido rastreo en su maleta al ordenar el cuarto la noche anterior, mientras ella estaba en el baño, pero al final se le había pasado. Aunque, bien pensado, ahora ya no le importaba demasiado. A la gente no le gustaba verse retratada en un libro ni aun en el caso de que tal retrato mejorara el modelo de forma sustancial. Las biografías estaban llenas de pendencias al respecto. Helen, sin embargo, era capaz de entender que un personaje era sólo eso, un personaje, una entidad creada con palabras –una invención total, prácticamente–, y no la traslación de una persona real al papel, rasgo por rasgo. Las gentes de la vida real siempre tendían a ser ellas mismas, y jamás resultaban tan moldeables como los personajes de ficción a efectos de servir a los propósitos del autor. (Y en esto consistía, precisamente, uno de los problemas de *El aprieto.*) La gente real era siempre más «coriácea».

En el estado actual de Helen, obviamente, era difícil saber cómo iba a reaccionar. Era posible que, en lugar de enfurecerse, se echara a reír, o incluso se sintiera halagada. Lo cierto es que nadie debería entablar una relación con un escritor si no quería aparecer un buen día en uno de sus libros. Lo conveniente era tener tal relación con un carpintero o un cerrajero y dejarse de problemas.

Entretanto, Matthews se sentía mejor en todos los aspectos. Y el caminar por el ancho, congestionado Boulevard Raspail –calle legendaria de la que no conocía casi ningún detalle específico–, rumbo a ninguna parte en concreto, sin apenas conocimiento de la lengua, sin idea de la moneda autóctona ni de las distancias ni de los puntos cardinales, le hacía sentirse una parte pequeña pero llena de vida de una experiencia más amplia. Helen «dominaba» la vida, apartaba a un lado los intereses ajenos y visualizaba con claridad los propios, y presuponía que los de Matthews eran los mismos que los suyos. Y no es que Matthews se lo reprochara. La respetaba por ello. Si la vida de Matthews había sido «estrecha», la culpa era de él; y lo sentía con más intensidad que nunca en aquel momento, dado su particular estado anímico al cruzar Montparnasse a la altura del Dôme, donde Lenin y Trotski solían almorzar y donde –recordaba ahora de sus años de docente– el gran Harry Crowder cantó una canción de Samuel Beckett en 1930. Si encontraba el camino hasta allí otro día y lograba averiguar cómo se pedía la *soupe de poisson* en francés, almorzaría él también en Le Dôme.

Lo mejor que podía decir de Helen era que él no era la persona adecuada para sus necesidades y exigencias, a causa precisamente de sus *propias* necesidades y exigencias, y lo mejor que podía hacer ahora era dejar que las cosas siguieran como estaban, y luego, una vez hubieran vuelto de su viaje, separarse de ella de un modo tranquilo y civilizado. Había sentido lo mismo –la sensación de haberse salvado de milagro– cuando dejó la enseñanza. Si se hubiera quedado atrapado en ella también se habría sentido culpable. Aunque Helen no suponía una amenaza tan seria. Y a fin de cuentas era una mujer encantadora.

Algo, no había duda, estaba cambiando en su vida, y el cambio era a mejor. El que no le importara estar «perdido» y solo en París no era sino una más entre las muchas cosas que lo probaban. El comentario de Blumberg de que nadie le conocía en París, que en su momento (dos días atrás) le había parecido como una gran mancha oscura a punto de eclipsar el sol, ahora le parecía algo perfectamente normal. Uno reconocía los cambios que se operaban en uno mismo –se dijo– no en cómo los demás se sentían respecto a uno, sino en cómo se sentía uno respecto de sí mismo. Y en lugar de lamentar no poder hacer que la experiencia de París fuera aplicable a Ohio, ahora podía hacer que fuera él mismo quien se integrara en aquello que estuviera teniendo lugar en París en aquel momento, algo que jamás hubiera creído posible cuando daba clases de novela afronorteamericana en el Wilmot College.

Todo ello hacía aún más crucial la planeada visita a Madame de Grenelle, ya que la traducción de *El aprieto* se le antojaba el primer paso en su camino hacia la conversión de sí mismo en alguien capaz de una vida más intensa. Por eso –no había duda– los artistas negros habían recalado en París: porque en el proceso de alejarse del epicentro de ciertos terribles acontecimientos de su patria, encontraron la forma de albergar más vida en su interior, y, al hacerlo, consiguieron a un tiempo desaparecer y hacerse visibles para sí mismos. «París da la bienvenida a los escritores negros», era la frase que había leído en algunos libros de texto. Una frase que había repetido a lo largo de los años, aceptándola sin dedicarle mayor reflexión o sin vislumbrar siquiera que él pudiera tener algo en común con los escritores negros. Pero tal vez París abriera sus brazos a Charley Matthews. Ahora no se sentía invalidado para aspirar a ello. Cosas más extrañas se habían visto.

Al dejar el Boulevard Raspail y tomar la angosta rue Bréa, se dio de bruces de pronto con el tipo de tienda que estaba buscando: un escaparate estrecho, en una manzana de joyerías de aire caro y elegante y de galerías de arte de segunda fila (una de ellas exponía obras de arte tibetano). SI J'ÉTAIS PLUS JEUNE,[1] rezaba el rótulo de la tienda.

Estaba especializada en juguetes suizos, y Matthews descubrió en su interior una pasmosa variedad de maravillosas posibilidades, todas ellas a precios absurdamente exorbitantes y probablemente muy poco aptas para ser enviadas a la lejana California con la mínima garantía de llegar intactas para el día de Año Nuevo. Seguramente era mejor comprar algo que no abultara demasiado, llevarlo en mano cuando volviera y guardarlo para más adelante: para el cumpleaños de Lelia en marzo, por ejemplo.

Pero no sería lo mismo. Tenía que *llegarle algo* de París, supiera o no que su padre estaba en la capital de Francia. Matthews tenía, pues, que hacer que ese algo llegara a California para Navidad; es decir, en una semana. El que fuera costoso o no no debía entrar en el cálculo.

Siguió recorriendo la tienda, examinando pequeños veleros de caoba exquisitamente tallados, trenes hechos a mano de diferentes tamaños, brillantes y esmaltadas combinaciones de colores, espléndidos osos y llamas y leones de cachemir y piedras preciosas –eso parecía, al menos–, escenarios de marionetas meticulosamente acabados, con títeres vestidos de seda que, merced a unas minúsculas computadoras, hablaban francés, alemán o italiano... Quería preguntarle a la joven dependienta (que se comportaba como una modelo soberanamente aburrida) qué artículo de la tienda podía ser pequeño y manejable y único..., y que pudiera gustarle a una niña de seis años que vivía en South Bay. El precio no constituía ningún problema. La dependienta –se daba cuenta–, amén de francés, hablaría inglés y alemán e italiano, y probablemente sueco y holandés y croata, pero a él le pareció que debía dirigirse a ella en francés, como sin duda habría hecho Helen. Sólo que no tenía la menor idea de cómo empezar una conversación de

1. «Si fuera más joven.» *(N. del T.)*

ese tipo. Lo que quería decir se hallaba irremediablemente oculto en una maraña de tiempos verbales desconocidos, indescifrables modismos, sentidos implícitos exclusivamente franceses..., y, lo que era aún peor, tendría que lidiar también con números, larguísimos números que los franceses complicaban adrede y de los cuales él lo desconocía todo a partir del veinte *(vingt)*.

La dependienta, que llevaba una ridícula falda corta de cuero rojo, se hallaba encaramada en un taburete de metal de aire *high-tech*, con las piernas cruzadas y leyendo el *Elle*. Y Matthews, después de pasar tres veces con gesto cohibido por su lado, contiguo a la caja registradora, se plantó ante ella, la miró, le sonrió con aire lastimero, sacudió la cabeza y, sin saber muy bien por qué, alzó el dedo índice en el aire y describió un movimiento circular, indicando vagamente que había tantas cosas que admirar y poder elegir y comprar que lo que iba a hacer era irse y quizá volver más tarde. La joven, sin embargo, levantó la mirada, le sonrió, cerró la revista y dijo en un chocante inglés del Medio Oeste norteamericano:

–Si hay algo en lo que pueda ayudarle, no tiene más que preguntarme. No tengo mucho que hacer, como puede ver.

Al cabo de diez minutos, Matthews había hecho saber todos sus deseos, reparos y limitaciones de tiempo a la joven dependienta, que resultó ser canadiense y que lo sabía todo sobre envíos, embalajes, declaraciones de aduanas y tasaciones máximas para paquetes con destino a los Estados Unidos. Encontró incluso, consultando en un libro, la categoría exacta de regalo recomendado para niñas francesas de seis años, y entre ellos Matthews acabó eligiendo una tablilla de pared, de plástico amarillo brillante, en la que podían dejarse mensajes escritos, que luego podían borrarse y recuperarse electrónicamente apretando un botón rojo situado en un extremo. No había ninguna garantía de que le gustara a Lelia, ya que según sus profesores era mucho mejor en matemáticas que en escritura, pero en la tablilla podría también hacer sus ejercicios de matemáticas si le venía en gana, y además no era un producto norteamericano, y llevaba frases en francés grabadas en los bordes –*Hallo? On y va? Ça va bien? N'est-ce pas?*–, junto con figuras en relieve de la Torre Eiffel, el Arco del Triunfo, la Bastilla, el

Panteón, un puente que Matthews no supo identificar, etc. Todo salvo la tumba de Napoleón.

Se lo embalarían con sumo cuidado, prometió la dependienta, lo asegurarían contra eventuales roturas y lo entregarían por servicio de mensajería en casa de Penny, en Palomar Park, para Nochebuena (o incluso antes). Todo ello le costó a Matthews menos de mil francos, que pagó con su tarjeta de crédito. Incluyó además, dentro de la caja, una nota manuscrita: «Querida hijita: tú y yo vamos a pasar la próxima Navidad en París, los dos juntos, *n'est-ce pas? On y va. Voilà. Papá.*»

A raíz de su fructífera transacción, cuando salió a la rue Bréa, donde el sol sesgado del final de la mañana sobre los adoquines era aún más cálido que horas antes –como si diciembre hubiera dado paso directamente a la primavera–, Matthews tuvo la impresión de haber salvado el día entero, y se sintió más libre que nunca para hacer exactamente lo que se le antojara. París no le resultaba ya amenazador; estaba en lo cierto el día anterior. Y podía arreglárselas más o menos solo, como había pensado, por mucho que le molestara no saber el vocabulario suficiente para preguntar las cosas, o no comprender lo que le decían cuando le contestaran. Tendría que ceñirse a los sencillos y familiares menesteres turísticos (comprar el periódico, pedir café en los bares, leer los taxímetros...), aunque estas limitaciones pronto mejorarían probablemente. Pero, idioma aparte, podía ir a donde le apeteciera, aunque sólo pudiera pedir café si se le ocurría entrar en un bar. Lo mejor que podía hacer era tratar París como un lugar que conocía y en el que se sentía a sus anchas, con indiferencia de lo reacio o exótico que pudiera resultarle en algún momento. Decidió comprarle a Helen unas flores, y hacer de tal compra su primera transacción en lengua francesa. Se toparía con algún puesto de flores lo mismo que se había topado con la tienda de juguetes.

Al fondo de la rue Bréa, dobló hacia la izquierda en dirección a donde –según la Fodor's– debía estar el Jardín de Luxemburgo, con idea de dar un paseo por las soleadas praderas de césped, mirando cómo los niños jugaban con los pequeños barcos en el estanque (Helen le había hablado de ello), y al cabo cruzaría hasta el Panteón y bajar hasta la Sorbona, y así seguir avanzando poco a poco –si lograba no perderse– en dirección a la iglesia de Saint-Sulpice y la rue Vieux-Colombier, donde había estado en un tiempo el célebre Club 21 y donde Sidney Bechet y Hot Lips Page tocaban en los años cincuenta. ¿Por qué no ir a ver todo aquello, se dijo Matthews, después de haberse pasado tantas y tantas horas parloteando acerca de gentes y lugares que jamás había conocido? No tenía la menor idea de por qué tenía ese lugar grabado en la mente, ni lo que esperaba ver en él. Probablemente no sería sino un hueco en el muro cerrado con tablas..., algo que existió sólo en un libro. Aunque no en el *suyo*. Él no había hecho ninguna referencia a club de negros alguno en *El aprieto*. Y ninguno de tales clubes tenía nada que ver con la aciaga suerte de Greta, su personaje femenino.

El regalo de Lelia había hecho que Penny volviera a su cabeza (una visitante que no era bienvenida). Se daba cuenta de que después de que ella le dejara, por mucho que lo hubiera sentido entonces, o por muchas que fueran las novelas que su abandono pudiera propiciar, o por hondas que fueran las simas de abatimiento abiertas en su vida, siempre había dado por sentado que, llegado cierto punto, lo que haría sería sencillamente «desconectar». Desconectar de Penny y conectar con algo o alguien diferente. Eso era –suponía– lo que la gente hacía si quería que la vida continuara. Los supervivientes de accidentes aéreos, los inmigrantes, los refugiados de guerra..., todos habían trazado –o alguien había trazado por ellos– una línea divisoria que cruzaron un día y que ya nunca volverían a cruzar para regresar.

Ahora, sin embargo, lúcido por primera vez en varios días, cayó en la cuenta de que su asunción de tal línea divisoria podía no ser del todo realista; de que triunfar como exiliado era probablemente un proceso más lento, más prolongado, un proceso que tal vez no llegara a completarse nunca hasta morir (la existencia de hijos, además, lo hacía todo mucho más difícil). Y aunque a veces pensara con indiferencia que poco importaba si Penny y él llegaban o no a divorciarse, o a veces fuera como si Penny hubiera muerto en un accidente de aviación y ya nunca volvería a oír hablar de ella, ninguna de las dos cosas era cierta, por lo que había de tomar enérgicas medidas para lograr el objetivo que se había propuesto. En otras palabras, *debía* divorciarse. Hasta ahora se había mostrado reacio o despreocupado o poco interesado al respecto, pero su actitud había cambiado. El divorcio constituiría su primer acto oficial en cuanto llegara a Ohio. Si Penny quería divorciarse de él, poco imaginaba la celeridad que iba a imprimir al proceso nada más volver a casa. Él y Penny estarían definitivamente «desconectados» en febrero: se hacía esa promesa.

Ello tenía que ver, se daba cuenta, con el hecho de no querer ser el centro de las cosas, de no querer acabar «extraviado» en los acontecimientos, e incluso con la posibilidad de llegar a amoldarse a la normalidad de otro país (aunque era necio, por supuesto, hablar de tal normalidad). «Mira a tu alrededor», se sorprendió diciendo en voz alta en medio de la calle. Nunca podría amoldarse a París. Pero no existía razón alguna por la que uno no pudiera –con las adecuadas motivaciones– sencillamente *estar* allí, incluso vivir allí, encontrar un apartamento, aprender las calles y el suficiente francés como para entender las indicaciones que pudieran hacérsele. Si uno no podía «desconectar» o «conectar» totalmente, podía dar los pasos estrictamente necesarios para lograr al menos algunos resultados. Podía conseguir parte del todo deseado.

Llegó a lo que –de acuerdo con el mapa– debía de ser la rue d'Assas, con el Jardín de Luxemburgo justo al otro lado de la calle, pero fue a dar a una calle diferente, la rue Notre-Dame-des-Champs, y no vio ante él el gran jardín con el palacio del siglo XVII construido por los Médicis, sino de nuevo el Boulevard Raspail, en un tramo que le resultó desconocido por completo. El Jardín de Luxemburgo, sin embargo, debía seguir estando a su derecha. Lo que tenía que hacer era tomar la primera calle en esa dirección, aunque ello le obligara a pasar otra vez por el Boulevard Raspail, colapsado en ambas direcciones por un tráfico denso y estridente. Lo inteligente, pensó, era hacer lo que él hacía: ir a pie.

Dejó el atascado bulevar y se adentró en la primera calle que encontró, que resultó ser la rue Huysmans. Se iniciaba en la dirección correcta, comprobó, y luego se dividía en dos calles distintas, pero la que Matthews pensaba que iba a dar al Jardín de Luxemburgo se hallaba cerrada a los peatones por lo que parecía un despliegue policial. Había varios vehículos blancos de la policía, con luces azules de destello, y unas cuantas motos también blancas montadas por policías con casco y metralleta y chaleco antibalas negro, congregados todos en torno a un hombre menudo y con la cabeza descubierta, que estaba sentado en medio de la calle con las manos enlazadas en la nuca. Varios transeúntes observaban la escena en la calle –una calle muy corta–, y un joven policía con casco y chaleco antibalas negro hacía señas con la metralleta a los peatones para que se desviaran por la calle estrecha que Matthews no había querido tomar antes, la rue Duguay-Trouin. Mientras miraba al hombre de las manos en la nuca se preguntó si habría alguna conexión entre aquel incidente y los estampidos –¿disparos de arma de fuego?– que había oído la noche anterior. Muy probablemente.

Algo le resultó familiar en la rue Duguay-Trouin, por la que al cabo se resignó a circular a regañadientes, siguiendo las ininteligibles órdenes y los movimientos de la metralleta del policía. Por supuesto, no había estado en aquella calle en su vida. Era una calle de una sola manzana, y terminaba bruscamente en una avenida ancha y con mucho tráfico, que Matthews supuso que era –una vez más– el Boulevard Raspail.

En la rue Duguay-Trouin, a ambos lados de sus apretadas y umbrosas aceras, se alzaban unos edificios no demasiado antiguos, de color de arena, con remozadas y hondas entradas de cristal que daban a unos patios donde Matthews alcanzó a ver unos despoblados y fríos jardines con flores y algunos coches aparcados. Era una calle que, tras modernizarse, había cobrado nueva vida, a diferencia de la rue Froidevaux. No había coches aparcados en los bordillos, y en las aceras sólo se veía a un par de peatones con abrigo paseando sus perros. Era una calle sin sol, y Matthews tenía mucho más frío que cuando había salido de la tienda de juguetes. Unas compactas costras de nieve de la noche anterior habían sobrevivido en las grietas del hormigón de las fachadas, y el aspecto general de la calle era un tanto inhóspito. No lograba imaginar por qué podía resultarle familiar la rue Duguay-Trouin. Tal vez alguna referencia en alguna novela propuesta por él mismo en alguna de sus clases, o una casa en la que había vivido y hecho Dios sabe qué James Baldwin o James Jones o Henry James, peripecias que alguien se había molestado en reseñar mientras fingía sentirse fascinado por ellas. Fuera lo que fuere, Matthews se sentía feliz de haberlo olvidado.

Pero cuando había recorrido la calle casi hasta el final, pocos metros antes de que desembocara en una arteria mucho más ancha y de cielo más luminoso, a la altura de un gran cruce atestado de peatones y de tráfico, sus ojos fueron a dar en el número 4 y en una pequeña placa de latón en la que se leía «Éditions des Châtaigniers». Sus ojos pasaron por la placa una vez, desprevenidos, pero enseguida regresaron: *Éditions des Châtaigniers,* en el número 4 de la rue Duguay-Trouin, 75006 París. Su editor. Matthews se quedó perplejo.

Miró hacia lo alto desde la acera y contempló la fachada de piedra ocre del edificio. Cuatro pisos, una hilera de pequeñas ventanas con barandilla en el cuarto, y sobre él un ático corrido de *ateliers* con buhardillas y chimeneas y lo que parecían jardineras con geranios. La editorial debía de ocupar uno de aquellos estudios, pensó Matthews. Sin duda era un sello editorial mucho más modesto de lo que había imaginado. Pero era grato, sin embargo, percatarse de que París era un lugar lo suficientemente pequeño y «conocible» como para que fuera posible tropezarte por azar con tu editor el segundo día de tu llegada.

Era allí, por supuesto, donde tendría que haberse reunido con François Blumberg para mantener una breve pero enjundiosa conversación, al término de la cual se habrían ido a Le Dôme o La Coupole a disfrutar de un largo y memorable almuerzo que habría durado hasta el anochecer y en el que se habría forjado una sólida amistad. Luego él habría vuelto por el Boulevard Montparnasse camino del hotel (un hotel mucho mejor, en la versión imaginada), fumándose un habano mientras el tráfico se hacía más denso y las luces amarillas de las *brasseries* y las pequeñas librerías y los restaurantes situados en estratégicas calles laterales empezaban a caldear el cielo del crepúsculo. Tales habían sido sus fantasías íntimas, unas fantasías que no había contado a nadie pues a nadie le habrían importado lo más mínimo (con excepción quizá de sus padres, que no le habrían entendido). *Châtaigniers* –lo había mirado en el diccionario– significaba «castaños».

Pero allí estaba. Algo era algo. Y de hecho, merced a aquel mínimo «contacto», y pese a que la sede de la editorial estuviese cerrada por vacaciones, se sintió «justificado». Se hallaba a un paso de su sueño, y sin duda se acercaría aún más un día no lejano, cuando en París lo conociera alguien.

Entró en el zaguán acristalado y rematado en arco del número 4 y miró a través del pasillo interior que daba a un pequeño patio de muros de ladrillo, donde vio un coche aparcado y a un hombre que barría la nieve hacia una rejilla de desagüe, como si barriera hojas muertas, con una escoba hecha a mano de enormes hebras de paja. El hombre no le prestó atención, y al cabo de unos segundos desapareció.

A un lado de la puerta de cristal había una placa alargada de latón con botones numerados del 1 al 10, y otros botones con letras, de la A a la E. No vio ningún listado de nombres, como sin duda habría visto en los Estados Unidos. Se necesitaba una clave para acceder al edificio. Francia era un lugar mucho más privado que Norteamérica, pensó Matthews, y sin embargo, extrañamente, mucho más libre. Los franceses conocían la diferencia entre intimidad y vida privada.

Volvió a mirar hacia lo alto de la fachada de suave piedra de color gamuza y rematada por un impecable cielo azul. Y luego se volvió y miró hacia la entrada de la rue Duguay-Trouin. Sólo se veía a una mujer con un spaniel de Bretaña atado con una correa, que charlaba con el policía de la metralleta. Sacudían la cabeza como en señal de desacuerdo. Un ruido apagado de tráfico le llegaba del otro extremo, el de la gran arteria.

Le entraron ganas de tocar uno de los timbres. Sólo para comprobar el tacto. No pasaría nada, estaba seguro. Con suerte acertaría con el timbre de la editorial. Apretó apresuradamente el de la letra C, por *Châtaignier*, y luego las cifras de su fecha de nacimiento, 22-3-59. Y esperó con la mirada fija en el umbrío pasillo y en el coche aparcado en el patio, donde la nieve se amontonaba sobre la rejilla de desagüe. No respondería nadie. C-22-3-59 no significaba nada. Aunque no se habría sorprendido demasiado si alguien –una joven secretaria, una guapa pero sumamente atareada ayudante de redacción– hubiera asomado de pronto por una esquina interior para, sonriente, un poco sin resuello, sin reconocerle aunque contenta de franquearle el paso, hacerle subir a las oficinas de la editorial. Y en el desarrollo ilusorio de tales endebles posibilidades él hablaba francés con toda normalidad, como en su sueño reciente. La ayudante de redacción se vería cautivada por su persona, le miraría provocativamente, y él la invitaría a cenar, y al cabo (una vez más) recorrería al anochecer el Boulevard Montparnasse.

Pero nada sucedió.

Matthews siguió allí en la entrada mirando hacia el interior, con las manos en los bolsillos de la gabardina, sin que su presencia se viera reflejada en el cristal. Y entonces tuvo la repentina sensación de que estaba sonriendo. Si hubiera podido verse la cara habría visto en ella una casi beatífica sonrisa, algo decididamente inapropiado a ojos de quienquiera que pudiera surgir del interior. Volvió a estudiar la placa de los timbres. Era brillante y fría. Impenetrable. Pulsó con fuerza la F, y luego la serie numérica 1-7-8-9, y se quedó a la espera de algún sonido, de algún débil y quizá lejano zumbido que le alertara de la inminente apertura del inmueble. Miró al policía que seguía apostado a un extremo de la calle, solo, mirando hacia donde estaba Matthews. No se oyó ningún zumbido. Se dio la vuelta y se alejó de la puerta de su editor, confiando en no resultar sospechoso a ojos de nadie.

El Jardín de Luxemburgo, ahora, se le antojaba una especie de oportunidad perdida. La amplia y congestionada calle adonde iba a dar la rue Duguay-Trouin resultó ser la rue d'Assas, pero en el plano de la guía Fodor's la rue Duguay-Trouin no figuraba siquiera, de modo que no podía estar seguro de dónde se encontraba el Jardín de Luxemburgo, pero ya no le importaba si llegaba o no a pasearse por sus espaciosos céspedes o bajo sus altos castaños. El jardín seguiría allí cuando él volviera a París. Y lo mismo la Sorbona. Y el Panteón. Nunca había llegado a verlos. No podía decirse, pues, que los hubiera echado de menos.

No sabía muy bien, con todo, qué hacer a continuación. Helen, si estuviera en su lugar, iría a visitar el histórico emplazamiento de la guillotina, y daría una vuelta en barco, y acabaría quizá visitando el Louvre. Pero a él, a solas, le faltaba curiosidad para hacer esas visitas. Si montaba en barco tendría frío. El Louvre estaría lleno de japoneses. (La mayoría de los franceses, sospechaba, jamás había puesto el pie en el Louvre, y tampoco sabría decirte dónde estaba la Sorbona. Claro que la mayoría de los norteamericanos nunca habían visto el Gran Cañón, o el Empire State Building.) Matthews pensó que, con la ayuda del mapa, no tendría problemas para encontrar el camino hacia la iglesia de Saint-Sulpice y lo que pudiera quedar del Club 21 de la rue Vieux-Colombier; luego, si le quedaba tiempo, daría un paseo por Saint-Germain sólo por vivir tal experiencia. Además, de camino, encontraría una cabina pública desde donde podría hacer una llamada telefónica que había supuesto que no tendría ocasión de hacer, y que ahora que estaba solo haría: una pequeña fantasía, un capricho inocuo.

En los tres últimos y sombríos años en el Wilmot College (no lograba recordar la fecha, pero sí que Bush era el presidente), se había permitido a sí mismo una fugaz aventura fuera del matrimonio. No había sido nada duradero, sólo un súbito encuentro de dos seres humanos con una necesidad no expresada ni demasiado consciente (varios de estos escarceos tuvieron lugar en el Mazda de cinco puertas de Matthews, un par de veces en el frío suelo de su despacho, una en la cama de su casa y otra en la cama de ella). La mujer –Margie McDermott, esposa de un profesor del departamento de Historia– se iba volviendo loca calladamente allí en el este de Ohio, algo no muy diferente –se daba cuenta Matthews– de lo que le sucedería a Penny no mucho después (y probablemente tan injusto).

Su relación con Margie McDermott acabó tal como había empezado: sin dramatismos, aunque repentinamente, y sin mayores comentarios. Un día se citaron en un local de la población ribereña vecina a Wilmot y decidieron que aquello era el final, pues se estaban arriesgando a tener problemas muy, muy serios si no daban por terminada su aventura en aquel mismo momento. Se miraron a través de la mesa de formica, y proclamaron que ambos se sentían mejor servidos en el matrimonio que en el adulterio, y que eran más listos que linces por haberse dado cuenta a tiempo. Y al final del breve almuerzo salieron y subieron en sus respectivos coches y partieron en direcciones opuestas, sintiendo –Matthews tenía la certeza– un inmenso alivio por haber sabido huir de la quema en el momento preciso.

Transcurridos seis meses, claro está, Margie había abandonado a su marido, Parnell, y transcurrido un año Penny le había abandonado a él, Matthews. Si hubieran sabido prever tal contingencia, se había dicho Matthews muchas veces, al menos podrían haber seguido haciendo lo que ya estaban haciendo, y haber disfrutado de la vida durante un poco más de tiempo, hasta que el telón cayera de golpe para ambos y diera al traste con sus matrimonios.

Margie McDermott se había ido directamente a París, abandonando a sus tres hijos, que se quedaron en Ohio con su padre. Resultó que tenía un antiguo novio de Oberlin que sobrevivía como pintor en la capital francesa, y de quien no sabía nada desde hacía varios años, pero que siempre le había dicho que podría acudir a él si las cosas se ponían difíciles, que era precisamente como se le habían puesto a Margie. Así que se fue a vivir con su amigo Lyle y su novia Brigitte, y después de vivir con ellos seis meses, se buscó un apartamento, estudió francés, pidió dinero prestado a su ex marido Parnell, y luego a los padres de éste, y finalmente, tras alguna pequeña tragedia y varios comienzos sin continuidad, encontró un empleo como recepcionista en American Express, con un sueldo de cuatrocientos dólares a la semana.

Margie le había contado la historia a Matthews por carta (una carta que había aparecido como por arte de magia en su nuevo domicilio, situado en la boscosa zona este de Wilmot). Matthews no tenía la menor idea de cómo había averiguado su dirección, ni por qué quería mantener el contacto con él o contarle su situación con pelos y señales. Jamás habían vuelto a dirigirse la palabra desde el día en que sus coches se alejaron de aquel restaurante de comida rápida de la autopista Marietta, en mil novecientos noventa y algo. Había visto un par de veces a Parnell en el mercado agrícola de los sábados por la mañana, con aire desvalido e irritado, rodeado de sus desdichados hijos, que –en opinión de Matthews– se parecían como gotas de agua a la ausente Margie y ni un ápice a Parnell.

Margie, en su carta, le instaba a que fuera a verla sin falta si algún día se le ocurría viajar a la capital francesa. Había aprendido a preparar un excelente *coq-au-vin*, le contaba, y si algo había «lamentado profundamente» siempre era el hecho de que, «en el pequeño caos de aquel tiempo loco», no le hubiera cocinado nunca «una comida como es debido». Matthews podría «sentarse a la mesa y comer como un ser civilizado». Había adjuntado su dirección y su número teléfono. «Vivo en un apartamento modesto en un barrio de lo más chic, el *Sixième Arrondissement.*» Matthews nunca le había contestado.

Sí había, sin embargo, tratado de visualizar a Margie McDermott, que era una mujer morena, menuda y delgada, de tez un punto cetrina y cara atractiva y delicada, que llevaba faldas de pana y medias azules y parecía siempre pasiva y resignada y como levemente derrotada por la vida, algo que –a la vista estaba– no se ajustaba en absoluto a la realidad (uno nunca podía predecir estas cosas). Primero la imaginó en Ohio, y luego en París –un marco desconocido que Matthews no podía sino imaginar–. Pero no se trataba –se había dicho– de una transición tan descabellada o difícil de aceptar. De Ohio a París. Aunque también había tenido que admitir que su difícil y estresante existencia como recepcionista de American Express, en lugar de su anterior vida de esposa infeliz y adúltera de un profesor de historia y de madre de tres hijos, probablemente no habría hecho sino acentuar su tez cetrina y la proclividad al fracaso de su carácter, y no los aspectos audaces, libres y desinhibidos, luminosos y despiertos, a los que había dado rienda suelta en la trasera de su Mazda.

En cualquier caso, mientras planeaba el viaje, Matthews había pensado que Margie bien merecía una llamada telefónica, e incluso una breve visita, aunque imaginaba que le resultaría casi imposible zafarse de Helen el tiempo necesario para hacerlo, aunque tampoco le importaba demasiado. No lograba explicarse por qué diablos podía apetecerle ver a Margie McDermott, cuando no había vuelto a sentir ningún deseo de verla desde el día mismo en que lo dejaron. Lo único que se le ocurría era que quería verla sencillamente porque podía, y porque estaban en París, y porque el hecho de poder visitar a una mujer en París, aun cuando se tratara de una mujer que no quisiera ver especialmente, era algo que jamás le había sucedido antes.

La rue d'Assas, al cruzarse con la rue de Vaugirard, invitaba a desandar el camino en dirección al Jardín de Luxemburgo, y Matthews consideró la posibilidad de retomar su plan original. Pero se le habían quitado las ganas de ver lugares de interés turístico, y le apetecía más encontrar una cabina telefónica y llamar a Margie McDermott, que probablemente viviría cerca de allí, aunque no lograba dar con la calle –rue de Canivet, o quizá Canivel– en el mapa. Tal vez era demasiado pequeña para figurar en la guía Fodor's.

Se dirigió directamente hacia una arteria comercial y bulliciosa, la rue de Rennes, que sí venía en el mapa y que llevaba hasta Saint-Sulpice, o muy cerca, en cualquier caso, de una calle bien comunicada, que resultó ser la rue Vieux-Colombier, donde un día había estado el célebre club y donde sin duda encontraría un teléfono.

Comenzaba la semana víspera de Navidad, y el tiempo más cálido y el inesperado sol habían sacado a las húmedas aceras a los parisinos, que se agolpaban ante los escaparates de unas tiendas que al parecer ya estaban de rebajas, o hacían cola para coger un autobús que les llevaría a otras zonas donde esperaban encontrar gangas aún más apetecibles. Matthews se preguntó si aquél sería el auténtico centro de París, el centro de ciudad reconocido por todos, o si París nunca tuvo un centro propiamente dicho y era en realidad una sucesión de pequeñas poblaciones unidas por el comercio a través del tiempo, como Londres. Eran detalles que sin duda llegaría a conocer. Tal vez el concepto de «centro de ciudad» fuera de creación norteamericana, y tal vez los franceses se reirían si supieran lo que estaba pensando mientras se abría camino por la atestada acera. Más adelante, en la larga avenida descendente (que iba a dar al Sena, estaba seguro), estaba Saint-Germain-des-Prés (y por ende, dedujo, les Deux Magots, la Brasserie Lipp, el Café de Flore...), uno de los grandes puntos de encuentro de la vieja Europa. No había lugar más célebre. Descartes estaba enterrado en aquella iglesia. Tenía que ser por fuerza el centro de algo.

En la esquina de la rue Mézières, a la entrada de un *tabac*, encontró una cabina telefónica. Dentro del estanco-bar vio a un grupo de trabajadores que tomaban café en la larga barra y fumaban. El teléfono no admitía monedas, pero el agente de viajes de Helen le había proporcionado dos tarjetas telefónicas en previsión de posibles emergencias, y Helen le había dado una de ellas en el aeropuerto de Pittsburgh.

La tarjeta marcaba cincuenta unidades de medida, cifra que apareció en la ventanilla verde clara del registro de monedas. La rue Mézières empezaba a hacer de embudo de un húmedo y acerado viento, y Matthews se situó de cara a él y divisó la torre torneada y pálida de lo que debía de ser la iglesia de Saint-Sulpice. Cuanto más se acercaba uno al Sena –se dijo– el frío era más intenso. Como en todas partes.

No tenía idea de lo que podía esperar de esa llamada telefónica, y se sintió tentado de olvidarse del asunto. No tendría tiempo de ver a Margie a menos que viviera a una o dos manzanas de allí, lo cual –por qué no– cabía dentro de lo posible. Por otra parte, Margie podía haber cambiado. Lo que él, a la postre, había juzgado vulgar y exento de interés en ella cuando vivía en una ciudad universitaria de Ohio (ella habría emitido el mismo juicio sobre él, probablemente), podía haber cambiado en París. Lo que se hallaba reprimido a causa de las circunstancias del medio –un entorno inhibidor de toda concepción sana de las cosas y de las gentes– podía haberse liberado en la capital de Francia. Hoy todo era posible. Como mínimo podrían reanudar su relación amistosa (ella *le había escrito*), tomar café en les Deux Magots, o entrar en el *tabac*, o incluso pergeñar un plan para la eventual vuelta a París de Matthews. Pero también cabía en lo posible que Margie se presentara ante él en menos de cinco minutos, sin aliento, expectante, con un abrigo delgado y verde que se habría echado encima apresuradamente. En este caso se irían rápidamente a su «modesto apartamento», y Matthews no volvería al hotel hasta después de anochecer, o incluso nunca. Esto último, claro está, no era viable dado el estado de Helen. Pero hubo un momento, al salir de la tienda de juguetes, en que estuvo pensando en no volver, en disfrutar solo de un largo almuerzo, comprarse el veguero de su fantasía y dar comienzo a un largo, largo paseo.

Llevaba el número de Margie –escrito con números apretados y como infantiles– en un pequeño trozo de papel que guardaba en la cartera. El teléfono sonó una, dos, tres veces, y la voz de Margie McDermott se oyó de pronto al otro lado de la línea.

–*Oui, c'est Margi* –dijo, con voz nasal e infantil de fámula francesa.

–Hola, Margie, soy Charley Matthews –dijo él, súbitamente aturdido, a punto casi de colgar y salir corriendo. Veía ante sí el hondo y tenebroso abismo de explicarle quién era a Margie McDermott. Las palabras «Wilmot College», «Ohio», «¿Te acuerdas de mí?»..., hasta su propio nombre, sonaron planas, metálicas, a un paso de volverse acerbas. Miró al grupo de hombres del *tabac* lleno de humo; tomaban café y charlaban tranquilamente. Deseó poder hablar francés. Habría sido perfecto. El inglés no era una lengua adecuada para este tipo de lances–. Charley Matthews –repitió, penosamente. Sintió que, involuntariamente, se le dibujaba en las comisuras de los labios la misma sonrisa de antes.

–Sí, claro que sí –dijo Margie en tono vivo, abandonando felizmente el acento francés–. ¿Qué tal estás, Charley? ¿Estás en Ohio?

–No –dijo Matthews–. No estoy en Ohio. –De pronto, sin embargo, no quería estar en París. El sonido de la voz de Margie, insulso y frágil y como céreo, hizo que todas las sólidas razones que habían puesto fin a su fugaz aventura amorosa (¿cuánto hacía ya de eso?) se le agolparan en los oídos como el sordo zumbido de una máquina–. Estoy en Pittsburgh –dijo.

–¿Sí? –dijo Margie–. ¿Qué estás haciendo allí? –Rió con una risa liviana, extraña, como si Pittsburgh fuera el lugar más descabellado del mundo, lo cual molestó a Matthews.

–No importa –dijo Matthews–. Es que estaba pensando en ti hace un momento. Supongo que te parecerá extraño. Pero me mandaste tu número de teléfono, ¿te acuerdas?

–Oh, claro. Sí, te lo mandé –dijo Margie. Y entonces se hizo un silencio, o al menos ninguno de los dos habló, porque en torno todo era ruido, el de las calles de París, un ruido idéntico al de las calles de todas partes (a menos, pensó Matthews, que de pronto se oyera una sirena de la policía en la rue de Rennes; en tal caso, si ella vivía cerca, podría oír esa sirena en la calle y en la línea). Matthews tendría que tapar el micrófono, llegado el caso–. ¿Vas a venir a París? –dijo Margie.

–Oh, no sé... –dijo Matthews, mirando con recelo la rue de Rennes, donde coches y motos y autobuses pasaban a buena marcha. Puso la mano junto al micrófono, listo para taparlo en caso necesario–. Puede que algún día. Nunca se sabe.

Se hizo otro silencio. En Pittsburgh, calculó, serían poco más de las seis de la mañana.

–¿Sigues dando clases? –dijo Margie.

–No –dijo Matthews–. Ya no doy clases. Lo dejé.

–¿Os divorciasteis Penny y tú? Creo que le oí decir a Parnell algo de eso.

–Aún no –dijo Matthews–. Pero lo haremos muy pronto. –El viento frío le dio en la cara–. ¿Qué tal tiempo hace en París?

–Ha hecho mucho frío –dijo Margie–. Pero la cosa está mejorando. Hoy hasta hace buen tiempo. Parnell se vino a vivir aquí con los niños. Vivimos otra vez juntos. Estamos mucho mejor.

–Fantástico –dijo Matthews, imaginando a Parnell con su aire como de perdido, arrastrando a sus tres hijos (tan parecidos entre sí, y tan parecidos a su madre) por el mercado de productos agrícolas de Wilmot. Se le ocurrió que él podía muy bien tener el mismo aspecto que Parnell en aquel momento. Frío, desapegado, vagamente estúpido. ¿Qué fuerzas podían haber desatado aquella situación indeseada? Si pudiera preguntarle a Parnell al respecto, seguro que aprendería algo.

–¿Así que sólo me has llamado para decir hola? –dijo Margie en tono alegre.

–Sí –dijo Matthews–. Estoy en un teléfono público.

–¿Hace frío por ahí? En Pittsburgh debe de hacer frío en esta época del año.

–Hace viento. Un tiempo muy parecido al de París, seguramente.

Matthews fijó la mirada en la torre roma de Saint-Sulpice, dos manzanas más allá. Había un puesto de flores en la plaza de la iglesia, y la gente hacía cola ante él para comprar flores para Navidad.

Se hizo un tercer y más largo silencio. Matthews cerró los

ojos, y al instante *hubo realmente* cinco mil kilómetros de distancia entre ellos. *Estaba* en Pittsburgh. La había llamado porque sí, porque le había apetecido. Sólo quería oír su voz e imaginar la posibilidad de que sucediera algo extraordinario. Y cuando abrió los ojos, deseó ver de verdad Pittsburgh.

–Charley, ¿te pasa algo? –dijo Margie–. ¿Estás bien?

–Claro, claro que estoy bien –dijo Matthews–. Es que la línea está horrible. Hay como un eco.

–Pues aquí suenas muy bien –dijo Margie.

–Me alegro de oír tu voz, Margie.

Matthews vio en la pequeña ventanilla del aparato que las unidades disponibles habían bajado a cuarenta.

–Yo también, Charley. No hicimos nada demasiado malo, ¿verdad, Charley?

–No, por supuesto que no. Hicimos algo estupendo.

–Y fuimos inteligentes al acabar aquello a tiempo, ¿no crees?

Matthews no sabía exactamente si se refería a sus matrimonios, a su relación amorosa o simplemente a Ohio.

–Sí, muy inteligentes –dijo Matthews.

–Me gustaría verte –dijo Margie, inopinadamente.

–A mí también a ti –mintió Matthews.

–Todo es posible, supongo. ¿Sabes? Si vienes a París tienes que llamarme. ¿De acuerdo? Parnell viaja muchísimo ahora. Trabaja en ventas. Y los chicos van al colegio. Seguro que encontraríamos un hueco para vernos.

–Me encantaría –dijo Matthews.

–A mí también –dijo Margie.

Matthews daba por sentado que Margie estaba mintiendo, y que sabía que él también mentía, que los dos estaban mintiendo, y no importaba lo más mínimo.

–Creo que será mejor que vaya colgando –dijo–. Tengo que conducir hasta Wilmot esta noche. O sea..., esta mañana.

–No pierdas mi número, ¿vale? –dijo Margie.

–No, claro que no –dijo Matthews.

–Un gran abrazo, Charley. Hasta la próxima.

–Un fuerte abrazo, Margie –dijo Matthews–. Un fuerte abrazo.

Y colgó.

Vio que, entre unas cosas y otras, era la una de la tarde. La *soupe de poisson* seguía en su cabeza. Los parisinos se disponían a almorzar, y empezaban a atestar los restaurantes de las proximidades de Saint-Germain. Seguramente tendría que haber comido con Margie, ya que no había tomado nada desde Clancy's y tenía hambre. Aunque ¿cómo comer con Margie si no podía soportar ni el sonido de su voz? Además estaba en Pittsburgh, y no allí, en París, en plena calle, cada vez más muerto de frío. Pensó de nuevo en comer solo, después de comprar el *Herald Tribune*. Pero como los restaurantes estaban llenos los camareros estarían muy atareados, y de mal humor. Su francés jamás podría estar a la altura de las circunstancias, y la comida degeneraría en una desagradable escaramuza llena de malentendidos (esas historias de horror de las que tanto hablaba la gente).

Iba a llegar mucho más tarde de lo que le había prometido a Helen en su nota. Ahora estaría despierta, preguntándose dónde estaba Matthews y, probablemente, sintiéndose peor. Pero también cabía la posibilidad de que se sintiera mucho mejor, y lista para pasárselo en grande. En tal caso podrían comer juntos. Era extraño que hubiera llegado a pensar en no volver al hotel, en dejar a Helen abandonada a su suerte.

Decidió que ya era hora de ponerse en movimiento.

El medio más rápido de llegar a la rue Froidevaux era sin duda el metro. El metro le llevaba a uno a todas partes. Pero al hacer una pausa frente al *tabac*, que también se estaba llenando, no pudo encontrar Froidevaux en el mapa del metro de la guía Fodor's. El cementerio de Montparnasse habría sido un buen punto de referencia, pero no figuraba en el mapa, y no lograba recordar el nombre de la parada más cercana que le había dicho Helen. Podía ser Denfert-Rochereau, aunque también Mouton Duvernet; las dos le sonaban, y las dos venían en el mapa. Pero si se equivocaba de parada, o cogía un tren expreso, o el metro en dirección errónea, podía acabar incluso en el aeropuerto. Era arriesgado.

Lo mejor que podía hacer era subir por la rue de Rennes, alejándose del Sena, y luego coger un taxi en la estación de Montparnasse, o caminar y caminar hasta el Boulevard Raspail y volver a encontrar la estatua del león, pues a partir de allí sabría orientarse. De una u otra forma, tardaría media hora como mínimo. Conocía París al menos hasta ese punto.

Aquel viaje, pensó mientras caminaba por la calle fría, tenía una finalidad determinada, pero había acabado siendo algo diametralmente distinto: una especie de viaje-enfermería. Nada demasiado divertido, ciertamente. Helen, probablemente, iba a acabar siendo un problema que él no sabría resolver. Si surgían serias complicaciones médicas, tendría que dar por terminado el viaje. Podría tal vez llamar a Rex y a Beatrice, si es que Helen tenía su teléfono. O presentarse sin más en un hospital, como la gente hacía últimamente en los Estados Unidos. Seguro que en los hospitales franceses hablaban inglés.

Oxford estaba ya fuera de sus planes. No había pensado en Oxford desde hacía dos días. Había anhelado constatar –«certificar» era un término más exacto– la visión idílica que había estado alimentando todos aquellos años al respecto. La «dulce ciudad con sus ensoñadoras agujas», en palabras de Matthew Arnold. Quince años atrás le habían infundido ánimos y había escrito un ensayo sobre «Mont Blanc» –en el que señalaba las similitudes con Thoreau, aunque cuestionaba la visión de Shelley del mundo físico como ente animado– que había merecido un premio en la facultad. Pero eso había sido todo. Aquella vez no había conseguido ir a Oxford. Y ésta tampoco.

Al llegar a la confluencia con Montparnasse, se dirigió hacia la parada de taxis que había junto a la estación, donde Helen y él habían esperado para ir a los Inválidos el día anterior. Los trenes franceses debían de llegar por centenares, pensó, porque en la cola de los taxis había unas treinta personas con sus equipajes. Miró en torno y divisó un único taxi que abandonaba la avenida para atender a la llamada de un cliente. Si quería un taxi tendría que esperar allí todo el santo día, cuando a pie tardaría a lo sumo veinte minutos. Podía llamar a la habitación, pero eso le llevaría aún más tiempo, y además Helen tal vez siguiera durmiendo.

Sin querer había echado por la borda la posibilidad de ver el

Club 21 y Saint-Germain. En su próxima visita a París todo sería diferente; cuando se publicara su novela –la novela que Helen quizá estuviera leyendo echada en la cama mientras él deambulaba trabajosamente por las calles–, volvería solo. Su forma de estar en la ciudad sería muy distinta. Para empezar, el mísero Nouvelle Métropole no sería el centro de las cosas. Probablemente no sería capaz ni de dar con él, mientras que ahora era su «casa». La próxima vez se alojaría más cerca de Saint-Sulpice y del Jardín de Luxemburgo, en el corazón de París.

El pensar en Helen leyendo *El aprieto* en aquel cuarto pequeño y apretado y maloliente le hizo sentirse –extrañamente– como si no fuera el autor de esa novela, como si no fuera escritor en absoluto, una sensación muy distinta de lo que había imaginado que sentiría cuando pensó en ocupar el mismo cuarto durante un mes, con la esperanza de llegar a crear algo. Aunque el hecho de no pensar en sí mismo como escritor, o incluso no pensar mucho en sí mismo a secas, podía ser un buen síntoma. Sólo los farsantes iban por ahí pensando que eran esto y lo otro. El mirarse mucho el ombligo era una de las peores cosas que uno podía hacer contra sí mismo.

En cualquier caso, nunca escribiría sobre París, sobre el París *real*. Nunca llegaría a saber lo suficiente para poder hacerlo. Pero París «sazonaría» su persona, evocaría en él «efectos», daría color a su visión de las cosas. Jamás volvería, por ejemplo, a ver la Navidad a través del prisma burdo, chabacano de sus compatriotas. Porque a su prisma se le había añadido París. Había leído que era posible incrementar el poder mental añadiendo al acervo propio experiencias poco comunes. La mayoría de la gente utilizaba tan sólo una dieciseisava parte de su capacidad cerebral. Pero ¿qué sucedería si un buen día, por ejemplo, empezaba a utilizar un octavo? El mundo cambiaría de la noche a la mañana. Los grandes escritores –continuaba el mismo artículo– utilizaban un cuarto.

El león de granito se hallaba ahora justo enfrente, en la rotonda del Boulevard Raspail. Denfert-Rochereau estaría a la izquierda. Era la estación que le habría venido bien. En la franja central de la rue Froidevaux unos niños jugaban al ping-pong en parejas en unas mesas de hormigón verdes. De cuando en cuando, ráfagas irregulares de viento desviaban la pelota y la hacían caer fuera de la mesa, pero los niños la recogían de inmediato y seguían jugando; sus saques rebotaban muy por encima de las barreras bajas de hormigón que hacían de red, mientras ellos reían y farfullaban: «*Allez! Allez! Su-perbe! Su-perbe!*»

Matthews se preguntó qué habría sido del hombre de la noche anterior, el hombre que había dormido en un panteón sobre aquella especie de hatillo-cama que llevaba a cuestas. A todo lo largo del muro del cementerio podía ver las rojizas copas sin hojas de los árboles. ¿Iba todas las noches a buscar refugio en el cementerio, o era la primera vez que se había aventurado a escalar el muro? Uno jamás podría redimirse de aquella honda decadencia, pensó Matthews.

En el escasamente amueblado vestíbulo del Nouvelle Métropole, un indio o quizá un paquistaní se acercó a él nada más entrar por la puerta de cristal. Era como si le hubiera estado esperando. Matthews no estaba seguro de haberle visto antes. Posiblemente al registrarse el día de su llegada. El director, pensó Matthews. Llevaba un traje azul oscuro, camisa blanca y corbata verde oscura, y el pelo negro pulcramente peinado con raya. Le sonreía, indeciso, y al hacerlo dejaba al descubierto unas grandes encías oscuras. Parecía –creyó ver Matthews– preocupado por algo: ¿por el tiempo que pensaban quedarse, por algún problema con la tarjeta de crédito? Matthews ya había tratado tales pormenores con sus subalternos, y éstos obviamente habían olvidado transmitirlos a su superior. Todo estaba en orden. Vería a Madame de Grenelle dentro de dos días, y luego, si Helen se sentía con fuerzas, dejarían el hotel.

–Hay un problema –dijo el director indio en inglés, viniendo hasta él y plantándose muy cerca, como si lo que tuviera que decirle fuera a decírselo en un susurro. Prosiguió, sin embargo, en un tono demasiado alto–: Un grave problema –añadió.

Matthews ya había preparado una respuesta –en francés– relativa a la tarjeta de crédito.

–¿Qué tipo de grave problema? –dijo. Un indio más joven les miraba desde la recepción, con las manos sobre el mostrador. Tenía la mirada fija en Matthews, y también parecía preocupado.

–La mujer de la cuarenta y uno –dijo el director, y dirigió la mirada hacia la recepción–. Lo siento. Usted se aloja en la cuarenta y uno, ¿no es eso? –Los bordes de su boca suave y cobriza temblaron levemente, como si estuviera reprimiendo una sonrisa. ¿Qué podía haber hecho Helen de gracioso?

–Es mi mujer –dijo Matthews–. Está con *jet-lag*. Si quieren limpiar la habitación, podrán hacerlo cuando salgamos a comer.

–Lo siento –dijo el director indio. Se llevó las manos al regazo, las juntó y parpadeó. Su boca volvió a temblar ligeramente, como si no supiera más que repetir las cosas–. Lo siento –dijo de nuevo.

–¿Qué pasa? –dijo Matthews–. ¿Qué es lo que siente tanto? ¿Qué está sucediendo aquí?

Miró al director, y parpadeó también. Tomó aliento, lo expulsó, esperó a saber en qué consistía el problema, qué le esperaba después, cuál sería la siguiente contrariedad que tendría que desviar de su adverso curso para hacer que tomara otro más benéfico. Sería algo muy simple. Estas cosas siempre eran así: no eran fáciles, pero sí simples. Nada era nunca fácil. Aunque no estuviera seguro de nada más, estaba seguro de ello.

Y entonces el director indio empezó a explicarle en qué consistía el problema.

El cuarto olía a algo a lo que nunca había olido antes. Las cortinas y las ventanas habían sido abiertas, y hacía frío dentro. Pero aun así olía diferente. No era un olor a muerte, sino un olor limpio, astringente, como si acabaran de limpiar el cuarto a fondo, como si lo hubieran fregado y restregado y finalmente puesto en orden. Fuera, en alguna parte, estaba ladrando un perro; era un ladrido lento, obstinado, seguramente por algo que el animal había visto y no lograba identificar. Algo enigmático. Algo que no casaba con su mundo cotidiano.

Las maletas seguían una encima de otra, donde las habían dejado después de volver al hotel la noche anterior. Nada había cambiado gran cosa en la habitación. Los cuadros con motivos árabes seguían en las paredes. La lámpara fluorescente estaba encendida.

Pero Matthews advirtió que algo nuevo –una botella de ginebra Bombay– había aparecido en escena; al igual que unas bolsas de plástico de las de hacer hielo –cuatro, le pareció– rasgadas y vacías; y un vaso del cuarto de baño, también vacío; y un cenicero con dos colillas aplastadas. Pero, por lo demás, todo estaba más o menos impecable e idéntico. ¿Habían fregado a conciencia el cuarto?, se preguntó Matthews. ¿Quién había abierto la ventana? Se sentía un poco mareado.

Helen yacía sobre un costado, con la mano derecha abierta bajo la mejilla, y la izquierda oculta bajo las mantas. Llevaba puesta, al menos –Matthews no alcanzaba a verle la parte inferior del cuerpo–, la chaqueta del pijama rosa con ribetes. Sus gafas estaban sobre la mesa, junto a las bolsas de hielo vacías y la nota que Matthews le había dejado aquella mañana. Estaba muy, muy pálida, y sus rasgos como «fijados». No tenía el pelo despeinado. El labio inferior parecía replegado hacia dentro, como escondido bajo el superior, y los dientes descansaban sobre él. Parecía sumida en un profundo sueño.

Fuera, en el pasillo, alguien abrió la puerta del ascensor, y se oyeron unos susurros. Eran una mujer y un hombre. De pronto apareció en el umbral una joven india, una de las domésticas, con un holgado y ligero uniforme de algodón a rayas, sin cinturón. Se inclinó hacia el interior, miró hacia la cama, dio un gritito ahogado y desapareció. Segundos después, la puerta del ascensor volvió a cerrarse.

En la mesilla de noche había dos sobres blancos. En uno de ellos se leía: «Para la dirección del Hotel Nouvelle Métropole: ¡ÚNICAMENTE!» Matthews se sentó en la silla verde y lo abrió inmediatamente. En su interior había un papel blanco doblado en el que Helen había escrito: «La responsabilidad de mi final sólo me corresponde a mí misma. El señor Matthews no es mi marido.» Y había firmado: «Helen Carmichael.» Dentro del sobre estaba también su pasaporte.

En el otro sobre se leía: «Para el señor Matthews», y en su interior había un papel similar al anterior, también doblado, en el que Matthews leyó lo siguiente:

Mis últimos pensamientos:

Estoy dándome prisa. No quiero que vuelvas y me encuentres... *¡viva!* La muerte es mi pequeño secreto. Me gustaría quedarme en Francia. Por favor, haz lo necesario para que así sea. Ya no encajo más en esto. Entre los vivos, me refiero. No es mucho más complicado que eso, la verdad. (¡Esto parece que me está haciendo efecto!)

Pienso que para poder decir que tu vida ha sido satisfactoria deberías morir sin saber nada. O quizá morir sin conocer a nadie. En fin, casi he tenido éxito en las dos cosas.

«Sólo en el paraíso tiene prohibida la muerte reclamar a los débiles.» Es un dicho que he estado guardando todo este tiempo. No me acuerdo de dónde lo he oído. Puede que en la televisión. Esto me está haciendo efecto...

Nunca hemos estado enamorados. No te engañes sobre eso. Te hará más fácil todo este engorro. Una célula cancerígena no es más que un organismo que no para de multiplicarse. Pensaba que era como una novela que representaba la totalidad de la vida, y que eso teníamos en común tú y yo. Pero no era así. No era ninguna metáfora.

No abras el otro sobre. ¡Por favor! Adiós. Y buena suerte.

Con cariño,
Helen

Ahora podía ver las dos torres: la de Montparnasse y la Torre Eiffel, aunque amputadas por los oscuros nubarrones. Sólo eran visibles sus mitades inferiores. Matthews había supuesto, como es lógico, que los dos volverían a los Estados Unidos. Y sin embargo todo había sucedido con tanta rapidez, en tan poco, tan poco tiempo... Le había llevado tan poco planearlo. Matthews no entendía cómo podía haber bastado el tiempo que él había estado fuera. La noche anterior le había dicho que la amaba, y era sincero, y ella no había querido aceptarlo. Pero si no estaban enamorados, como había dejado escrito, ¿qué era lo que había entre ellos? ¿Y cuál era el componente espiritual que ella deseaba, aquello a lo cual él, para su descrédito, no había sabido responder? Le había fallado a Helen.

Se preguntó si habría estado leyendo su novela aquella mañana. No había señal alguna de ello, ni en la mesilla de noche ni en el suelo. Ni en la cama, ni en ninguna parte. Probablemente, su intención de leer *El aprieto* no había sido más que una broma.

Una mujer con chándal amarillo chillón hacía *jogging* alrededor de los muros del cementerio, en el sentido de las agujas del reloj. Matthews no creía que pudiera ser francesa. Los franceses eran diferentes: su manera de andar, su ritmo, las distancias que mantenían entre ellos, etc. Una francesa jamás se pondría a correr alrededor de un cementerio con un chándal de aquel color amarillo.

Las nubes iban a hacer que la oscuridad llegara antes. El perro había dejado de ladrar. Un reloj daba las campanadas. El árbol de Navidad de la ventana del otro lado de la rue Froidevaux brillaba fríamente en las postrimerías del día. Matthews creyó oír de nuevo, a través de la pared, un rumor de cartas barajadas.

–Su esposa. Lo siento mucho –dijo el director. Estaban allí quietos, esperando. La gente que estaba llegando parecía decidida a tomarse su tiempo.

–No era mi esposa –dijo Matthews–. Pero..., pero la conocía muy bien. –Había tartamudeado, y le chocó haberlo hecho. Era la primera vez en muchos años. De pequeño había tartamudeado; había tropezado con otras dificultades, no había sido muy despierto en el aprendizaje de las cosas, pero lo había superado.

–Ya, claro –dijo el indio, y emitió aquel sonido como de exclamación ahogada tan caro a Blumberg, que en este caso (creyó entender Matthews) expresaba solidaridad con su desgracia.

Eso era lo que significaba el matrimonio, se dijo Matthews: lo que uno hacía cuando llegaba *el final*. Lo que uno pensaba, lo que uno sentía, lo que uno decía. Las responsabilidades eran diferentes cuando existía ese vínculo. De pronto cayó en la cuenta de que se le había olvidado comprarle flores. Aquella mañana, durante su paseo, había pensado hacerlo, pero al final no lo había hecho.

Otro error; cada vez que pensaba en ello el corazón le empezaba a latir con fuerza.

Fuera, en el aire de la tarde, los vencejos describían sinuosas líneas entre tejados y chimeneas, y ascendían hacia el cielo por encima del cementerio. Matthews estaba hambriento. No había comido nada desde la noche anterior. Más tarde, pensó, tendría que encontrar un sitio –un restaurante que no estuviera lejos–, batirse el cobre con el francés y cenar solo.

Aparte del actual a París, explicó Matthews, su único viaje a Europa había sido a España. A Madrid. Cuando tenía quince años. En 1974. Con un grupo juvenil. Se habían alojado cerca del Parque del Buen Retiro y del Museo del Prado, y habían paseado y paseado y paseado... Era lo único que recordaba. De algunos de estos paseos había acabado harto, como es lógico. Pero el último día sus compañeros le habían obligado a asistir a una corrida de toros. Contra su más rotunda voluntad. Habían ido en metro hasta la plaza, y se habían sentado al sol en medio de una legión de viejos españoles ebrios de vino. Todos hombres. Comieron bocadillos, que se pasaron de mano en mano. En total se mataron seis toros, aunque ninguno de ellos con destreza. Casi ninguno de aquellos animales, recordaba, parecía querer pelear. En ocasiones se quedaban quietos sobre las cuatro patas, y observaban lo que les estaba pasando. Le había parecido un espectáculo detestable, contó Matthews. Se había querido ir. Pero el grupo –sus amigos del colegio– le había instado a que se quedase. Jamás volvería a ver una corrida. La gente, al final, arrojaba almohadillas al ruedo.

–Sí –dijo Madame de Grenelle.

Había vivido en el sur de Francia, explicó. En una ciudad llamada Perpignan. También a ella le habían llevado a ver una corrida de toros.

Fuera, en un pequeño parque, los niños perseguían a las palomas con palos. Estaban cerca del Parc Montsouris. Madame de Grenelle compartía una casa con otra mujer. Era una casa de piedra clara, embutida entre las demás de la manzana, con crujientes y pulidos suelos de madera y altas ventanas a ambos extremos del largo estudio de la planta baja. A cada extremo, también, parecía haber un parque. En las paredes había fotografías en blanco y negro de mujeres –que a Matthews le parecieron africanas– sentadas en un suelo de tierra, tejiendo canastas en un villorrio sucio, o haciendo la colada en un río de ancho cauce, o con bebés pegados a sus pechos. Todas miraban lánguidamente a la cámara. Matthews había llevado flores, anémonas moradas.

Madame de Grenelle era mestiza. Era todo lo que Matthews podía decir. Era alta y esbelta, de pelo negro teñido, nariz chata, grandes manos y ojos azul claro. Probablemente –se dijo Matthews– era bereber, por sus ojos, y porque llevaba un largo y grueso caftán de color granate y con octógonos azules y violetas. Parecía marroquí. Su padre había sido catedrático de inglés en Toulouse.

–Los traductores no tenemos vida propia –dijo, bromeando–. Vivimos las vidas de otros. A veces muy agradablemente. –Sonrió. Estaban sentados en sendas sillas, en el centro de la larga estancia, la zona menos iluminada por la luz del exterior. Madame de Grenelle debía de tener unos cincuenta años. Fumaba cigarrillos americanos. Chesterfield. Había puesto las flores en un jarrón, que había dejado sobre la mesa, a su lado. Matthews no sabía qué responder a sus últimas palabras. Y ella prosiguió–: Su libro tiene el «timbre» de la realidad. Es fascinante.

Matthews no sabía si se refería a que era verdadero o a que «sonaba» a verdadero. Eligió lo segundo, y se limitó a decir:

–Estupendo.

–Es su propia historia, supongo. Ese aprieto.

–No –mintió Matthews.

–¿No? –dijo Madame de Grenelle, y le sonrió con expresión sagaz.

–Quería que *sonara* a verdadero –dijo Matthews.

–Comprendo –dijo ella. Su novela descansaba sobre la mesa, al lado de las flores–. El término «aprieto» no existe en francés. –Siguió fumando su cigarrillo–. A menudo, claro está, uno no sabe de qué trata su libro hasta después de haberlo escrito. A veces hasta después de que alguien lo traduzca y se lo explique.

–Podría ser –dijo Matthews–. Creo que puede darse el caso.

–Su novela sonará mejor en francés, creo –dijo–. Es humorística. *Tiene que* ser humorística. En inglés no lo es tanto. ¿No opina como yo?

–No pensaba que fuera humorística –dijo Matthews, y pensó en los nombres de calles que se había inventado para los pasajes parisienses.

–Bien. La mente del artista percibe una lógica donde no hay lógica alguna. Pero con frecuencia deja la cosa incompleta. Es algo muy difícil. Sólo los grandes genios consiguen rematar lo que idean. En francés decimos... –y dijo algo que Matthews no entendió, ni trató de entender–. ¿Habla usted francés? –añadió, sonriéndole con cortesía.

–Lo justo para entenderlo todo mal –dijo Matthews, y trató de devolverle la sorisa.

–No importa –dijo Madame de Grenelle, e hizo una pausa–. Bien. En inglés, pues, no está cabalmente «acabada». Porque uno no puede fiarse del narrador. El *yo* al que dejan plantado. A lo largo de toda la trama uno nunca tiene la certeza de poder tomar a este narrador en serio. Si se le toma en serio no resulta totalmente inteligible. ¿No está de acuerdo? Quizá no. Pero quizá el hombre ha asesinado a su mujer, o todo es un largo sueño o una fantasía, un artilugio... O tal vez exista otra explicación. Es un libro con una intencionalidad burlona.

–Puede que tenga razón –dijo Matthews–. Puede que lo sea.

–El problema de la dependencia –dijo Madame de Grenelle– es importante. Es la parte que no está «acabada». Sería muy, muy difícil rematarla. Incluso para Flaubert...

–Entiendo –dijo Matthews.

–Pero en francés puedo dejar perfectamente claro que no nos vamos a fiar del narrador, aunque lo intentemos. Que es una sátira, y que quiere ser divertida. Los franceses esperarán eso. Así es como ven a los norteamericanos.

–¿Cómo? –dijo Matthews–. ¿Cómo nos ven?

Madame de Grenelle sonrió.

–Bobos –dijo–. Gente que no entiende gran cosa. Pero, por eso mismo, interesante.

–Entiendo –dijo Matthews.

–Sí –dijo Madame de Grenelle–. Aunque sólo hasta cierto punto.

–Lo entiendo –dijo Matthews–. Creo que lo entiendo perfectamente.

–Entonces estupendo –dijo Madame de Grenelle–. Bien. Podemos empezar.

En la calle, rue Braque, le pareció saber dónde encontrar el metro. La parada estaba cerca de donde le había dejado el taxi, en el Boulevard Jourdan. Había una universidad en las proximidades. Se acordaba de Denfert-Rochereau. En los últimos dos días –no sabía cómo– había perdido la guía Fodor's.

Los niños habían dejado de perseguir a las palomas, y estaban sentados en un banco de madera, en hilera, disfrutando de una merienda invernal al aire libre. Había vuelto a hacer buen tiempo. Pensó que debía comprarse el veguero que casi llegó a comprar dos días atrás, el día de la muerte de Helen. La echaba de menos; había pensado mucho en ella; ojalá no hubiera sufrido, ojalá hubiera podido ver ante ella mayores promesas. Estaba equivocada: sí había *encajado* entre los vivos. No era justo. Tendría que estar allí, con él, pero las cosas debían seguir su curso. No quedaba ya mucho que hacer; sólo unos cuantos detalles para cuya tramitación la embajada le había prometido ayuda. Helen volvería a casa, por supuesto. La inhumación en suelo francés era una prerrogativa exclusiva de los franceses. Se había localizado a una hermana. Matthews se limitaría a firmar algunos documentos. Nada muy complicado, en suma.

Y luego se iría a Oxford, y luego –quizá después de Año Nuevo– a casa. Tenía la sensación de haber estado librando una larga contienda. Aunque sentía que en gran parte todo se debía a su condición de extranjero, al comienzo de un estado de soledad y nostalgia que acabaría por hacerse permanente en él si se quedaba. Y era una sensación que no le gustaba. Uno podía quedarse diez años en París, y no hacer jamás dos veces la misma cosa, pero la nostalgia y el desasosiego acabarían ganando la partida tarde o temprano.

Había sido una buena charla, aunque no le había resultado fácil mirar su propio libro desde otra perspectiva. Madame de Grenelle había mencionado a Flaubert, y él había tratado de recordar las primeras líneas de *Madame Bovary*: alguien llega a una escuela, un forastero. ¿Se trataba de unas líneas célebres?

Pero había aprendido algo. Había comenzado una nueva época en su vida. Porque *sí* existían épocas. Era algo incuestionable. Faltaban sólo dos días para Navidad. Al final Helen y él no habían compuesto la canción. Y sin embargo, extrañamente, todo habría acabado definitivamente para Navidad. Cayó en la cuenta de que ni siquiera había escrito a sus padres. Lo haría antes de dejar París rumbo a Oxford. Una larga carta. Y en ella intentaría –lo mejor que pudiera, y con todos los detalles que el difícil trance requería– explicarles lo que le había acontecido en París y cuáles eran sus nuevos planes para el futuro.